NOTURNOS

Do autor:
O Livro das Coisas Perdidas
Noturnos

Série Samuel Johnson:
Os Portões: um Romance Estranho para Jovens Estranhos
Sinos do Inferno

JOHN CONNOLLY

NOTURNOS

Tradução
Ronaldo Passarinho

Rio de Janeiro | 2021

Copyright © 2004 *by* John Connolly
Publicado originalmente na Grã-Bretanha pela Hodder and Stoughton, uma divisão da Hodder Headline.

Título original: *Nocturnes*

Editoração: FA Studio

Texto revisado segundo o novo
Acordo Ortográfico da Língua Portuguesa.

2021
Impresso no Brasil
Printed in Brazil

CIP-Brasil. Catalogação na publicação.
Sindicato Nacional dos Editores de Livros, RJ.

C762n Connolly, John, 1968-
     Noturnos / John Connolly; tradução Ronaldo Passarinho. — 2. ed. — Rio de Janeiro: Bertrand Brasil, 2021.
     294 p.; 23 cm.

     Tradução de: Nocturnes
     ISBN 978-85-286-1681-1

     1. Ficção irlandesa. I. Passarinho, Ronaldo. II. Título.

15-23475
     CDD: 828.99153
     CDU: 821.111(415)-3

Todos os direitos reservados pela:
EDITORA BERTRAND BRASIL LTDA.
Rua Argentina, 171 — 2º andar — São Cristóvão
20921-380 — Rio de Janeiro — RJ
Tel.: (0xx21) 2585-2076 — Fax: (0xx21) 2585-2084

Não é permitida a reprodução total ou parcial desta obra, por quaisquer meios, sem a prévia autorização por escrito da Editora.

Atendimento e venda direta ao leitor:
mdireto@record.com.br ou (0xx21) 2585-2002

Para Adèle, que deixou eternas saudades

Sumário

1. A balada do caubói canceroso — 9
2. O dæmon do sr. Pettinger — 75
3. O Rei dos Elfos — 89
4. A nova filha — 101
5. O ritual dos ossos — 115
6. A sala da caldeira — 129
7. As bruxas de Underbury — 141
8. O macaco do tinteiro — 179
9. Redemoinhos de areia — 191
10. Crianças às vezes se perdem — 205
11. Verde escuro e profundo — 217
12. Srta. Froom, vampira — 227
13. Noturno — 239
14. O abismo de Wakeford — 253
15. A extravagância do sr. Gray — 267
16. O ciclo — 285

A balada do caubói canceroso

I

Os sulcos da estrada vicinal faziam gato e sapato dos amortecedores da picape de Jerry Schneider. Ele sentia cada buraco no caminho martelar com força sua lombar, a dor irradiando até a nuca. Por isso, quando finalmente avistou a fazenda, já amargava o princípio de uma terrível dor de cabeça. Sofria de enxaquecas e torcia para não estar prestes a entrar em crise. Ainda tinha muito trabalho pela frente, e aquelas malditas crises o deixavam de cama, com o estômago embrulhado e vontade de morrer.

Jerry não gostava nem um pouco daquela parada na fazenda dos Bensons, mesmo quando tudo ia às mil maravilhas. Eram uns fanáticos religiosos, os sete membros da família. Viviam quase totalmente isolados do resto do mundo e não tinham contato com outras pessoas, a não ser quando precisavam ir à cidade comprar suprimentos ou quando Jerry fazia suas duas visitas semanais para buscar uma carga de ovos caipiras e diversos tipos de queijo feito em casa. Jerry achava os queijos fedorentos à beça e só comia os ovos se fossem mexidos, e com tanto sal que dava para esvaziar o Mar Morto, mas os novos ricos que invadiam o Estado durante as férias de verão e de inverno eram loucos pelo gosto dos queijos e dos ovos dos Bensons e gastavam uma nota preta com eles no armazém de Vern Smolley. Jerry tinha de admitir que Vern era um cara esperto: percebeu na hora a lacuna que havia no mercado e transformou os fundos de sua loja em uma espécie de paraíso dos gourmets. Às vezes, Jerry tinha dificuldade em achar vaga no estacionamento do armazém, lotado de Lexus, Mercedes conversíveis com polimento de salão de vendas e, no inverno, caminhonetes de luxo 4x4, dessas que só os ricos dirigem, com uns pinguinhos de lama artificial para dar aquele autêntico visual campestre.

Os Bensons não se metiam com esse tipo de gente. Sua velha caminhonete Ford só continuava funcionando por força de arames e da fé, e suas roupas eram compradas em lojas de segunda mão ou feitas em casa pela matriarca da família ou por uma de suas filhas. Na verdade, Jerry às vezes tinha curiosidade de saber como tinham aprendido a conviver com a ideia de vender seus produtos a pessoas que julgavam estar a bordo de um trembala para o inferno. Não que fosse perguntar a Bruce Benson. Tentava conversar o mínimo possível sobre o que quer que fosse com ele, já que o velho aproveitava qualquer oportunidade para converter os incautos à sua forma peculiar de louvar a Deus. Por uma razão qualquer, Bruce parecia crer que Jerry Schneider ainda podia ser salvo. Jerry não compartilhava de sua fé. Gostava de beber, fumar e trepar, atividades que, com certeza, não faziam parte dos planos de Bruce para quem almejasse a salvação. Assim sendo, duas vezes por semana, percorria com sua picape aquele campo minado de enxaquecas, apanhava os ovos e o queijo, sem estardalhaço e sem jogar conversa fora, e voltava pelo mesmo caminho, mas em velocidade um pouco mais baixa, porque, se mais de dez por cento dos ovos se quebrassem na viagem, o prejuízo seria descontado de sua comissão.

Jerry Schneider nunca se sentiu perfeitamente integrado à vida no Colorado. Não, pelo menos, desde que retornara da Costa Leste para tomar conta da mãe. É a sina do filho único: não tinha com quem dividir o fardo, ninguém que lhe aliviasse um pouco a tensão. A velha começara a perder a memória e sofrera umas quedas feias, por isso ele fizera o que precisava ser feito e voltara para a casa onde crescera. Nos últimos tempos, ela sofria um novo infortúnio a cada semana: torções nos tornozelos, machucados nas costelas, distensões nos músculos. Lesões que deixariam até o próprio Jerry abalado — e ele tinha quase trinta anos a menos que a mãe. Infligidas a uma senhora de setenta e cinco anos, com osteoporose nas pernas e artrite nos cotovelos, era um milagre que ela continuasse de pé.

Verdade seja dita, as coisas não andavam fáceis no leste depois do 11 de Setembro, e ele fora obrigado a aceitar um corte no salário antes de decidir voltar para casa. Se tivesse ficado por lá, teria de arrumar um segundo emprego em um bar para pagar as contas, e não tinha ânimo sequer para pensar em trabalhar setenta horas por semana apenas para garantir sua sobrevivência. De qualquer modo, não havia nada que o prendesse à cidade.

Tivera uma namorada, mas o relacionamento não dera em nada. Duvidara que a notícia de sua partida a deixasse muito abalada, e estava certo. De fato, ela parecera até meio aliviada.

A volta para casa, entretanto, fez Jerry se lembrar de vários motivos pelos quais havia partido. Ascension era uma cidade pequena, cuja prosperidade dependia de forasteiros, e seus habitantes se ressentiam disso, mesmo que escondessem o que sentiam por trás de sorrisos e apertos de mão. Não era como Boulder, cidade da qual Jerry gostava por ser um pequeno enclave de liberalismo. Muitas vezes, tinha a impressão de que o povo de Boulder estava a um passo de içar sua própria bandeira e declarar independência. Os habitantes de Ascension, por sua vez, orgulhavam-se de morar em um estado com tanto material radioativo enterrado que fazia o solo brilhar à noite. Jerry imaginava que, assim como a Grande Muralha da China, partes do Colorado podiam ser vistas do espaço sideral, com as montanhas Rochosas cintilando na escuridão. Podia apostar que os moradores de Ascension ficariam orgulhosos se soubessem que seu estado funcionava como uma espécie de farol radioativo para Deus, alienígenas ou L. Ron Hubbard. Em lugares mais ao sul, como Colorado Springs, perto da academia das Forças Aéreas, era pior ainda. Mesmo assim, Ascension permanecia um bastião do patriotismo cego.

Jerry achava que as pessoas ficavam mais estranhas à medida que se aproximavam de Utah, como se os mórmons liberassem alguma substância suspeita na água ou no ar. Quem sabe fosse por isso que os Bensons e outros maníacos religiosos como eles pareciam gravitar para a região. Talvez tivessem se perdido a caminho de Salt Lake City, ficado sem gasolina ou pensavam que já estavam em Utah e o Estado zombava deles obrigando-os a pagar impostos no Colorado.

Jerry não entendia os Bensons, mas gostaria que destinassem à manutenção da estradinha que levava à fazenda um pouco do tempo que gastavam rezando. Parecia mais deteriorada do que nunca naquela semana, em razão do clima frio que começava a se instalar na área. Logo começaria a nevar e, se quisesse continuar a ganhar dinheiro com a venda de queijos e ovos, o próprio Bruce Benson teria de limpar a neve que obstruiria o caminho para sua casa. Os outros fornecedores de Vern entregavam suas próprias mercadorias, mas não Bruce. Ele parecia odiar a cidade de Ascension tanto quanto odiava qualquer pecado e preferia manter o mínimo de contato com os moradores. Sua esposa era da mesma laia. Apesar de ser um sujeito vivido, Jerry Schneider não se lembrava de ter conhecido megera mais carrancuda. Mesmo assim, Bruce devia ter tomado coragem para encher o bucho da patroa pelo menos quatro vezes (embora Jerry pudesse apostar que ele deixara as luzes apagadas e as cortinas fechadas durante o ato) porque o casal tinha quatro filhos: três meninas e um menino. Por outro lado, todas as crianças eram bonitas, talvez com um traço ou outro de Bruce, mas não tanto que chegasse a incomodar. Portanto, era possível que ele tivesse esparramado suas sementes em uma mulher mais apresentável do que a esposa. Vai ver a bruxa velha até encorajara o marido a traí-la, aliviada por não precisar fazer algo de que pudesse acabar gostando.

O menino, Zeke, era o caçula. A mais velha das irmãs, Ronnie, era tão linda que Jerry até fazia esforço para escutar a arenga de Bruce quando ela estava no pátio executando trabalhos domésticos. Às vezes, o sol a iluminava de um jeito que lhe permitia admirar o formato de seu corpo dentro do vestido longo, as pernas ligeiramente abertas formando uma tenda que o convidava a entrar, os raios dourando os músculos das coxas. Ele desconfiava que Bruce soubesse para onde estava olhando, mas decidia não dar bola na esperança de que Jerry visse a luz. Mas Jerry queria ver algo bem diferente, e se perguntava se Ronnie mostraria para ele caso conseguissem ficar sozinhos, longe da influência do pai. De vez em quando, ela sorria de modo sugestivo, indicando a frustração que qualquer mulher formosa sentiria ao ser impedida de dar vazão aos seus anseios. Assim como os irmãos, era educada em casa pelos pais, e Jerry imaginava que sua educação sexual se resumisse a "Nem pense nisso, principalmente com o Jerry Schneider". Os filhos eram educados em casa, mais ou menos medicados em casa — Jerry torcia para que nunca ficassem gravemente doentes, porque os Bensons não aceitavam médicos nem remédios — e suas vidas giravam apenas em torno um do outro e de um Deus indiferente e mesquinho. Nenhuma emissora se interessaria em veicular uma *sitcom* baseada na família Benson.

Um dos irmãos de Bruce morava com eles. Chamava-se Royston, e Jerry achava que era meio retardado. Não falava muito e vivia balançando a cabeça, como um desses cachorrinhos de plástico que as pessoas grudam no painel do carro; mas parecia inofensivo. Circulavam rumores na cidade de que, certa vez, Royston tentara apalpar a mãe de Vern no armazém, embora Jerry nunca tenha tido coragem de perguntar a Vern — nem à mãe dele — se era verdade. Talvez fosse mais uma razão para Bruce Benson não ir à cidade. Nada mais eficaz para azedar um relacionamento entre dois homens do que o irmão débil mental de um dar uma de italiano para cima da mãe batista e carola do outro.

Jerry atravessou o portão principal da fazenda dos Bensons e, por instinto, baixou o volume do rádio. Bruce não era um grande apreciador de música, com certeza não daquela que jorrava dos alto-falantes da picape naquele instante: a voz ardente de Gloria Scott, amparada pela habilidade do grande e saudoso Barry White na produção. Jerry gostava do estilo do artista, carinhosamente apelidado de "A Morsa do Amor". É verdade que nunca foi tão ousado quanto Isaac Hayes e ninguém negaria sua culpa como precursor da música insípida e pasteurizada que passou a ser vendida como *Rhythm and blues* moderno, mas havia algo naqueles compactos arranjos de corda que faziam Jerry ter vontade de encontrar uma mocinha atirada e emporcalhar os lençóis com vaselina e champanhe barato. Será que Ronnie Benson sequer ouvira falar em Barry White? Até onde Jerry sabia, os Bensons não escutavam nem os pregadores malucos das emissoras sintonizadas no fim das faixas de rádio, desses que declaram solenemente seu amor a Deus, mas parecem odiar quase toda a humanidade, ou pelo menos as pessoas que Jerry conhecia e admirava. Se Jerry apresentasse a música de Barry White à família Benson, provavelmente mataria o velho na hora e causaria um frenesi em suas filhas.

Discretamente, aumentou o volume.

Sempre que o inverno chegava, os Bensons abrigavam suas galinhas em um grande celeiro. De fato, Bruce avisara que as galinhas já estariam recolhidas em sua próxima visita. Ao se aproximar dos galinheiros, no entanto, Jerry avistou montículos brancos espalhados pelo chão. Não se mexiam.

O vento soprava suas penas, fazendo com que as aves parecessem estremecer, mas era apenas uma falsa impressão de vida.

A cena fez Jerry meter o pé no freio. Deixando o motor ligado, desceu da picape e foi até a cerca de arame, ao pé da qual jazia o corpo de uma das galinhas. Debruçou-se para tocar no animal e o cutucou com a ponta dos dedos. No mesmo instante, um líquido negro escorreu do bico e dos olhos da ave. Ele recolheu a mão com rapidez e limpou-a na calça para se livrar de qualquer possibilidade de contágio.

Todas as galinhas estavam mortas, mas não tinham sido vítimas de algum predador. Não havia sangue nas penas e nenhum ferimento aparente. No canto mais distante do galinheiro, ele avistou o galo dos Bensons, andando empertigado em meio às suas falecidas concubinas, deixando a crista vermelha à mostra quando se abaixava para ciscar o chão em busca de restos de grãos para aplacar a fome. Por algum motivo, sobrevivera ao massacre.

Jerry voltou à picape e desligou o motor. Havia algo errado ali. Um ar de desolação. Atravessou o quintal. A porta da casa estava escancarada, mantida aberta por um triângulo de madeira na base. Parou ao pé da escada da varanda e chamou:

— Olá? Tem alguém aí?

Ninguém respondeu. A porta levava diretamente à cozinha. A mesa estava posta, mas, mesmo antes de entrar, Jerry sentiu que a comida apodrecera.

Eu deveria chamar a polícia. Deveria chamar agora mesmo e esperar os policiais chegarem.

Mas sabia que não podia fazer isso. Abriu o porta-luvas e apanhou sua pistola Ruger, embrulhada em um pano e soterrada por diversos mapas, filipetas de restaurantes e multas vencidas. A arma não faria diferença naquelas circunstâncias, mas sentia-se melhor com ela na mão.

A cozinha cheirava mal. O jantar de frango e bolachas parecia ter sido servido havia dois ou três dias. Jerry pensou nas aves mortas no galinheiro e na substância negra que escorrera da boca do animal que cutucara. Meu Deus, e se as galinhas tivessem sido contaminadas? E se a doença contagiara a família? Lembrou-se dos ovos que buscava e levava para a cidade havia seis meses e no frango que Benson lhe dera de presente de Dia de Ação de Graças fazia menos de uma semana. Quase vomitou ali mesmo, mas conseguiu se controlar. Nunca ouvira falar em ninguém que tivesse morrido ao contrair uma doença de aves domésticas. A não ser, talvez, os que pegaram aquela gripe na Ásia, mas o que matara as galinhas dos Bensons não se parecia com nenhuma gripe que Jerry conhecesse.

Averiguou a sala de estar. Não havia aparelho de televisão, apenas algumas poltronas e um sofá estofado demais, além de quadros religiosos nas paredes. Depois deu uma olhada no lavabo. Não encontrou ninguém. Antes de subir a escada, gritou mais uma vez, perguntando se havia alguém em casa. O fedor estava mais forte no andar superior. Jerry tirou um lenço do bolso para tapar o nariz e a boca. Sabia o que o aguardava. Trabalhara em um matadouro em Chicago quando era mais jovem, e o dono do estabelecimento não dava muita atenção à qualidade da carne que vendia. Jerry nunca mais comera hambúrgueres.

Bruce Benson e a esposa estavam no primeiro quarto, cobertos por uma grande colcha branca. Ele usava pijamas, e ela, uma camisola azul de algodão. As roupas e a cama estavam ensopadas por um líquido negro que empastava a parte de baixo do rosto de ambos. Os olhos de Bruce estavam semiabertos e lágrimas escuras manchavam suas bochechas. Pelo aspecto do casal, Jerry concluiu que tinham sofrido um bocado. Mesmo na morte, suas fisionomias continuavam crispadas de dor, como bonecos esculpidos por um artista enlouquecido.

As três filhas estavam no quarto seguinte. Apesar do beliche no canto, as meninas se reuniram na cama grande que havia no centro do cômodo. Jerry achou que era a cama de Ronnie. Ela estava abraçada às irmãs mais novas, uma de cada lado. O sangue negro também dominava a cena, e Ronnie deixara de ser bela.

Jerry desviou o olhar.

O filho mais novo, Zeke, estava em um quartinho no fim do corredor. Havia sido coberto com um lençol. Foi o primeiro a morrer, pensou Jerry, quando alguém da família ainda tinha forças para agasalhar seu corpo.

Mas se teve forças para isso, por que não ligara para pedir ajuda? Os Bensons tinham telefone e, por mais peculiar que fosse sua crença, deviam ter percebido que algo estava errado. Uma família inteira não morre desse jeito, não no Colorado, não em lugares civilizados. Era como se tivessem contraído a peste.

Jerry estava saindo do quarto quando sentiu um toque no ombro. Deu meia-volta, a pistola em punho, e soltou uma espécie de grito dilacerado. Mais tarde, ele o descreveria como um grito de mulher, um som que nunca imaginou ser capaz de emitir, mas não se envergonhava por isso. Como disse aos policiais, qualquer pessoa teria feito o mesmo se visse o que ele vira.

Royston Benson estava parado diante dele. Pobre e lerdo Roy, que amava a Deus porque seu irmão lhe dissera que o Senhor era misericordioso e tomaria conta dele se Roy rezasse bastante e levasse uma vida justa e não ficasse apalpando a mãe dos outros em armazéns.

Só que Deus não tomou conta de Roy Benson, não importa o quanto ele tenha rezado nem o esforço que tenha feito para controlar seus impulsos. Seus dedos estavam inchados e enegrecidos, e tinha o rosto coberto de tumores avermelhados nas bordas e escuros no centro. Um deles escondia toda a sua face esquerda. Comprimira as pálpebras, até que o olho não passasse de uma fresta, e retorcera seus lábios, dando a impressão de que estava sorrindo. Jerry percebeu que ainda lhe restavam alguns dentes, pendurados nas gengivas apodrecidas, e viu a língua distorcida remexendo-se na caverna da boca. Um líquido negro como petróleo escorria das narinas, dos ouvidos e dos cantos da boca de Roy, empapando o queixo antes de pingar no chão. Ele disse alguma coisa, mas Jerry não entendeu o quê. Só sabia que Roy Benson estava apodrecendo bem na sua frente, chorando por não entender por que aquilo estava acontecendo com ele. Estendeu a mão para Jerry, mas Jerry recuou. Não queria que Roy o tocasse de novo, de jeito nenhum.

— Calma, Roy — disse ele. — Sossegue. Vou pedir ajuda. Está tudo bem.

Mas Roy balançou a cabeça. O movimento fez com que catarro, lágrimas e sangue negro espirrassem no rosto e na camisa de Jerry. Roy tentou mais uma vez articular algumas palavras, mas elas não saíam, e começou a se sacudir, entrando em convulsões, como se algo estivesse prestes a jorrar de dentro dele. Caiu no chão e começou a bater a cabeça com tanta força no piso que os brinquedos do sobrinho despencaram das prateleiras. Arranhou as tábuas até as unhas serem arrancadas dos dedos. Depois, sob os olhos de Jerry, os tumores de seu rosto começaram a se espalhar, infectando os últimos resquícios de pele sã, correndo para se juntarem uns aos outros enquanto seu hospedeiro morria.

Quando o último traço de brancura desapareceu de suas faces, Roy Benson parou de se debater e ficou imóvel.

Cambaleante, Jerry se afastou do morto. Saiu do quarto, encontrou o banheiro e vomitou na pia. Continuou a vomitar até que só restassem cuspe e ar fedorento para expelir. Olhou-se no banheiro, receoso de que aquele negrume terrível também tivesse apagado sua fisionomia, assim como devorara Roy Benson.

Mas não foi isso o que viu. Voltou-se para olhar o cinzeiro ao lado do vaso sanitário. Estava cheio de guimbas, mas um cigarro permanecia aceso e seus últimos anéis de fumaça se dissipavam no ar.

Ninguém na casa fumava. Ninguém fumava, nem bebia, nem dizia palavrões. Ninguém fazia outra coisa a não ser trabalhar e rezar. E, nos últimos dias, apodrecer como carne velha.

Foi então que Jerry entendeu por que os Bensons não tinham pedido ajuda.

Alguém mais estivera lá, concluiu.

Alguém mais estivera lá e ficara só olhando enquanto a família agonizava.

II

Dez dias depois, e mais de três mil quilômetros a leste, Lloyd Hopkins pronunciou as palavras que ninguém tivera coragem de dizer:

— A gente vai ter de comprar outro limpa-neve.

Hopkins estreava a nova calça do uniforme, um pouco mais apertada do que deveria. A calça sobressalente estava para lavar e a outra tinha sido estraçalhada na busca recente por um casal de alpinistas. Haviam sido dados como desaparecidos por Jed Wheaton, dono do único motel de Easton, quando não retornaram de um passeio que tinham feito por Broad Mountain alguns dias antes. Depois se soube que os dois — vindos de Nova York, quem diria? — haviam sido consumidos por um desejo avassalador enquanto percorriam a trilha e tinham se hospedado em um chalé na montanha, usando nomes falsos para apimentar a ocasião. Não haviam se dado ao trabalho de informar a Jed Wheaton, por isso ele ligara para a delegacia quando dera por falta do casal. O delegado Lopez reunira um grupo de salvamento — do qual Lloyd Hopkins, seu único agente em tempo integral, participara — para começar a busca bem cedo no dia seguinte. O grupo ainda estava na montanha quando o casal, com seus desejos saciados, voltou ao motel para pagar a conta e apanhar seus pertences. Seguindo instruções do delegado, Jed se recusou a deixá-los partir antes que ele chegasse. Lopez lhes passou um sermão tão veemente que só faltou matar os dois de pancada e pendurá-los na placa de boas-vindas da cidade como exemplo.

Naquele instante, Hopkins, Lopez e Errol Crisp, o novo prefeito de Easton, estavam na garagem da prefeitura examinando o único e antiquíssimo trator limpa-neve da cidade.

— Quem sabe a gente arranja alguém para consertá-lo — disse Errol. — Já deu certo antes.

— Ontem vazou tanto óleo que o motor parecia ter sido furado por uma lança — retrucou Lopez com desdém. — Hoje nem quer ligar. Se fosse um cavalo, teria de ser sacrificado.

Errol deu um de seus longos suspiros, dos quais se valia sempre que alguém falava em gastar dinheiro. Era o primeiro prefeito negro de Easton e tentava maneirar em seu mês de estreia na função. A última coisa que queria era ouvir o povo falando que ele torrava dinheiro como um escravo liberto. Aos sessenta anos, Errol era o mais velho dos três homens reunidos na garagem. Lopez, que não aparentava nem um pouco a origem hispânica que se atribuía, tinha doze anos a menos que ele. Lloyd Hopkins, por sua vez, parecia um adolescente. Mas um adolescente rechonchudo. Errol até desconfiava que o rapaz fosse menor de idade.

— O conselho municipal não vai gostar nada disso — disse Errol.

— Os conselheiros vão gostar menos ainda quando a cidade for soterrada pela neve — disse Lopez. — E não vão gostar nem um pouco quando os comerciantes começarem a reclamar que ninguém pode estacionar na frente das lojas e que tem gente caindo e quebrando a perna no meio-fio porque não enxergam onde termina a calçada e começa a rua. Com os diabos, Errol, essa joça não tem mais serventia. É mais velha que o Lloyd.

Lloyd remexeu as coxas, tentando ganhar algum espaço entre a calça e a pele. Quando isso não funcionou, tentou discretamente puxar o tecido das reentrâncias em que estava grudado.

— O que é que deu em você, meu rapaz? — perguntou Errol, recuando alguns passos por precaução, caso o que quer que estivesse alojado na calça do jovem policial resolvesse pular para a dele.

— Desculpe — disse Lloyd. — A calça não caiu bem em mim.

— Por que você a vestiu, então?

Lopez respondeu por Lloyd.

— Porque ele é muito vaidoso para admitir que engordou desde a última vez que comprou uma calça nova. Tamanho 34 é o cacete. Eu disse que você deveria ter experimentado antes. É mais fácil o Errol voltar a ter 34 anos do que a sua cintura voltar a ser tamanho 34.

Lloyd corou, mas ficou calado.

— Não se preocupe — prosseguiu Lopez. — Vamos providenciar outra calça. Fica por conta da sua inexperiência.

— Na prestação de contas, é melhor lançar como "outras despesas" — corrigiu Errol. — Não quero gente pensando que estamos estocando calças para nos prevenir de alguma escassez. Porra, meu jovem, meu neto de dois anos não troca de calça mais de duas vezes por mês, e olha que ele está crescendo como grama no verão. Só tem dois anos de idade, mas até *ele* sabe quando uma calça não vai servir.

Lopez deu um sorriso maroto e deixou o prefeito encher mais um pouco o saco de Lloyd. Ele sabia do que se tratava, mesmo que Lloyd não soubesse. Errol ia se exaltar até espumar pela boca por causa de uma calça de quarenta dólares para se consolar por ser obrigado a gastar cem vezes mais em um novo limpa-neve. Assim que a raiva passasse, Lopez o acompanharia ao gabinete e planejariam a compra. Até o fim da semana, a garagem teria um limpa-neve novinho em folha. Quem sabe Lloyd até ganhasse uma calça que servisse, no mesmo prazo. Apesar de tudo, era justo relevar as pequenas idiossincrasias do jovem policial. Ele era honesto, diligente, mais esperto do que aparentava, a não ser quando se tratava de seu peso, e não cobrava horas extras. Lopez teria uma conversinha com ele sobre seus hábitos alimentares. Lloyd aceitava a maioria dos conselhos do delegado. Vai ver aquela calça acabaria cabendo nele, um dia. Talvez demorasse, mas Lopez via Lloyd, de várias maneiras, como um trabalho em andamento.

Easton era uma típica cidadezinha de New Hampshire: não exatamente bonita, mas longe de ser feia; um pouco distante das atrações turísticas de inverno para lucrar com os turistas que as visitavam, mas próxima o bastante para que seus moradores pegassem o carro e fossem passar o dia esquiando, se quisessem. Tinha dois ou três bares, uma rua principal com um comércio razoavelmente lucrativo durante todo o ano e um motel que era tanto um negócio quanto um hobby para o dono. A escola possuía um time de futebol decente e outro de basquete que as pessoas preferiam não mencionar. Os moradores exibiam um orgulho cívico totalmente desproporcional ao tamanho da cidade. O conselho municipal era consciencioso, apesar de comedido, o departamento de polícia consistia no delegado e um assistente que trabalhavam em tempo integral, além de um punhado de policiais que faziam meio expediente, e a taxa de criminalidade era um pouco abaixo da média para uma cidade desse porte. No cômputo geral, pensava às vezes o delegado, havia lugares melhores para se morar, mas, sem dúvida, havia outros que eram muito, muito piores.

Seu pai, Frank Lopez, trabalhara como contador em Easton, de 1955 a 1994, quando se aposentara e se mudara com a esposa para Santa Bárbara. Àquela altura, Jim era policial em Manchester havia quase vinte anos. Em 2001, quando o posto de delegado em Easton ficou vago, Jim Lopez se candidatou ao cargo e foi eleito. Tinha um quarto de século no serviço e, embora não quisesse largar a polícia metropolitana, achava que estava chegando a hora de levar uma vida mais sossegada. Seu casamento terminara dez anos antes, sem filhos mas sem amargura, e em Easton, sua cidade natal, encontrou cordialidade, conforto e um local para se aquietar na meia-idade. O trabalho não era muito puxado, as pessoas gostavam dele e o respeitavam, e ele conhecera uma mulher por quem desconfiava estar apaixonado.

Levando tudo em conta, Jim Lopez estava mais feliz do que nunca.

O Motel Easton tivera uma semana tranquila. Depois da confusão com os alpinistas, Jed Wheaton ficou até aliviado por não ter muitos hóspedes com que se preocupar. As coisas iriam melhorar de novo quando a neve chegasse e Easton recebesse o pequeno fluxo costumeiro de turistas durante as férias. O ano não seria lucrativo de qualquer modo, mas ainda poderia render mais um pouco.

Dos doze quartos, apenas dois estavam ocupados. Um deles, por uma dupla de jovens turistas japoneses, que viviam dando risadinhas e tirando fotografias. Mantinham o quarto tão limpo que Maria, a camareira, achava que fazia mais bagunça do que os hóspedes. Dobravam as toalhas, não deixavam cabelo no boxe do chuveiro ou na pia e até faziam a cama.

— Não seria ótimo se todo mundo que se hospeda aqui fosse como eles? — Maria perguntou a Jed naquela manhã, depois de terminar o serviço.

— É, seria maravilhoso — respondeu ele. — Assim eu poderia despedi-la e economizaria dinheiro para ter uma velhice mais confortável.

Maria estalou a língua e descartou o que ele disse com um aceno de mão.

— Você ia ficar com saudade de mim. Gosta de ter uma mocinha bonita zanzando por aqui.

Maria era uma porto-riquenha corpulenta e assanhada, casada com o melhor mecânico da cidade. Talvez tenha sido uma moça bonita um dia, mas, com a idade, parecia ter engolido outra Maria. Trabalhava duro, nunca se atrasava nem ficava de mau humor, tomava conta da recepção e das reservas, e era geralmente mais graças a ela do que a Jed que o motel se mantinha em funcionamento. Por isso, ele pagava bem e não reclamava quando ela usava o que sabia a respeito do funcionamento interno das máquinas de guloseimas para filar uma barra de chocolate.

Como se quisesse testar sua habilidade, e a tolerância de Jed, Maria foi até a máquina vermelha no canto do escritório, encostou a orelha nela, como se fosse uma arrombadora de cofres ouvindo o segredo, e deu um tapa forte com a palma da mão na lateral da geringonça.

Uma barra Snickers caiu na bandeja.

— Como é que você consegue fazer isso? — perguntou Jed, não pela primeira vez. — Eu bem que tento, mas acabo sempre machucando a mão.

Ao perceber que estava sancionando o roubo contra si mesmo, emendou:

— Se você insiste em fazer isso, pelo menos não faça na minha frente. É como assaltar um banco e pedir recibo.

Ela se sentou e desembrulhou a guloseima.

— Quer uma mordida?

— Não, obrigado. E por que estou dizendo "obrigado"? Fui eu que paguei por essa porcaria.

— Quanto custou? Setenta e cinco centavos? Tudo isso?

— É uma questão de princípios.

— Tá, sei, princípios. Que princípio é esse que custa só setenta e cinco centavos? Mesmo com o salário que você me paga, dá para comprar um monte desses princípios.

— Ah, é? Então por que você não investe parte do dinheiro para aprender algum princípio de verdade, como não roubar, por exemplo.

— Não estou roubando se você vê o que estou fazendo e não diz nada. Isso é *doação*, não roubo.

Jed a deixou de lado. Conferiu o registro. Não havia reservas para aquele dia, mas duas estavam confirmadas para quinta-feira e cinco para sexta. Somando-se aos hóspedes que seguissem as placas na estrada quando se cansassem de dirigir, o restante da semana parecia bastante promissor.

— O sujeito no doze — disse Maria.

— O que tem ele?

Maria se levantou, foi até a porta para se certificar de que não havia ninguém por perto e se debruçou no balcão.

— Não gosto dele.

O hóspede no quarto doze havia chegado duas noites antes. O filho de Jed, Phil — que viera da universidade passar alguns dias em casa e estava sempre disposto a ganhar uns trocados na recepção —, foi quem o registrou.

— Por quê? Ele não deixa que você roube os bombons do quarto?

Maria demorou a responder. Ela não era de perder tempo em dizer o que sentia. Jed largou a caneta e olhou, preocupado, para a camareira.

— Ele fez alguma coisa com você?

Maria balançou a cabeça.

— Então o que foi? — prosseguiu Jed.

— Ele me dá arrepios. Quando cheguei lá para arrumar o quarto, as cortinas estavam fechadas, mas não tinha aviso de "não perturbe" pendurado na maçaneta. Bati e não ouvi nada, por isso abri a porta.

— E aí?

— Ele só estava... *sentado* lá na cama, que continuava arrumada, como se ele não tivesse dormido nela. Estava imóvel, com as mãos nos joelhos, de frente para a porta, como se estivesse me esperando. Pedi desculpa, mas ele disse que estava tudo bem, que eu podia entrar. Eu disse que não, que voltava depois, mas ele insistiu. Disse que não tinha dormido bem à noite e que iria tentar tirar um cochilo mais tarde, por isso preferia que eu arrumasse logo o quarto. Mas não vi nada desarrumado e perguntei se ele estava precisando de algo. Ele disse que tinha usado as toalhas, só isso. Aí peguei umas toalhas limpas para trocar e entrei no banheiro. Ele continuava sentado na cama, mas percebi que não tirava o olho de mim. Estava sorrindo, e senti que tinha alguma coisa errada.

Só então Jed se deu conta de que Maria não comera a barra de chocolate. Permanecia intocada em sua mão. Ela viu para onde ele estava olhando, embrulhou de novo a barra e a largou no balcão.

— Perdi a vontade — disse ela.

Jed achou que ela estava prestes a chorar.

— Tudo bem. Vou deixar na geladeira para você comer quando quiser.

Ele apanhou a barra de chocolate e a guardou no minibar embaixo do balcão.

— Continue — disse Jed. — Você estava falando sobre o quarto doze.

Ela assentiu.

— Entrei no banheiro e vi que as toalhas estavam todas no chão. Quando cheguei perto, achei que estavam sujas de sangue.

— Sangue?

— É, só que preto, como graxa.

— Vai ver era graxa mesmo.

Jed não sabia o que era pior: manchas de sangue ou algum idiota ter usado suas toalhas para limpar o motor do carro.

— Pode ser. Não sei. Elas estão em um saco na lavanderia. Quer ver?

— Depois, quem sabe. Então, o problema foi só esse: toalhas sujas?

Maria ergueu a mão. Ainda não tinha terminado.

— Coloquei as luvas e apanhei as toalhas. Estava saindo do banheiro quando notei o vaso. A tampa estava levantada. Sempre dou uma olhada, sabe, caso precise de limpeza. Tinha mais líquido preto lá dentro, como se ele tivesse vomitado e aquilo tivesse saído de dentro dele. O vaso estava todo sujo. Quando me virei, ele estava do meu lado. Levei um susto e acho que dei um grito. Quase caí no chão, mas ele me segurou e pediu desculpa, disse que devia ter me avisado sobre o estado do banheiro.

— Passei mal — disse ele —, estou muito doente.

O hálito dele fedia.

— Precisa de um médico? — perguntei.

— Não, nada de médicos. Minha doença é incurável, dona, mas sinto que estou melhorando da crise. Só precisava limpar o organismo.

Depois disso, ele me soltou. Troquei as toalhas e dei descarga. Ia limpar o vaso, mas ele disse que não precisava. Quando saí, ele estava sentado na cama, como antes. Perguntei se queria que eu abrisse as cortinas, mas ele disse que não, que a luz o incomodava. Fechei a porta e fui embora.

Jed ficou pensativo.

— Bom, quer dizer que ele está doente — disse, por fim. — Não há nada que impeça um homem doente de se hospedar em um motel, eu acho, mas é melhor você tomar cuidado com aquelas toalhas. Você disse que usou luvas, não foi?

— Sempre uso. O HIV, a Aids... Sou muito cuidadosa.

— Ótimo — disse Jed, com um gesto de aprovação. — Isso é ótimo. Vou ver como ele está se sentindo quando terminar aqui. Quem sabe consigo convencê-lo a deixar o doutor Bradley dar uma olhada nele. Se foi capaz de encher o vaso de sangue negro, duvido que esteja melhorando. Duvido muito.

Jed disse a Maria que fosse embora mais cedo e passasse mais tempo com o neto. Se precisasse de alguma coisa, acordaria Phil. Com certeza, seu filho iria reclamar, mas era um bom rapaz. Jed sentiria sua falta quando ele voltasse para a universidade, no fim da semana. Só o veria de novo depois do Natal, já que Phil iria passar as férias com a mãe, em Seattle. Jed se consolou com o fato de que o filho voltaria antes do ano-novo e, se a escolha fosse dele, viria antes, pois gostava mais de Easton que de Seattle. A maioria de seus amigos estaria de volta para passar as férias com a família e esquiar um pouquinho, e Phil era tão bom quanto qualquer um deles no esporte.

Naquele instante, o melhor era ter uma conversa com o sujeito no quarto doze antes de decidir o que fazer. Talvez até o mandasse embora, já que não havia nada pior para os negócios do que um desconhecido morrer em um de seus quartos. Maria agradeceu antes de ir. Jed notou que ela estava muito abalada, embora não entendesse bem o motivo. É claro que dar de cara com toalhas e um vaso sujos de sangue em um quarto ocupado por um doente não era nada agradável, mas eles já tinham passado por situações muito piores. Alguns anos antes, uma turma organizara uma despedida de solteiro em um dos quartos e, no dia seguinte, Jed achou que seria mais fácil tocar fogo no motel do que limpá-lo.

Puxou o livro de registro e percorreu uma página com o dedo até encontrar o nome do hóspede do quarto doze.

— Carson — leu em voz alta. — Buddy Carson. Bom, Buddy, pelo visto, você vai nos deixar antes do que pensa.

Em mais de um sentido, pensou.

Embora houvesse chegado ao motel fazia apenas duas noites, o homem que se registrara como Buddy Carson andava perambulando por Easton havia mais de uma semana, desde que saíra do Colorado. Percorrera mais de três mil quilômetros em menos de dois dias. Buddy não dormia mais de uma hora por noite, no máximo duas, e sua dieta consistia em barras de chocolate e doces de qualquer tipo. Às vezes, sentia-se aflito com seus hábitos alimentares, mas não por muito tempo. Ele tinha coisas mais importantes com que se preocupar. Em como aliviar sua dor, por exemplo, e saciar o apetite do ser que morava dentro dele.

Na segunda-feira, logo após cruzar a divisa entre Vermont e New Hampshire, avistou Link Frazier trocando o pneu de sua picape e entendeu que estava na hora de recomeçar.

Link tinha setenta anos, movia-se como se tivesse cinquenta e dava em cima de mocinhas como se tivesse dezessete, mas trocar pneu era demais. Tinha sido dono de um bar em Easton, que vendera para Eddy Reed, e que na época se chamava The Missing Link, nome dado em homenagem à esposa. Ela brincava dizendo que, quando havia trabalho pesado a ser feito, Link sempre dava um jeito de se perder por aí.* Quando Myra morreu, já fazia dez anos, Link esmoreceu um bocado e vendeu o bar para Reed, com a condição de que ele mudasse o nome do estabelecimento. A piada perdera a graça depois da morte da esposa.

---

* Brincadeira com o nome de Link Frazier e o do bar, The Missing Link, que significa "o elo perdido". (N. T.)

Os joelhos de Link não funcionavam mais como antigamente, por isso ele ficou até satisfeito quando o Dodge Charger vermelho estacionou mais à frente e o motorista desceu. Era mais jovem que Link, décadas mais jovem, e usava calça jeans desbotada e um velho casaco de couro preto sobre uma camisa de brim igualmente desbotada. Por baixo das bainhas desfiadas da calça surgiam os bicos finos de botas de pele de cobra. Seus cabelos escuros e longos, besuntados e penteados para trás, traziam marcas paralelas feitas por um pente de dentes largos. Os fios de cabelo eram finos e deixavam à mostra a brancura do crânio por entre as mechas, como água de chuva escorrendo pelos sulcos de uma estrada enlameada.

O motorista enfiou a mão pela janela do carro e apanhou um chapéu de caubói feito de palha no banco do passageiro, ajeitando-o com cuidado na cabeça. Um tecido branco e oval estava preso na frente do chapéu. Parecia ter sido arrancado de um macacão, desses usados por mecânicos de automóveis, e nele estava escrito o nome Buddy em escrita cursiva vermelha.

À medida que o dono do Dodge se aproximava, Link pôde ver melhor seu rosto, apesar de sombreado pelo chapéu. As faces do homem eram tão descarnadas que Link notou os tendões se movendo enquanto ele mexia os maxilares, mastigando alguma coisa no canto da boca. Os lábios eram vermelho-escuros, quase negros, e os globos oculares, ligeiramente esbugalhados nas órbitas, como se ele estivesse sendo estrangulado por mãos invisíveis. Era quase feio, mas se portava com certa elegância. Aparentava determinação, apesar do ar pretensamente descontraído que seus modos e seus trajes sugeriam.

— Está com algum problema? — perguntou.

Sua voz tinha um sotaque anasalado tipicamente sulista, mas Link teve a impressão de que ele exagerava um pouco, como se valorizasse a pronúncia para aumentar seu carisma.

— Passei por cima de um prego no caminho — respondeu Link.

— É, esse pneu está mais murcho do que uma uva-passa. — Ajoelhou-se ao lado de Link. — Deixa comigo. Sem querer ofender, é claro. Eu sei que o senhor seria capaz de levantar a picape até mesmo sem o macaco, mas *poder* não quer dizer *dever*.

Link resolveu aceitar o elogio, por mais exagerado que fosse, e a ajuda que foi oferecida junto. Levantou-se e ficou olhando o homem com o chapéu de caubói rapidamente desaparafusar a roda e tirar o pneu. Era mais forte do que aparentava, pensou Link. Ele planejara bater na chave com o salto da bota para afrouxar os parafusos, mas o sujeito usou apenas as próprias mãos. Não demoraria até que o pneu fosse trocado com o mínimo de esforço e bate-papo. Melhor para Link, que não gostava de jogar conversa fora, principalmente com desconhecidos, não importava quantos pneus trocassem para ele. Na época em que era dono do bar The Missing Link, era Myra quem se encarregava de ser simpática com os clientes eventuais enquanto ele cuidava do pessoal que só ia lá para encher a cara.

O caubói se levantou, tirou um pano azul-claro do bolso e limpou as mãos.

— Obrigado pela ajuda — disse Link, estendendo a mão. — Sou Link Frazier.

O caubói olhou para a mão estendida como um pedófilo admirando a inesperada visão das partes pudendas de uma criança brincando em um parquinho. Terminou de se limpar, pôs o pano de volta no bolso e apertou a mão de Link. A sensação foi desagradável para o homem mais velho, como se insetos corressem por baixo de sua pele. Tentou esconder sua reação, mas teve certeza de que o caubói notara a mudança em seu aspecto.

— Buddy Carson — apresentou-se.

Ele tinha, sim, percebido a reação de Link. Buddy estava sempre atento a qualquer mudança no ritmo corporal dos outros. Por isso era bom no que fazia.

— E o prazer foi meu — acrescentou, enquanto as células do corpo de Link começavam a entrar em metástase e seu fígado apodrecia.

Buddy o saudou com um toque dos dedos no chapéu e voltou para o carro.

Mais tarde, naquele mesmo dia, Buddy conheceu uma garçonete em um bar em Danbury. Era uma quarentona acima do peso. Ninguém diria que era bonita, mas ele usou toda a sua lábia e, depois de passarem a noite bebendo, convenceu-a de que eram almas gêmeas: duas pessoas solitárias porém honestas que tiveram uma vida sofrida, mas, de algum modo, conseguiram dar a volta por cima. Foram ao apartamento dela, um duplex bem-cuidado, com um cheiro quase imperceptível de roupas mofadas, e Buddy chacoalhou a cama e os ossos da garçonete. Ela disse que não fazia isso havia muito tempo e que era exatamente do que precisava. Gemeu embaixo dele, que fechou os olhos enquanto se mexia por cima dela.

Era mais fácil quando conseguia entrar nas pessoas, quando tocava o interior da boca com o dedo, quem sabe até dando um jeito de cortá-las de leve com a unha. Feridas abertas também eram excelentes, e um beijo também servia, se ele conseguisse manter os lábios da vítima afastados por tempo suficiente para dar uma mordida na língua, mas sexo era o melhor. No sexo, a infecção era mais rápida, dando a ele uma chance de ficar por perto para ver o resultado sem correr muito perigo.

Na segunda vez, o tom dos sons que ela emitia mudou. Pediu que ele parasse. Disse que havia algo errado. Buddy não parou. Depois que o processo começava, tinha de ir até o fim. Era assim que funcionava. Quando ele se deu por satisfeito, ela já respirava com dificuldade e seu rosto se tornara cavernoso. Seus dedos eram como garras apertando os lençóis e suas costas se arquearam de dor. Ela não conseguia mais falar.

Começou a sangrar. Isso era bom, pensou ele. O sangue ainda estava vermelho, mas logo se tornaria preto.

Buddy se ajeitou na cama e acendeu um cigarro.

Vinha piorando aos poucos.

Antigamente, bastava uma vez por semana para aliviar a dor. Não mais. Uma vez por dia lhe dava algum descanso, mas só por uma ou duas horas preciosas. Se conseguisse contaminar mais de uma pessoa, as horas de repouso aumentavam de forma exponencial, mas o risco de ser descoberto era grande, por isso múltiplas vítimas raramente eram uma opção.

A crise naquela manhã era um sinal de que a criatura dentro dele estava se tornando mais difícil de controlar, de saciar. O sangue negro começara a surgir quando ele urinou. Não demorou a vomitar o líquido, encharcando as toalhas. Mal se recuperara quando a camareira gorda entrara no quarto. Ponderou se ela contaria para alguém o que tinha visto, e chegou à conclusão de que contaria, sim. Ele a decifrou ao segurá-la, sua pele roçando a dela enquanto a podridão que trazia dentro de si buscava abrigo na nova hospedeira.

Era hora de seguir em frente, mas ele se sentia tão fraco.

Havia uma alternativa, é claro, mas era extremamente perigosa. Fazia tempo que refletia sobre isso, calculando as possibilidades, avaliando os riscos. Com a dor aumentando e a presença do líquido negro na urina, entretanto, o plano se tornava cada vez mais sedutor. Se uma vítima lhe dava alívio temporário, raciocinou, e duas dobravam o tempo que conseguia dormir, o que aconteceria se ele fizesse mais vítimas ao mesmo tempo, muitas mais? Pensou na família no Colorado: depois deles, a dor sumiu por dias e, quando voltou, estava bem mais fraca, tanto que ele contaminara a garçonete mais por desejo do que por necessidade. O que aconteceria se infectasse um povoado, uma cidadezinha? Semanas, quem sabe meses, de descanso. Talvez até se livrasse completamente do mal que o afligia. A possibilidade de uma paz prolongada podia estar ao seu alcance.

Easton era uma cidade pequena. Em circunstâncias normais, contudo, seria difícil atingir um grande número de pessoas. Mas em seu passeio no dia anterior, ele vira algo que o fizera mudar de ideia. Passara o resto do dia pensando a respeito, pesando os prós e os contras e planejando uma forma de alcançar seu intento.

Naquela manhã, com o sangue negro enchendo o vaso, tomou uma decisão. Iria para o tudo ou nada ali mesmo, em Easton, depois seguiria rumo ao norte em busca de um lugar tranquilo para descansar durante o resto do inverno, talvez para sempre. Seus olhos se fecharam: tocar a camareira amortecera um pouco a dor, o suficiente para que sentisse sono. Passou a corrente na porta do quarto, estirou-se na cama e começou a sonhar.

O caubói não se chamava Buddy Carson.

Não tinha nome, pelo menos não tinha mais. Se um dia tivera, o nome se perdera fazia muito tempo. Sua nova vida começou quando acordou no meio do deserto de Nevada, trajando roupas esfarrapadas e cheio de tumores na carne. Não se lembrava de nada que acontecera antes disso.

Suas entranhas pareciam estar sendo assadas em fogo lento. Quando apertou a barriga, tentando aliviar a dor, sangue negro escorreu de suas unhas.

Após um longo tempo, reuniu forças para se levantar. Caminhou até a rodovia e pegou carona com um mecânico de automóveis, que estava levando seu Dodge Charger para uma concessionária em Reno. O mecânico passara meses restaurando o carro nas horas vagas e esperava lucrar um bom dinheiro com a venda.

O caubói sentiu a dor crescente em suas entranhas diminuir no instante em que, sem querer, sua mão roçou a do mecânico. A maior parte dos tumores estava escondida pelas roupas, mas depois do toque ele percebeu que o inchaço à mostra por baixo da manga da camisa começou a se desfazer. Em poucos segundos, sumiu de vez.

O caubói tocou de novo o motorista.

— Ei, que porra é essa, cara? Sai pra lá, seu veado.

O mecânico começou a estacionar. Não havia outros carros à vista.

— Dá o fora — disse ele. — Dá o fora da porra do meu...

O caubói segurou o braço direito do motorista e, com a mão esquerda, agarrou seu pescoço. Apertou. Um filete de sangue surgiu em uma das narinas do mecânico e escorreu pelos lábios e o queixo. A força do sangramento aumentou. A cor começou a escurecer até o sangue se tornar preto como carvão. O caubói observou a pele ao redor dos olhos da vítima se esticar, as feições empalidecerem e as maçãs do rosto se destacarem.

Pela primeira vez, teve uma visão do que carregava dentro de si, algo que se assemelhava a um gigantesco verme negro. Instalara-se em suas tripas e se alimentava dele, escurecendo lentamente suas células, destruindo tudo o que ele tinha de humano enquanto o mantinha vivo, injetando um veneno desconhecido em seu organismo. Se a criatura era racional, sua mente estava além da compreensão do caubói. Ele só sabia que fora escolhido como hospedeiro e, se não a obedecesse, a criatura o mataria.

O caubói urrou. Seus dedos romperam a pele do pescoço da vítima e se afundaram na carne. Sentiu a pressão que aumentava em seu braço até os dedos se enrijecerem e o veneno jorrar dos poros. As órbitas do mecânico foram inundadas pelo negrume e ele parou de se debater, ao mesmo tempo em que a dor do caubói se esvaía até sumir.

Enterrou o corpo no deserto, mas ficou com a carteira do morto. Ao escurecer, descobriu onde a vítima morava e passou a noite lá. Enquanto descansava, ficou pensando na imagem do verme dentro dele. Não sabia se a criatura era real ou apenas um modo que seu subconsciente encontrara de explicar a si mesmo o que estava acontecendo. Resolveu ir ao médico o mais cedo possível. Naquela noite, o verme apareceu em seus sonhos: sua cabeça de olhos cegos se abriu, revelando uma boca farpada, e disse que nenhum médico poderia ajudá-lo, que o propósito de sua vida não era ser curado, e sim espalhar a Palavra Negra.

Apesar do sonho, ele foi a um consultório no dia seguinte. Falou ao homem que o examinou a respeito da dor que sentia e do sangue escuro que vomitara no deserto. O médico escutou com atenção e apanhou uma seringa para a coleta de sangue.

A dor agonizante que o caubói sentiu foi insuportável. Assim que a agulha furou sua pele, ele sentiu o verme entrar em convulsões. Era como se a agulha penetrasse em sua barriga e não em seu braço, perfurando os órgãos internos e destroçando tudo pelo caminho. Seus gritos alertaram a secretária do médico, e o caubói infectou os dois, assim como tinha feito com o mecânico.

Mas a dor não passou naquela noite, e ele entendeu que estava sendo castigado pela ousadia de tentar se curar.

O mecânico morava sozinho, e todas as ligações que recebia eram a respeito de trabalho. O caubói ficou com o Dodge como lembrança, assim como um dos macacões que encontrou no guarda-roupa. Quando o macacão começou a se esfarrapar, arrancou o crachá e o colou no chapéu de palha que tirara de um vagabundo nas cercanias de Boise, Idaho. As botas já estavam em seus pés quando acordara no deserto e eram confortáveis como se tivessem anos de uso.

O mecânico se chamava Buddy, e o caubói resolveu adotar o nome. O sobrenome, Carson, era uma piada particular. Vinha de um termo que ele achara em um livro de medicina sobre tratamento de câncer. Parecia resumir tudo o que ele era, ou o que havia se tornado. Virara Buddy Carcinogênico, ou simplesmente Buddy Carson.

Quem entendesse a piada já estaria à beira da morte.

III

Lopez patrulhava as ruas a bordo da viatura para mostrar à população que levava a sério seu trabalho. Como quase toda cidade pequena, Easton era um lugar pacífico, com poucos crimes de verdade, a não ser pequenos roubos, uma ou outra briga de bar e a ameaça onipresente de violência doméstica. O delegado lidava com esses incidentes da melhor forma possível. De certo modo, era como se ele e a cidade tivessem sido feitos um para o outro. Era bem provável que não fosse o melhor homem da lei do mundo, pensava Lopez, mas poucos se esforçavam tanto quanto ele.

Depois de algumas horas — durante as quais não fez nada além de multar um representante comercial que dirigia a cem por hora em uma zona de velocidade controlada e repreender uns garotos que transformaram o estacionamento do banco em uma pista de skate —, o delegado parou na lanchonete de Steve DiVentura para tomar café e comer um sanduíche. Estava quase se sentando em frente ao balcão quando viu o doutor Bradley, sozinho, em uma mesa para dois perto da janela. Disse a Steve que queria ser servido lá.

— Posso me sentar? — perguntou.

Greg Bradley estava perdido em pensamentos, e Lopez teve a impressão de que não eram pensamentos agradáveis. O médico tinha quase a mesma idade do delegado, mas era um típico anglo-saxão de classe média: louro e bronzeado, com um sorriso perfeito e dinheiro no banco. Lopez imaginava que Bradley seria muito mais bem pago na cidade grande, mas sua família era dali e ele sentia uma afeição genuína pela região e por seus habitantes. O delegado entendia perfeitamente. Compartilhava o sentimento.

Desconfiava que Bradley fosse gay, embora nunca tivesse tocado no assunto com ele. Compreendia seu silêncio. A maior parte dos moradores de Easton era tolerante — afinal de contas, tinham elegido um prefeito negro e um delegado com sobrenome hispânico em uma cidade cuja população era noventa por cento branca —, mas essa tolerância não se estendia à relação entre médico e paciente. Muitos prefeririam pegar o carro para se consultar em Boston a deixar que um homossexual assumido pusesse as mãos neles — e isso valia para as mulheres também. Por isso, achavam melhor simplesmente ignorar o fato de Greg Bradley continuar solteiro. É assim que as coisas funcionam em cidades pequenas.

— Claro, fique à vontade.

O médico mal tocara no sanduíche de pasta de atum e seu café havia esfriado.

— Ainda bem que não pedi atum — disse Lopez.

— O atum está ótimo, o problema é comigo.

Uma garçonete serviu café para o delegado e avisou que o sanduíche estava quase pronto. Ele agradeceu.

— Posso ajudar? — perguntou Lopez.

— Não, a não ser que faça milagres. Você vai acabar sabendo de um jeito ou de outro, então é melhor que seja por mim. O Link Frazier está com câncer.

O delegado se recostou na cadeira. Ficou sem palavras. Não conseguia imaginar a cidade sem Link. Muitos anos antes, até namorara uma de suas filhas. Link levara na esportiva e o perdoara quando Lopez terminou o relacionamento uma semana antes do baile de formatura da moça.

Levou dois anos para perdoá-lo, a bem da verdade, mas o que importa é que o perdoou.

— Como ele está?

— Completamente tomado, um dos piores casos que já vi. Ele veio se consultar faz uns dois ou três dias. Foi a primeira vez que me procurou. Tinha urinado sangue pela manhã, um bocado de sangue. Link nunca foi de ir ao médico, mas sabia que estava com algum problema grave. Agendei uns exames para ele à tarde e, à noite, me ligaram do laboratório para dar os resultados. Aposto que nem precisaram esperar pela biópsia. Bastou o raio X. O fígado parece ser o mais afetado, mas a doença já se espalhou pela coluna e por outros órgãos importantes. Falei com o filho dele hoje de manhã. Ele me deu permissão para contar às pessoas mais chegadas ao pai.

— Meu Deus, quanto tempo ele ainda tem?

Bradley balançou a cabeça.

— Não muito. O mais estranho é que ele jura não ter sentido dor até alguns dias atrás nem ter apresentado qualquer sintoma até urinar sangue. É quase inacreditável.

— O Link é durão. Só notaria que perdeu um braço na hora de dar corda no relógio.

— Ninguém é tão durão assim. Ouça o que eu digo, era para ele estar morrendo de dor há meses.

O sanduíche de Lopez chegou, mas, assim como Bradley, ele perdera a fome.

— Onde ele está?

— Em Manchester. Acho que vai ficar internado lá até... Bom, até o fim.

Os dois ficaram sentados em silêncio, observando o vaivém da cidade pela janela. As pessoas os cumprimentavam com acenos, e eles acenavam de volta, mas sorriam automaticamente e sem entusiasmo.

— Sabe, meu pai morreu de câncer — disse Bradley.

— Eu não sabia.

— Ele fumava demais. Bebia demais também. Comia carne vermelha e frituras. Achava que não tinha se alimentado bem se a sobremesa não fizesse suas artérias estalarem. Se o câncer não acabasse com ele, tinha dezenas de outros candidatos esperando a vez.

— Tive um amigo que morreu de câncer — disse Lopez. — O Andy Stone. Era investigador da polícia estadual. Não bebia, não fumava e corria quase cem quilômetros por semana. Morreu um ano depois do diagnóstico.

— Onde a doença se instalou?

— No pâncreas.

Bradley fez uma careta.

— É terrível. Todo câncer é terrível, mas alguns são piores que outros.

— Sempre ouço histórias parecidas — disse o delegado. — Às vezes, são conhecidos, ou amigos de amigos. Gente que pega essa merda sem ninguém saber por quê. Gente que se alimenta bem, não trabalha em situações de risco e não tem muito estresse na vida. E, de uma hora para outra, viram sombras do que foram. Acho que eu não aguentaria morrer desse jeito. Para falar a verdade, não sei se sou resistente à dor. Nunca fui baleado, nunca quebrei um osso e não entro em um hospital desde que retirei as amígdalas quando criança. Vi como o Andy sofreu e acho que seria demais para mim.

— O ser humano é durão por natureza — disse Bradley. — Como o Link, eu acho. Nosso instinto é lutar para sobreviver. Sempre fico impressionado quando vejo as reservas de força que existem nas pessoas, por mais comuns que sejam. Mesmo quando comem o pão que o diabo amassou, encontram razões para ter esperança. É admirável.

Lopez empurrou o sanduíche.

— Essa conversa me deu indigestão.

— Tomara que não vire hábito. Você devia ficar com pena do Stevie. Ele vai achar que a comida não presta.

Lopez olhou para trás e viu Steve DiVentura no caixa, com um lápis atrás da orelha, calculando as contas dos clientes.

— Quem sabe ele nos dá um desconto se a gente reclamar — disse o delegado.

— Steve? Se a gente reclamar, ele vai nos cobrar a mais pelo tempo perdido.

O assunto fez Lopez voltar a pensar em Link Frazier e no bar que ele tinha vendido e ainda frequentava, atormentando o novo dono com os comentários que fazia a respeito da comida "sofisticada" que ele passara a servir.

— Você já contou para o Eddy Reed?

— Não, você foi o primeiro.

— Deixa que eu conto para ele, então. Se esbarrar em mais alguém que mereça ficar sabendo, posso poupá-lo do trabalho. Depois ligo para saber como vão as coisas.

Bradley ficou agradecido.

— É a parte ruim do que fazemos: dar as más notícias para a família e os amigos.

— Verdade. A diferença é que geralmente não preciso contar para alguém que ele está morrendo.

Bradley deu um sorriso triste.

— É, os sujeitos com quem você lida já sabem que estão mortos.

— Isso é um exemplo do que chamam de "rir na cara da morte"?

— Ou "assobiar no cemitério".

— Se trouxer algum consolo, tanto faz.

Bradley foi o primeiro a se levantar.

— Vou indo. Já é difícil convencer certas pessoas a irem ao médico. Se eu demorar, elas vão embora para casa e tomam uma aspirina.

Lopez desejou sorte a Bradley. Era terrível a situação de Link Frazier, simplesmente terrível. Tomou um golinho de café. Lera em algum lugar que café demais dá câncer. Hoje em dia, tantas coisas parecem ser cancerígenas. Tentou imaginar qual teria sido a causa da doença de Link Frazier e concluiu que as coisas nunca são tão simples assim. Vai ver Link não tinha feito nada a não ser tentar levar a vida da melhor forma possível. Não há muito o que fazer contra o que não se pode ver, pensou.

Desistiu do café e comprou uma maçã antes de sair.

Greg Bradley voltou andando pensativo para o consultório, sem conseguir tirar o caso de Link Frazier da cabeça. O que teria acontecido se Link o tivesse procurado mais cedo? Greg exortava os moradores idosos a fazerem exames de rotina, mesmo que não se sentissem doentes, mas o povo de Easton não demonstrava grande interesse em gastar dinheiro sem necessidade com médicos. Com o que quer que fosse, aliás. Era quase engraçado: os dentistas tinham mais ou menos convencido a população acerca da importância de consultas regulares para manter os dentes saudáveis, mas era quase impossível persuadir as pessoas a terem o mesmo cuidado com o restante do corpo. Às vezes, Greg Bradley ficava tão frustrado com isso que tinha vontade de gritar.

Seis pacientes o aguardavam quando chegou à clínica. Alguns folheavam com indiferença o estoque de revistas antigas, outros dedicavam-se ao passatempo milenar de adivinhar que mal afligia os sofredores ao seu redor e se era prudente manter distância deles. Lana, a secretária, lançou um olhar de reprovação ao médico, batendo discretamente no mostrador do relógio de pulso para lembrá-lo de que estava atrasado. Ele pediu mais cinco minutos, entrou no consultório, fechou a porta e deu um telefonema. Se Lopez estivesse lá, não ficaria surpreso com a conversa entre Greg e um homem chamado Jason Coll, que trabalhava como advogado fiscal em Rochester, embora outros de seus concidadãos talvez ficassem. Era provável que os mais liberais até invejassem o óbvio consolo proporcionado ao médico pelo homem do outro lado da linha. Quando Greg desligou, passou um tempo pensando, como de hábito, se seu relacionamento, e sua clínica, sobreviveriam à mudança de Jason para Easton. Seria mais prático que Greg fosse para Boston, mas ele não queria ir embora da cidade. Era o seu lugar, simples assim. Por enquanto, teria de se satisfazer com chamadas telefônicas e fins de semana roubados.

Apertou o botão do interfone e pediu a Lana que deixasse entrar o primeiro paciente.

O resto do dia foi tranquilo para Lopez, a não ser por uma ligação de Errol perguntando se o limpa-neve precisava ser novinho em folha ou se um de segunda mão, com o motor restaurado, daria conta do recado.

— É um barato que sai caro — disse Lopez.

Ele não tinha certeza disso, mas gostava da ideia de ter um limpa-neve novo na cidade, mesmo que não fosse ele a operá-lo. Além do mais, sabia que o inverno era cruel com os idosos e gostaria de evitar a todo custo que uma ambulância atolasse porque o limpa-neve quebrara.

Viu quando Lloyd entrou na delegacia. Ellie Harrison, uma das policiais que trabalhava meio expediente, acabara de chegar e estava lidando com a papelada no escritório dos fundos. Ela acenou para Lloyd, que a deixou trabalhar em paz. Ele deu a volta no balcão de atendimento e sussurrou para Lopez:

— Já soube do Link Frazier?

— Já. Quem te contou?

— Minha mãe. Ela foi se consultar com o doutor Bradley hoje à tarde.

Lloyd parecia realmente triste com a notícia. Ainda morava com os pais, em um quarto e sala sobre a garagem da casa. Namorava Penny Clay, que trabalhava na farmácia e, segundo as más línguas, não era nada silenciosa na cama. Lopez gostaria de saber o que os pais de Lloyd faziam quando o filho dormia com Penny, isso se permitissem que ele levasse garotas para casa. Talvez tivessem a sorte de estar ficando surdos. Do contrário, escutar Penny Clay no auge do prazer certamente aceleraria o processo. À primeira vista, Penny não combinava com Lloyd. Tinha personalidade forte e parecia que lhe faltava um filtro entre a boca e o cérebro, mas adorava o namorado, a seu modo, e Lopez torcia para que injetasse um pouco mais de determinação no rapaz.

Se havia algo que Lopez reprovava no subordinado era o fato de Lloyd ser sensível demais para seu próprio bem. No entanto, era exatamente por isso que ele demonstrava um tato que faltava a Lopez. Quando Renee Bertucci foi atacada pelo ex-marido, cerca de um ano antes, e chegou à delegacia coberta de hematomas, com a blusa rasgada e o olhar vidrado, típico de quem sofreu alguma forma de violência, foi Lloyd quem cuidou dela. É verdade que Ellie esteve presente durante o exame de corpo de delito, mas foi em Lloyd que Renee encontrou maior apoio. Ele passou a noite inteira sentado em uma cadeira do lado de fora do quarto no hospital, até ser informado de que Aldo Bertucci havia sido preso nas cercanias de Nashua, e depois a levou para a casa da mãe dela. Em situações delicadas como essa, poucos policiais do sexo masculino se sairiam tão bem. Lloyd Hopkins nem precisava se esforçar. Simplesmente, levava jeito para isso.

— Se der tempo, acho que vou dar um pulo no hospital para ver como ele está — disse Lloyd.

— Diga que mandei um abraço.

— Pode deixar. Vai direto para casa?

— Não, vou jantar com a Elaine no bar do Reed. Se precisar de mim para qualquer coisa, ligue para o meu celular.

— Noite importante, amanhã — disse Lloyd. — Será que ainda vai rolar, mesmo depois de todo mundo ficar sabendo sobre o Link?

Todo ano, antes do Natal, Eddy Reed promovia um evento de arrecadação de fundos em seu bar. O lucro da noite era doado para instituições beneficentes. A tradição vinha da época em que o bar pertencia a Link Frazier, e Reed fez questão de mantê-la. Quase todos os moradores da cidade davam um jeito de passar, pelo menos, algumas horas por lá nessa data, e a maioria pagava a mais quando chegava a conta.

— Não sei, mas a não ser que o Reed cancele, vamos ficar de prontidão — respondeu Lopez. — Não queremos que alguém meta na cabeça que se trata da noite certa para assaltar o bar.

O assunto fez Lopez recordar que ainda não havia dado a Eddy Reed a má notícia. Não sabia se Link tinha seguro de saúde nem como andava sua situação financeira. Se o tratamento adequado estivesse acima de suas posses, boa parte da quantia arrecadada no bar, ou toda ela, poderia ser destinada a pagar as despesas médicas. Resolveu conversar a respeito com Greg Bradley sobre isso na próxima vez que o encontrasse.

Lopez tomou banho e mudou de roupa na delegacia. Deixou Lloyd e Ellie de plantão e percorreu os cinco quarteirões até o bar do Reed a bordo de seu Ford Bronco. Era o único bar da cidade que servia algo além de hambúrgueres e batatas fritas como refeição. Estava com apenas um quarto da lotação quando Lopez chegou. Pelo visto, muita gente achara melhor economizar para gastar dinheiro por uma boa causa no dia seguinte. O delegado sentou-se ao balcão e pediu uma cerveja. Folheou um jornal que alguém deixara para trás enquanto jogava conversa fora com outros frequentadores e com o próprio Eddy até Elaine chegar.

Elaine Olssen era o tipo de loura escandinava de capa de revista que fizera Lopez chorar de frustração na adolescência. De longe, era a mulher mais bonita com quem já saíra: um metro e oitenta de altura, com o rosto ligeiramente bronzeado, mesmo no inverno, e cabelos abaixo dos ombros. Seus olhos eram de um azul muito claro e seus lábios se afastavam em repouso, criando um minúsculo diamante no centro da boca. Ele percebeu outros homens olhando para ela quando Elaine cruzou o bar indo ao seu encontro. Os homens sempre olhavam. No entanto, quase todos pararam assim que viram Lopez encarando-os pelo espelho por trás do balcão.

Apenas um não se importou com a presença do delegado. Continuou com os olhos fixos em Elaine até ela se sentar e só então virou de costas. Bebia refrigerante, com os restos de uma torta de maçã na mesa à sua frente. Seus cabelos besuntados estavam penteados para trás e usava botas de pele de cobra e calça jeans. Um chapéu de caubói jazia na mesa ao lado do prato. Lopez notou que havia algo escrito no chapéu, mas não conseguiu ler o que era de onde estava sentado. Cogitou dar uma dura no desconhecido, em parte pelo modo como ficou babando por Elaine, mas também pelo desconforto que sentiu quando seus olhares se cruzaram por um segundo.

— O que foi? — perguntou Elaine, depois que se beijaram.

Pelo espelho, ela seguiu a direção do olhar de Lopez.

— É, eu vi que ele me olhou dos pés à cabeça — prosseguiu ela. — Tarado.

— Se fizer isso de novo, vou ter uma conversinha com ele.

Elaine passou os dedos nos lábios de Lopez, que os beijou.

— Não seria um abuso de autoridade?

— Só se eu bater nele depois.

— Ah. Não sabia que a lei era tão aberta a interpretações.

Elaine tirou o casaco. Usava uma camiseta polo vermelha que destacava suas curvas de um jeito que fez Lopez prender a respiração. Por instinto, o delegado olhou de soslaio para o homem com o chapéu de caubói. Ele parecia observar o movimento na rua pela janela, mas Lopez podia jurar que admirava o reflexo de Elaine no vidro.

Ela pediu vinho branco e os dois conferiram o cardápio.

— Como foi o seu dia? — perguntou ele.

Elaine era a promotora auxiliar que servia como porta-voz do procurador público em New Hampshire, o que a tornava o primeiro ponto de contato entre a mídia e a procuradoria. Por isso, aparecia na tevê sempre que o órgão investigava um caso importante ou quando era preciso lidar com alguma controvérsia. A especialidade de Elaine Olssen era desarmar situações potencialmente explosivas. Até mesmo os repórteres mais tenazes do sexo masculino sentiam fraqueza nas pernas quando ela abria o sorriso para eles, e as do sexo feminino achavam melhor não se meter com ela para evitar comparações.

— Tranquilo, pelo menos para mim. Meus colegas estão tentando fechar o máximo de casos que puderem antes das férias. Nada melhor para afiar a mente do que a possibilidade de mandar alguém passar o Natal na cadeia. Isso enche o escritório de espírito natalino. E o seu dia, como foi?

Ele terminou a cerveja e pediu outra.

— Monótono, como sempre. Errol choramingou por ter de comprar outro limpa-neve e Lloyd precisa de uma calça nova...

— Você é pai dele, por acaso?

— O rapaz não para de crescer...

A cerveja chegou. Ele cutucou o rótulo da garrafa.

— E o Link Frazier está muito doente — prosseguiu Lopez. — Câncer. Sinto muito.

Elaine fechou os olhos. Morava a menos de dois quilômetros da casa de Link. Ele tinha sido muito prestativo quando ela se mudara para lá, três anos antes.

— Você tem certeza? — perguntou Elaine, assim que se recuperou do choque. — Falei com ele há poucos dias. Não me pareceu doente e não reclamou de nenhuma dor.

— Conversei com o Greg Bradley hoje à tarde. Ele disse que o Link está mal. Acha que não vai durar muito tempo.

Lopez estendeu o braço e passou a mão nas costas dela. Lloyd Hopkins é que era bom nisso. O delegado sabia que não podia se comparar ao rapaz nessas horas.

A notícia azedou o clima durante o resto da noite, mas mesmo assim eles comeram, beberam e conversaram. Ao ouvir a má notícia, Eddy se prontificou a visitar a família de Link, indagar sobre o seguro de saúde e informar que a quantia arrecadada no evento do dia seguinte poderia ser usada para ajudar no tratamento, se fosse preciso. Lopez agradeceu e foi com Elaine até o estacionamento.

— Quer dormir lá em casa? — perguntou ela. — Eu adoraria.

— Eu também.

Elaine sorriu e o abraçou. Por sobre o ombro dela, Lopez viu o homem sentado à janela olhando para eles e passando a língua nos lábios. Lopez a afastou.

— Espera um minutinho só? — perguntou ele.
— Claro. Algum problema?

Ele tirou o distintivo do bolso de trás e roçou a mão na arma pendurada no cinto.

— Vamos já descobrir — respondeu.

Buddy Carson observou a chegada do delegado grandalhão. Já o tinha visto antes, a bordo da viatura, cumprimentando todo mundo que encontrava. Descobriu seu nome e o cargo que ocupava. Lopez representava um perigo, e Buddy sabia muito bem disso. Ao longo dos anos, desenvolvera um instinto predatório para reconhecer quem estava no seu nível ou ainda mais alto na cadeia alimentar. Sempre que possível, evitava-os. Quando não tinha opção, livrava-se deles. Nunca matara nenhum tira, no entanto. Com eles, era outra história. Bastava matar um para os outros virem atrás. Havia uma hierarquia no calor gerado por um assassinato: o de jovens, principalmente de outras etnias, era o que menos chamava atenção; o de mulheres e crianças mobilizava bem mais gente; mas matar um tira era como se colocar diante de um lança-chamas. Se Buddy quisesse ir até o fim com o que planejara em Easton, teria de dar um jeito no delegado.

Lopez estava bem agasalhado, com apenas as mãos e o rosto à mostra, e Buddy achou que seria difícil arranjar uma desculpa para tocá-lo durante o tempo necessário. Se o provocasse demais, acabaria indo parar na cadeia, e Buddy não queria nem pensar no que aconteceria se ficasse trancafiado em uma cela. Além disso, correria um risco adicional se tentasse contaminá-lo no bar, onde não teria tempo suficiente para que o veneno agisse. Sabia, por experiência própria, que algumas pessoas eram mais sensíveis ao seu toque do que outras. Era como se sentissem que estavam se transformando, como se intuíssem a violação que acontecia em seu íntimo. Eram as mais perigosas, e Buddy costumava destruí-las por completo, manter contato com elas até subjugá-las de uma vez por todas. Agia como uma aranha ao atacar uma vespa, entupindo-a de veneno mesmo enquanto o inseto tentava picá-la, por saber que recuar antes de ter dominado a vítima deixaria o predador vulnerável a um contra-ataque mortal.

Buddy tornara-se perito em reconhecer quem estava sempre de prontidão. Pela natureza da profissão que exerciam, policiais eram particularmente vigilantes. Por isso, Buddy evitava qualquer interação com eles sempre que possível. Algo no porte de Lopez alertou Buddy de que estava na presença de alguém que era bom no que fazia, portanto precisava ser ainda mais cauteloso que de costume.

Os outros frequentadores ficaram de olho em Lopez quando ele se aproximou da mesa e mostrou o distintivo.

— O senhor tem algum documento de identidade? — perguntou.

— Por quê? Fiz alguma coisa errada?

— Mostre um documento, por favor.

Buddy enfiou a mão no casaco. O delegado ergueu ligeiramente a pistola Glock do coldre, deixando à mostra o acabamento fosco da coronha.

— Devagar — disse.

— Mas que cidadezinha hostil — disse Buddy, enquanto remexia no bolso do casaco. — Tem leis contra quem quer ficar sossegado no seu canto e contra quem admira uma mulher bonita. O problema é esse, não é? Olhei para a sua namorada e o senhor não gostou. Desculpe, mas ela é muito atraente. Não fiz por mal.

Ele encontrou a carteira de motorista, emitida em Nevada. Era genuína. O homem de quem Buddy a comprara garantira que passaria pelo mais minucioso dos exames. Não estava mentindo. Valera cada centavo que Buddy pagara, antes que o homem morresse e não tivesse mais necessidade de dinheiro. Ele estendeu o documento para Lopez e ficou tentado a roçar os dedos na mão do delegado. Um breve contato bastaria para avaliar a sensibilidade do outro, além de presenteá-lo com uma pequena dose de mortalidade, mas o delegado foi rápido demais para ele.

— O que veio fazer aqui, sr. Carson?

— Estou tirando um período sabático. Viajando por aí, sabe, tentando conhecer um pouco deste grande país.

— Não recebemos muitos turistas vindos de tão longe só para fazer uma visita. O senhor conhece alguém na cidade?

— Ainda não. E, se este nosso diálogo for uma mostra de hospitalidade, acho que não vai ser fácil fazer amigos por aqui.

— Depende — disse Lopez.

— Do quê?

— Das suas intenções serem realmente amigáveis.

— São as melhores possíveis — disse Buddy. — Só quero dar a mão ao próximo.

Lopez mandou Buddy esperar enquanto ligava do celular para a delegacia. Ellie atendeu. Pediu que ela verificasse o antepassado criminal de Buddy Carson. Deu o número de registro da carteira de motorista e esperou. Ficou de olho no forasteiro, que continuava sentado à mesa, em silêncio. Não olhava mais para Elaine. Em vez disso, mantinha os olhos fixos na parede à sua frente.

Ellie informou que a ficha de Buddy estava limpa. Lopez ficou decepcionado, mas continuou com suas suspeitas.

— Onde o senhor está hospedado? — perguntou quando voltou à mesa.

Buddy ficou ligeiramente decepcionado quando o delegado não estendeu a mão para devolver a carteira. Em vez disso, Lopez depositou-a na mesa, com o lado da foto para cima, e continuou a segurá-la pelo canto, com a ponta do dedo.

— No Motel Easton — respondeu Buddy. — É muito agradável. Tão agradável que estou pensando em estender minha visita.

— Ouça bem o que tenho a dizer, sr. Carson. Não tem muita coisa para se fazer em Easton nesta época do ano. Aposto que até amanhã o senhor já terá explorado todas as opções de lazer e só lhe restará ir embora. Boa viagem.

Lopez deu um peteleco na carteira, que deslizou no tampo da mesa.

— Parece até que estou sendo expulso da cidade — disse Buddy.

— Não, o senhor vai por vontade própria. Mas, se quiser ajuda para partir, pode contar comigo. Tenha uma boa noite.

Buddy observou o delegado sair do bar. Fora insolente na esperança de que ele perdesse a cabeça e lhe desse a oportunidade de tocá-lo, mas Lopez não mordera a isca. Talvez tenha sido melhor assim. Buddy andava estocando seu veneno, preparando-se para o grande momento. Contaminar o delegado talvez diminuísse seu apetite ou alertasse Lopez para o risco que ele representava. Melhor deixar que escapasse, por enquanto, até que surgisse outra oportunidade. Buddy não se considerava um sujeito vingativo, mas seria um prazer dar um presentinho para o delegado. Imaginou-se ajoelhado no peito de Lopez, os dedos invadindo sua boca e torcendo sua língua, que escureceria aos poucos. Abriu um sorriso. Dar um fim naquele latino de merda seria realmente um grande prazer.

Quanto a namorada dele, bom, nesse caso o prazer seria dobrado.

— Que tal?

Estavam no carro de Elaine. Lopez pegaria o seu quando voltasse com ela para a cidade, de manhã. Elaine tinha uma Mercedes conversível, modelo CLK430. Lopez achava ótimo que ela trabalhasse na procuradoria, porque a moça não se dava nada bem com limites de velocidade. Às vezes, quando percorriam o trecho da rodovia 95 entre Montpelier e White River, com Lopez no banco do passageiro, ele duvidava que até mesmo sua influência combinada à do procurador seriam suficientes para mantê-la fora das grades. Ou a ser recrutada para participar de algum projeto secreto da Nasa de teste de foguetes.

— Que tal o quê?

— Você mal abriu a boca desde que saiu do bar. Aquele cara fez alguma coisa?

— Só encheu o meu saco, nada mais. Nunca conheci um sujeito chamado Buddy que fosse gente boa. É um desses nomes que dão a impressão de que o dono está se esforçando demais para agradar. Quase tão inconveniente quanto quem trata os outros como "parceiro" ou "colega".*

— Você vai escorraçar o cara?

— Já escorracei. Disse para dar o fora daqui.

---

* O termo "buddy" pode ser traduzido como camarada ou companheiro. (N. T.)

— Justiça à moda antiga. Aposto que toda moça assediada por algum tarado em um bar gostaria de ter um namorado que o expulsasse da cidade.

Lopez não tinha certeza se ela estava sendo sarcástica. Olhou de lado para Elaine, que retribuiu o olhar, de um jeito sedutor.

— Gosto disso — disse ela com a voz macia. — É bem sexy.

Pela primeira vez desde a conversa com Buddy Carson, Lopez abriu um sorriso.

— Na próxima vez, vou bater nele para você.

Ela deu um gemido.

— Mal posso esperar. "Bate mais forte, delegado. Mais *forte*..."

IV

Buddy Carson saiu do bar e voltou para o motel a bordo de seu Dodge. Não planejara ser obrigado a deixar o motel tão cedo. Queria um lugar para descansar antes do que havia programado para a noite, mas não tinha dúvida de que o tira faria uma visita ao motel pela manhã. Era prudente evitar confrontos antes de estar preparado. Depois de observar o movimento do bar, ficou convencido de que conseguiria infectar com facilidade umas vinte pessoas. Talvez mais, se a casa noturna lotasse. Caso tudo corresse bem, teria uma trégua de semanas, quem sabe meses. Gostava da ideia de ir para Nova York, mas seria difícil tocar casualmente na pele dos outros durante o inverno. Graças ao alívio temporário que esperava, poderia se dar ao luxo de hibernar até a primavera. Depois iria para a Flórida, ou então para a Califórnia. São Francisco, com sua grande quantidade de mendigos e turistas, parecia uma boa pedida.

Buddy passara mal de novo, dessa vez no bar do Reed. Era quase como se o verme negro soubesse o que ele estava planejando e usasse o domínio que tinha sobre ele para se certificar de que o caubói não mudaria de ideia. Às vezes, Buddy tinha curiosidade de saber o que aconteceria se tentasse resistir aos impulsos que sentia, se aguentasse a dor até o fim. Como seria sua morte? Duas noites depois de assassinar o médico e a recepcionista no consultório, ele achou um revólver na mesa de cabeceira do mecânico. Entornou duas doses de Bourbon para tomar coragem e enfiou o cano da arma na boca. Fechou os olhos e pensou em puxar o gatilho, mas mudou de ideia. Contudo, não puxou o gatilho porque não quis. O fato é que o verme negro ou que diabo fosse não podia obrigá-lo a agir contra a vontade. É claro que podia usar a dor para forçá-lo a tomar certas atitudes, mas não controlava sua mente. Buddy ainda tinha liberdade de escolha.

Não, a razão pela qual Buddy não puxou o gatilho naquela noite era, ao mesmo tempo, mais simples e infinitamente mais complexa do que controle da mente. Ele não puxou o gatilho porque *gostava* do que fazia. Transmitir a outras pessoas um pouco da doença que infestava seu corpo lhe dava, além de alívio, prazer. Ele se deleitava com o poder que adquirira, com a capacidade de decidir quem deveria viver ou morrer. Sentia-se como um deus.

Buddy continuava sem saber ao certo se o verme negro realmente existia na forma que imaginava — lustroso em sua carapaça blindada, com um olho atrofiado em cada lado da cabeça pontuda e uma boca pequena que mal passava de uma ferida aberta — ou se essa era apenas a maneira que sua mente encontrara de ilustrar a corrosão que ele trazia dentro de si, a podridão que lhe era intrínseca. Se o verme existisse, tratava-se de uma criatura de pura maldade, e parte do prazer que Buddy sentia era compartilhada, ou mesmo gerada, pelo invasor. Mesmo que a criatura não existisse, o mal sempre fizera parte de Buddy, um mal que ia muito além das piores atrocidades exibidas na televisão, e ele tinha plena consciência disso. Às vezes, especulava se havia outros como ele, naquele mesmo país ou ao redor do mundo, com o poder de contaminar as pessoas com um simples toque, de aliviar sua dor ao fazer os outros sofrerem. Buddy não sabia e desconfiava que nunca ficaria sabendo. Sequer compreendia sua própria transformação. Talvez resultasse de forças externas, mas era igualmente provável que fosse consequência de sua própria degeneração. Vai ver, pensou, sou o próximo passo na evolução do ser humano: um ser cuja aparência tornou-se o reflexo de sua conduta, um homem cuja alma se corrompeu e apodreceu, envenenando e transformando suas entranhas.

Qualquer que fosse a resposta, Buddy estava certo de uma coisa: ele era mais forte e mais letal do que qualquer habitante daquela cidadezinha de merda, e um monte de gente não tardaria a aprender essa lição do modo mais difícil.

Buddy ainda estava sorrindo quando parou o carro no estacionamento do motel.

Só quando viu alguém saindo do quarto que alugara é que o sorriso desapareceu de seu rosto.

• • •

Jed Wheaton pediu ao filho para dar uma averiguada no quarto doze. Estava quase na hora de Phil começar o plantão noturno, mas Jed notou que ele não levara seus livros de estudo, como sempre fazia, nem mesmo um romance barato. Havia uma tevê atrás do balcão, mas Phil, assim como o pai, só a ligava em último caso. Talvez quisesse aproveitar para pôr o sono em dia: havia um sofá no escritório e, depois das duas da manhã, uma placa na porta avisava aos visitantes que tocassem a campainha para chamar o funcionário de plantão. Phil andava mesmo distraído e com um aspecto cansado.

— Você está bem, filho? — perguntou Jed.

Phil reagiu como se despertasse de um transe.

— Hein? Ah, sim, estou ótimo.

Jed não ficou totalmente convencido, mas Phil era do tipo caladão. Se estivesse com algum problema, mais cedo ou mais tarde acabaria contando para o pai.

Phil não teve muito a acrescentar ao que Jed já sabia a respeito da noite em que Buddy Carson chegara ao motel. Disse que o sujeito parecia simpático. Fizera até questão de se apresentar, estendendo a mão para Phil no momento em que largara a mala no chão.

Buddy, Buddy Carson. Como vai?

Tinha dentes ruins e mau hálito, mas, fora isso, Phil não se lembrava de mais nada a respeito do homem.

Jed ligara para Greg Bradley no fim da tarde para discutir a saúde do novo hóspede, mas Bradley, ainda preocupado com o diagnóstico de Link Frazier, já estava a caminho do hospital em Manchester para se inteirar do assunto com o setor de oncologia. A gravação em sua secretária eletrônica recomendava a quem precisasse de um médico com urgência que procurasse uma clínica em Brewster, oito quilômetros a oeste de Easton. Jed deixou uma mensagem pedindo a Greg que retornasse a ligação porque estava preocupado com um de seus hóspedes. Não havia mais nada a fazer. Aliás, duvidava que o próprio médico pudesse fazer alguma coisa. Afinal de contas, ninguém podia forçar Carson a se consultar.

Mesmo assim, quando Phil chegou, Jed pediu que ele desse uma geral no quarto doze. O Dodge de Carson não estava no estacionamento, por isso Jed achou que seria uma boa oportunidade de se certificar de que o hóspede não pusera as tripas para fora na cama.

— Basta passar a vista no quarto e dar uma olhada no banheiro. Depois, volte para cá.

Phil, que pareceu levar alguns segundos para assimilar esse pedido simples, apanhou a chave-mestra e saiu da recepção.

O rapaz descobrira o caroço ao tomar banho naquela tarde.

Como a maioria dos homens, Phil não examinava seus genitais com o cuidado que deveria. Em relação à própria saúde, e também como a maioria, ele seguia a regra implícita de que é melhor não mexer em time que está ganhando. Não ia ao médico havia dois anos, desde que fraturara o pulso praticando snowboard. Depois disso, não tivera nada pior que resfriados e ressacas.

Mas aquele caroço não podia ser ignorado. Diacho, dava para vê-lo ao se olhar no espelho, como se alguém tivesse enfiado uma uva em seu saco. Não doía muito, e Phil podia jurar que surgira da noite para o dia. Do contrário, ele teria notado antes. Mas não devia ser grave, certo? Quer dizer, essas coisas levam tempo para evoluir. Não surgem assim sem mais nem menos. Achou melhor esperar até o dia seguinte. Quem sabe desapareceria até lá. No entanto, ele não conseguia se esquecer do que vira. Pior ainda era a sensação de que vermes corriam por baixo de sua pele, escavando sua carne até se entranharem na medula óssea, enegrecendo suas entranhas.

Ao passar pelos quartinhos arrumados do motel, sentiu a virilha latejar e chegou à conclusão de que teria de conversar com alguém sobre o assunto. Quase contara ao pai, mas achou melhor não preocupá-lo. Além disso, morreria de vergonha se Jed pedisse para ver seus órgãos genitais. Resolveu que iria ao consultório do doutor Bradley bem cedo na manhã seguinte, assim que o plantão terminasse.

Abriu a porta do quarto doze. Sentiu um cheiro ruim, o mesmo que sempre associava ao hospital em que sua avó fora internada. Ela morrera em uma dessas alas para idosos, onde ninguém volta para casa. A ala tinha cheiro de vômito, urina e óbito, que nem os produtos de limpeza e os desinfetantes industriais mais fortes conseguiam esconder. E era esse mesmo cheiro que impregnava o quarto doze, com o agravante de que não havia nada que pudesse ao menos atenuá-lo. Phil achou ter sentido o cheiro do desinfetante usado por Maria, mas era tão eficaz naquele ambiente quanto pendurar um aromatizante em um cadáver.

O fedor era maior no banheiro, mas, pelo menos, o local permanecia limpo. As toalhas estavam dobradas e intactas. O boxe do chuveiro estava seco, e os sabonetes nem haviam sido desembrulhados. Alguém dera descarga, mas ainda havia vestígios de sangue ao pé do vaso.

Phil voltou para o quarto. Em um dos cantos, viu uma mala de couro. Parecia ter custado uma nota preta, mas estava trancada. Era o único sinal de ocupação. O quarto estava exatamente como Maria os deixava para receber novos hóspedes. Até o controle remoto da tevê, disposto sobre o folheto com a programação da HBO, estava no lugar.

Ele apagou as luzes, saiu do quarto, trancou a porta e, ao se virar para trás, deu de cara com Buddy Carson.

— Posso saber o que você está fazendo? — perguntou o caubói.

À luz da lua, seu rosto parecia ainda mais cadavérico. De perto, seu hálito era como uma versão concentrada do cheiro no quarto. O fedor obrigou Phil a recuar.

— Só vim ver se o senhor estava precisando de toalhas limpas. É de praxe — mentiu o rapaz.

Buddy conferiu as horas, erguendo o braço em um gesto teatral.

— Está meio tarde para isso, não? Assim você vai acordar os outros hóspedes.

— Ficamos muito ocupados durante a tarde. Além disso, o senhor é nosso único hóspede hoje à noite. Eu sabia que tinha saído porque não vi seu carro no estacionamento. Por isso, não fiquei com receio de lhe perturbar.

Buddy não disse nada. Ficou apenas encarando Phil e assentindo com a cabeça, como se quisesse deixar claro ao rapaz que, apesar de sua explicação ter sido a mais convincente possível, ele não acreditara em uma palavra sequer.

— Eu agradeço, então — disse Buddy, por fim. — Tenha uma boa noite.

Phil já ia passando por ele quando Buddy o segurou pelo braço. O rapaz voltou a imaginar criaturas negras rastejando por baixo da pele.

— Você está se sentindo bem? — perguntou Buddy. Apesar da preocupação em sua voz, o olhar do caubói parecia malicioso à luz da lua. — Não está com uma cara boa.

— É cansaço — disse Phil, e fez uma careta ao sentir uma pontada na virilha. Olhou para baixo, esperando se deparar com uma agulha enfiada na calça, mas não viu nada. — Preciso ir.

— Claro — disse Buddy. — Se cuide.

Ele observou o rapaz se afastar a passos trôpegos. Vai correndo para o banheiro, pensou. Pelo menos era isso o que Buddy faria se estivesse em seu lugar. Iria ao banheiro, desabotoaria a calça e daria uma olhada no que estava acontecendo no andar de baixo. Phil certamente estaria sentindo o caroço se expandir.

E estava mesmo, mas não de um modo que o rapaz pudesse ver. Buddy calculou que ele começaria a sentir dor de verdade dentro de algumas horas, quando o câncer começasse realmente a consumi-lo, espalhando-se para os órgãos mais importantes e corroendo sua coluna vertebral.

No banheiro, entretanto, o caroço pareceria do mesmo tamanho.

É só um caroço, pessoal. Nada demais. Podem ir andando.

Buddy fechou a porta e examinou o quarto. Sua mala estava intacta. Ótimo. Ele guardava coisas lá dentro que não queria que ninguém visse. O tempo urgia. Buddy imaginou que o rapaz iria procurar o médico no dia seguinte. Àquela altura, a piranha da camareira já teria descoberto o caroço no seio. Contando com o velho, seriam três casos em menos de dois dias. Ou até mais, se algumas das pessoas em quem esbarrara naquele dia fossem menos resistentes do que ele pensava. Tantos casos de roldão não passariam despercebidos. Buddy coletara informações valiosas naquela tarde e ficara sabendo que só havia um médico em Easton. Clinicava em uma casinha bonita nos arredores da cidade. Isso facilitava a vida do caubói. Ele precisaria fazer apenas uma visita.

Ajoelhou-se e usou uma pequena chave prateada para abrir o fecho da mala, dentro da qual havia mudas de roupas idênticas às que ele estava usando, um passaporte e uma carteira de motorista em nome de Russ Cercan (outra piadinha de Buddy), e um pote de vidro para geleia. Buddy apanhou o pote e o ergueu contra a luz, como se fosse um entomologista examinando um inseto particularmente interessante.

Dentro, havia um tumor negro. Buddy o expelira durante a crise naquela manhã. Arrastara-se para o banheiro, mas não conseguira chegar ao vaso. Vomitara no ladrilho, cuspindo sangue e substâncias negras, entre as quais o tumor que guardara no pote. Servia como lembrança do que trazia dentro de si, um presente que a doença lhe dera para ajudá-lo na tarefa que estava por vir.

Células mortas, pensou Buddy. É isso o que vocês são. Não passam de células mortas.

De leve, deu um peteleco no vidro.

E o tumor se mexeu.

Do outro lado da cidade, no quarto desarrumado de Elaine Olssen, Lopez estava sentado à janela, admirando a pradaria. A casa de Elaine ficava no limite de Easton, na fronteira entre a cidade e o campo. Um riacho corria lá perto e, ao longe, o luar prateava as montanhas. Uma coruja piou, e o delegado tentou adivinhar se a ave já se alimentara naquela noite ou se ainda não encontrara sua presa.

Ele não conseguia tirar Buddy Carson da cabeça. Mais cedo, quando o confrontara no bar do Reed, seus ouvidos zuniram em uma espécie de gemido agudo. Lopez sabia do que se tratava: era um sinal de alerta, como acontecia sempre que achava ter ouvido o portão do jardim sendo aberto a distância e sentia que alguém se aproximava da porta de sua casa, mesmo sem ouvir os passos do visitante; ou quando alguém chegava muito perto dele pelas costas e Lopez sentia seu espaço ser invadido, mesmo sem precisar se virar.

Cara a cara com Buddy Carson, seu instinto dera um sinal de alerta vermelho. Embora não tivesse como provar, Lopez tinha certeza de que Buddy tentara tocar nele no bar, como se disputassem um jogo do qual só Carson sabia as regras. O delegado percebeu isso pelo modo como o forasteiro virara a mão no instante em que lhe entregara a carteira e pela maneira como seus dedos se estenderam para apanhá-la de volta quando Lopez voltara à mesa.

Ele não queria que Buddy Carson tocasse nele. Algo lhe dizia que qualquer contato físico com o caubói era uma péssima ideia. Na manhã seguinte, quando se certificasse de que Carson saíra da cidade, ficaria mais aliviado, mas não totalmente. O forasteiro era perigoso. Ao escorraçá-lo, o delegado estava apenas transferindo para outra pessoa o fardo de lidar com o problema.

Em sua época na polícia metropolitana, Lopez conhecera indivíduos que não contribuíam com nada de bom para o mundo. Pelo contrário, pareciam sentir prazer em tornar o mundo um lugar ruim para quem tivesse a falta de sorte de cruzar seu caminho. O delegado se esforçara para imaginar como eram quando crianças, tentando com isso aplacar um pouco do ódio que sentia. Nem sempre dava certo. Quando isso não funcionava, Lopez se via concordando com certos colegas, para quem a melhor solução para todos os envolvidos era que essas pessoas morressem. Eram como bactérias em uma placa de Petri, alastrando-se e contaminando os arredores, envenenando tudo o que tocavam.

O delegado tentou imaginar Buddy Carson quando criança, mas não conseguiu. Nenhuma imagem lhe veio à mente. Talvez fosse o cansaço, mas, em seus pensamentos, Carson parecia ao mesmo tempo velho e jovem, tanto um recém-nascido quanto um ancião. Assim como uma antiga placa de metal fundida e reutilizada diversas vezes, que se corrompe cada vez mais ao longo do tempo.

Lopez olhou para a cama e viu Elaine dormindo. Ela sempre dormia do mesmo jeito, encolhida e de lado, com o braço direito apertando os seios e a mão esquerda perto da boca. Quase nunca se mexia durante a noite.

Ele voltou para a cama e se debruçou para abraçá-la. Em vez disso, ficou com a mão parada a centímetros da pele da moça, receoso de fazer contato. Recolheu a mão e ficou deitado na beira do colchão até finalmente pegar no sono.

V

Na manhã seguinte, logo depois das onze horas, Buddy Carson deixou o motel. Sentia uma dor crescente no lado direito do corpo. Poderia conseguir um pouco de alívio tocando em alguém, mas só um pouquinho, do contrário ficaria sonolento e acabaria não resistindo à vontade de descansar, e não podia se dar a esse luxo antes da empreitada noturna. Era melhor aguentar o desconforto durante o dia em troca de um alívio mais prolongado depois.

Jed Wheaton estava preocupado demais com seus problemas familiares para dar atenção ao único hóspede do motel. Àquela altura, Phil já se encontrava na sala de espera do consultório de Greg Bradley, com o rosto crispado de dor. Dissera ao pai que não estava passando bem, que sentia dores na virilha, mas Jed nem precisou ouvir os sintomas para saber que o filho adoecera. Sua aparência mudara drasticamente da noite para o dia. Parecia ter perdido muito peso em poucas horas. Jed se oferecera para ir ao médico com ele, mas Phil retrucou que preferia ir sozinho e que ligaria para o pai caso surgisse algum problema. Apesar disso, Jed acabara de resolver que iria ao consultório de qualquer maneira quando Maria ligou para dizer que *ela* também estava se sentindo um pouco mal e chegaria atrasada. Quando Buddy Carson surgiu na recepção, Jed já estava ligando para pessoas que trabalhavam meio expediente no motel em situações de emergência, tentando encontrar alguém que aceitasse o serviço em cima da hora.

Buddy pagara adiantado pela estadia. Por ter sido obrigado a sair mais cedo, exigia parte do dinheiro de volta. Jed não discutiu. Só queria que o hóspede fosse embora o mais rápido possível para dedicar mais tempo ao filho.

— O dia começou mal? — perguntou Buddy.

— Nada bem — respondeu Jed.

Contou o dinheiro e o entregou ao caubói, que deu umas batidinhas de leve com a ponta do dedo indicador nas costas da mão de Jed.

— Respire fundo e tente relaxar um pouco — disse Buddy, solene. Com tanto estresse, vai acabar ficando doente. Pode acreditar, sei do que estou falando.

Jed se lembrou da descrição que Maria fizera das toalhas ensanguentadas com manchas negras e reparou que Buddy Carson tinha os dentes amarelados pela nicotina e as gengivas roxas. Aposto que você sabe tudo a respeito de doenças, pensou. Ainda bem que está indo embora, mas se eu descobrir que trouxe alguma desgraça para esta cidade, se eu descobrir que foi por sua causa que meu filho adoeceu, irei atrás de você, seu filho da puta. Vou sangrá-lo com uma faca, e aí você não vai mais ter de se preocupar com toalhas ensanguentadas, nem em perder os dentes, nem que suas unhas imundas apodreçam, porque vou fazer picadinho de você, juro por Deus que vou.

— Obrigado pelo conselho — disse Jed. — Tenha um bom-dia.

Lopez acordou no mesmo instante que Elaine. Fizeram amor rapidamente. Elaine tomou banho enquanto ele preparava torradas. O delegado escutou as notícias no rádio da cozinha, depois tomou banho enquanto ela se vestia. Elaine o deixou na porta do bar do Reed, com um beijo de despedida e a promessa de se encontrarem à noite. Ele deu um aceno de despedida antes que ela dobrasse a esquina e foi conversar com Eddy Reed, que varria a entrada do bar.

— Está economizando? — perguntou. — Pensei que tivesse empregados para varrer a entrada enquanto fica lá dentro contando seus milhões.

— Dois deles avisaram que estão doentes — disse Eddy. — Logo hoje. Não é dia para adoecer.

— Você não vai ter problema em conseguir ajuda, se precisar.

Eddie parou de varrer e se apoiou no cabo da vassoura.

— É, tem razão. — Mordeu o lábio, como se estivesse tomando uma decisão, antes de tornar a falar. — Queria que você visse uma coisa. Tem um tempinho?

Lopez deu de ombros e o seguiu para dentro do bar. Reed o levou até o banheiro masculino e abriu a porta.

— Na última cabine — disse Reed.

Lopez passou pelos mictórios. A porta da última cabine estava semiaberta. Ele a empurrou com a biqueira da bota.

A parede estava encharcada por um líquido negro, e havia uma poça no chão. Alguém tentara, sem muita eficácia, impedir que o líquido se alastrasse, jogando papel higiênico na poça. O papel estava ensopado.

— Dei de cara com essa sujeira quando estava fechando o bar ontem à noite. O movimento foi fraco, por isso acho que ninguém entrou na cabine depois disso. Pensei em chamar o Lloyd, mas já eram mais de duas horas e achei melhor não incomodá-lo.

Lopez se agachou para examinar o sangue mais de perto.

— Me empresta a vassoura.

Reed lhe passou o utensílio, e Lopez usou o cabo para remexer no amontoado de papel e líquido. No centro do monte, achou vestígios de uma substância negra.

— O que é isso? — perguntou Reed.

— Sei lá. Parece algo que alguém vomitou.

— Seja quem for, o sujeito deve estar à beira da morte.

Lopez se levantou e lavou o cabo da vassoura na pia antes de devolvê-la para Reed.

— Você lembra quem ficou no bar depois que eu fui embora?

Reed pensou antes de responder.

— O pessoal de sempre. Sei o nome de todos. Mais dois casais de fora. Acho que estavam de passagem. E o cara na mesa do canto, com quem você conversou. Um sujeitinho repugnante. Vivia dando um jeito de esbarrar nas garçonetes.

Lopez disse um palavrão em voz baixa.

— Acho que sei onde encontrá-lo. Quero que faça uma lista das pessoas que estiveram aqui, só por segurança. Pregue umas fitas isolantes na porta da cabine. Uma placa avisando que o vaso está quebrado também seria útil. Vou pedir para o Greg Bradley dar um pulo aqui. E, Ed, não fale sobre isso com ninguém, certo?

Ed olhou para ele como se Lopez o tivesse aconselhado a não usar o pênis para mexer coquetéis.

— Quer dizer que não é para eu contar a quem vier almoçar que o banheiro está cheio do que parece ser sangue negro, que faria os clientes pensarem duas vezes antes de pedir um filé? Sei não, delegado, mas se você insiste...

Lopez foi até o motel. Jed não estava lá. A filha de Pat Capoore estava tomando conta da recepção. Lia uma revista para adolescentes e tomava refrigerante de canudinho.

— Você sabe aonde ele foi? — perguntou o delegado.

— O filho dele, Phil, não está se sentindo muito bem. Jed me disse que ia para o consultório do doutor Bradley se encontrar com ele.

Lopez pediu para ver os cartões de registro e os folheou até encontrar o de Buddy Carson.

— Este sujeito ainda está hospedado aqui?

— O motel está vazio. Acho que já foi embora.

— Você arrumou o quarto?

— Não, e, pelo que sei, ninguém arrumou. Acho que vai sobrar para mim quando o Jed voltar.

Ela enfiou um dedo na boca como se fosse vomitar e entregou a Lopez a chave do quarto doze antes de voltar a se concentrar na revista.

— Ei — chamou ela, quando o delegado estava de saída. — Preciso pedir que mostre um mandado de busca ou algo assim?

— Por quê? Você tem algo para esconder?

— Quem sabe? — disse ela, toda faceira, pondo o canudo na boca. Chupou com vontade, sem tirar os olhos dele.

Lopez saiu da recepção cogitando se não seria bom ter uma conversa com Pat Capoore a respeito de sua filhinha.

O quarto estava arrumado e vazio. O papel higiênico fora enrolado com um pequeno triângulo na ponta e nenhuma das toalhas tinha sido usada. Alguém dormira na cama, mas por cima do cobertor. Lopez notou a marca deixada pelo corpo de Buddy Carson. O cobertor era verde e amarelo. Havia uma mancha escura na parte que cobria os travesseiros.

Era um pouco de sangue negro. O delegado achou ter encontrado vestígios do sangue no vaso, mas nem de longe na mesma quantidade deixada no banheiro do bar do Reed. Parecia que Buddy Carson não continuaria assustando os outros por muito tempo. Lopez tentou sentir um laivo de simpatia pelo homem, mas não conseguiu. Fechou a porta, devolveu a chave e foi para casa vestir o uniforme.

A manhã estava sendo infernal para Greg Bradley. Primeiro, recebera Maria Dominguez, com um caroço do tamanho de uma noz no seio. Ele se cansara de pedir que ela fizesse exames de rotina, mas Maria era uma mulher robusta e jovial, no auge da saúde. Gente como ela não acredita que possa adoecer. Ele a encaminhou para o hospital em Manchester e marcou uma consulta para ela naquela mesma tarde. Maria ligou para casa e pediu ao marido que fosse buscá-la. Assim que saíram, Greg ligou para Amy Weiss e explicou a situação. A assistente de saúde garantiu que ligaria para Maria e se ofereceria para acompanhá-la na viagem a Manchester.

Depois foi a vez de Phil Wheaton. O rapaz começou a chorar logo no início do exame. Lágrimas grandes e silenciosas escorriam por seu rosto e pingavam em suas coxas.

Greg tentou aparentar calma enquanto o examinava.

— Quando isso apareceu, Phil?

— Ontem.

Greg o encarou.

— É sério, Phil. Você precisa falar a verdade.

— Estou falando, juro. Não mentiria sobre algo assim. Olhe para a minha cara e veja se estou mentindo.

O surgimento do caroço contrariava todo o conhecimento médico, mas Greg estava disposto a acreditar no rapaz. A expressão no rosto de Phil Wheaton era de pavor absoluto, e o médico estava acostumado a desmascarar mentirosos em seu consultório. Mas não fazia sentido. O quadro indicava claramente um caso avançado de câncer de testículo. Continuou o exame e descobriu que a dor se espalhava até o abdome.

— Certo, Phil, precisamos da opinião de um especialista. Quer ligar para alguém?

— Meu pai — disse Phil. — Posso ligar para o meu pai?

Greg disse a Phil para se vestir e foi pedir à secretária que ligasse para Jed Wheaton, mas ele já estava na sala de espera, com o olhar perdido no quadro de notícias. Greg foi até ele e pôs a mão em seu ombro. Apontou para o escritório no fim do corredor, do outro lado da saleta onde Phil se vestia.

— Jed — disse o médico. — Você pode vir aqui comigo um instante?

Lopez mandou Lloyd e Ellie para casa, e deixou Chris Barker, um dos policiais de meio expediente, no comando da delegacia. Saiu para fazer sua ronda. Seria um dia longo, culminando no evento beneficente no bar do Reed, ao qual teria de comparecer uniformizado e a serviço. Ligou para a clínica de Greg Bradley, mas Lana, a secretária, informou que o médico estava muito ocupado e pediu que ligasse depois. Lopez achou que o sangue no banheiro do bar poderia esperar até a tarde. Depois que Greg desse seu parecer, Reed limparia a cabine antes que a clientela noturna chegasse.

Buddy Carson: o sujeito certamente dava um jeito de deixar sua marca por onde passava.

Foi Lloyd quem avistou o Dodge Charger vermelho. Estava na metade do caminho de casa, só pensando em sua cama, quando viu o automóvel estacionado perto de um canteiro de árvores ao lado da antiga pista de boliche da cidade, há muito tempo fechada e já caindo aos pedaços.

Lopez costumava dizer que Lloyd pensava como um funcionário de triagem: punha cada coisa em seu lugar e arquivava até os fatos mais corriqueiros. Um detalhe aparentemente inócuo podia despertar sua atenção, levando-o a vasculhar seu armazém mental até encontrar uma conexão relevante.

Entre os comunicados que Lloyd recebera naquela manhã, havia um que tratava da morte de uma família no Colorado. Os médicos forenses ainda não haviam terminado de examinar os corpos, mas a polícia estadual — e também, por razões que o boletim não esclarecia, o FBI e o Ministério da Saúde — estavam interessados em interrogar um homem visto na fazenda. Segundo a circular, o dono de um rancho vizinho vira um Dodge Charger vermelho entrar na fazenda um dia antes da descoberta dos corpos. Não anotara a placa, mas disse que o motorista era um homem com um chapéu branco na mão.

E lá estava o Dodge Charger. Bem longe do Colorado, mas não havia dúvida de que era o mesmo carro. Parado ao lado do automóvel, um homem magro, de chapéu de caubói branco, comia uma barra de chocolate. Havia algo grudado no chapéu, logo acima da aba. Lloyd não sabia que se tratava de Buddy Carson, o mesmo homem sobre quem Lopez pedira informações para Ellie na noite anterior, porque o delegado não mencionara a marca do carro.

Lloyd entrou no estacionamento da pista de boliche. Sua caminhonete não tinha radiotransmissor, mas ele estava com seu celular. Antes de ligar para Lopez, achou melhor saber o que o caubói tinha a dizer. Parou a cerca de três metros do Dodge e abriu a porta. Lloyd ainda estava de uniforme, mas o homem pareceu não se incomodar com sua chegada. Ou sabia esconder muito bem o que sentia ou não tinha nada a esconder. O problema é que as pessoas que não escondem nada são justamente as que mais se preocupam quando confrontadas por um policial uniformizado. As mais tranquilas é que precisam ser vigiadas.

— Bom dia — disse Lloyd. — Tudo bem por aqui?

Buddy Carson terminou de comer a barra de chocolate, amassou o papel e o enfiou com cuidado no bolso da camisa, atrás da carteira. Usava luvas pretas de couro.

— Tudo ótimo — respondeu.

— Posso ver seus documentos?

— Claro — disse Buddy.

Tirou a carteira do bolso, achou sua habilitação e a estendeu para Lloyd, mas o policial retirou a mão no último instante e a carteira de motorista caiu no chão entre os dois. Lloyd sentiu como se tivesse se aproximado de um campo de força, que fez seus ouvidos zunirem e seus pelos se arrepiarem. Era como se alguma perigosa energia estivesse contida apenas pelo material fino das luvas de couro do desconhecido.

— Que diabo foi isso? — perguntou.

Buddy Carson não respondeu. Em vez disso, abriu a boca, e um jato de líquido negro atingiu o rosto de Lloyd Hopkins. O policial tropeçou ao recuar, com os olhos ardendo. Tentou sacar a arma, mas Buddy se adiantou. Segurou o braço do policial e, com a outra mão, golpeou seu nariz. Lloyd caiu, e Buddy ficou com o revólver.

O caubói aguçou os ouvidos por alguns instantes, mas não ouviu nenhum ronco de motor. Pensou em atirar no policial, mas teve receio de que alguém na vizinhança escutasse o tiro. Além disso, não queria dissipar sua energia matando-o do modo como sempre fazia. Enfiou a arma no cinto, ergueu o pé e usou o salto da bota para pisar com força na cabeça de Lloyd.

Na terceira pisada, Lloyd Hopkins morreu.

Greg Bradley terminou de atender seus pacientes ao meio-dia e meia e dispensou a secretária. A clínica só abria de manhã nas sextas-feiras, mas Lana estava com mais pressa do que nunca de ir embora, já que prometera ajudar Eddy Reed na organização do evento de caridade marcado para aquela noite. Assim que ela saiu, virando a placa pendurada na porta de "aberta" para "fechada", ele se sentou à escrivaninha e apoiou a cabeça nas mãos. Não se lembrava de outra manhã tão ruim: Maria, cabisbaixa, tão atordoada que não conseguia nem chorar quando o marido foi buscá-la; Jed Wheaton tentando consolar o filho, que ficara arrasado com o diagnóstico; e a ligação do hospital de Manchester para informar que Link Frazier morrera durante a noite. Três casos de câncer em três dias. Dois deles, pelo menos, ligados ao motel. Greg escutou mais uma vez a mensagem que Jed deixara em sua secretária eletrônica na noite anterior. O médico pensara em pedir mais detalhes a respeito do hóspede doente, que ensopara as toalhas de sangue, mas toda a atenção de Jed estava voltada para o filho. De qualquer modo, o sujeito deixara o motel naquela manhã. Mas as toalhas continuavam lá, disse Jed. Maria as guardara em um saco na lavanderia, por precaução.

Mas tratava-se de tipos diferentes de câncer. Como poderiam estar ligados a um único indivíduo?

Havia algo errado, terrivelmente errado. Ele precisava falar com Lopez. Estava indo apanhar o casaco quando ouviu alguém entrar na recepção e trancar a porta. Greg saiu do escritório.

— Desculpe — disse. — A clínica está...

Buddy Carson limpara quase todo o sangue de Lloyd Hopkins do rosto, mas restavam vestígios no nariz e na testa. Seus dentes estavam arreganhados, e Bradley notou o que pareciam ser manchas de petróleo empastadas nos cantos da boca.

A mão direita de Buddy moveu-se rapidamente em um golpe lateral que jogou o médico de volta no escritório. Com a biqueira de sua bota de caubói, deu um chute no rim de Greg e pulou em cima dele, sentando-se em seu peito e usando os joelhos para imobilizar os braços da vítima.

— Desculpe, doutor — disse ele —, mas Buddy está sem tempo para escutar suas bobagens.

Trazia um pote de vidro na mão esquerda. Com o polegar e o indicador, desenroscou a tampa. A substância negra dentro do pote se mexeu.

Buddy mudou de posição e passou a usar as canelas para segurar os braços do médico enquanto apertava sua cabeça entre os joelhos. Debruçou-se e encostou com força a boca do pote na orelha de Bradley.

Como se fosse uma lesma, o tumor negro deslizou pelo vidro em direção ao novo hospedeiro.

O dia se arrastava. Lopez tivera de apartar uma briga doméstica e fora obrigado a trancafiar o marido na delegacia até que se acalmasse. Alguns casais na cidadezinha pareciam passar a maior parte de sua vida conjugal brigando, depois se separando, para mais tarde se juntarem de novo e darem início a um novo ciclo. As esposas ameaçavam prestar queixas, mas poucas iam em frente. O delegado se esforçava para não entrar em depressão ao pensar na quantidade de mulheres que não abandonavam os maridos violentos, ou voltavam para eles, apesar de tudo o que ele fazia para ajudá-las. Lopez sabia que esses relacionamentos eram complicados e conhecia todos os argumentos psicológicos usados para explicá-los, mas isso não diminuía sua vontade de dar uma surra em alguns desses homens e uma dura em suas esposas para que recuperassem o bom senso.

Era a primeira vez que o sujeito — que naquele momento mofava em uma das celas — lhe dera trabalho. Segundo a esposa, ele havia perdido o emprego dois meses antes e começara a beber mais do que devia. Faltava dinheiro para pagar as contas. O que começara como uma discussão racional logo degenerara em ataques verbais e, por um instante, em violência física. Um vizinho chamara a polícia e, como resultado, o marido fora parar na cadeia. Lopez deixara um recado de voz no celular de Amy Weiss, pedindo que ela marcasse um encontro com a vítima.

O delegado ligou para o consultório de Greg Bradley, mas a ligação caiu na secretária eletrônica. Tentou o celular do médico, mas recebeu a mensagem de que o telefone estava desligado ou fora da área de serviço. Por fim, ligou para a casa de Greg, mas ninguém atendeu. Apelou para Lana, no bar do Reed, e perguntou se ela sabia onde o médico estava. Ela disse que o deixara no consultório e, sem mencionar nomes, contou para o delegado sobre os casos que haviam atendido pela manhã. Precisava desligar porque já tinha gente chegando ao bar. Lopez ouviu Eddy Reed gritando aos fundos e deixou Lana voltar ao trabalho.

Conferiu as horas. Lloyd Hopkins estava atrasado. Prometera voltar mais cedo para supervisionar o estacionamento do bar. Lopez foi obrigado a ligar tanto para seu celular quanto para sua casa, mas não houve resposta.

— Será que ninguém mais atende a porcaria do telefone? — perguntou em voz alta.

As únicas pessoas ao seu redor eram Barker e Ellie, que trocaram um olhar significativo e voltaram ao trabalho com vigor redobrado. Lopez pediu a Ellie que esperasse por Lloyd no bar do Reed e deixou Barker tomando conta da delegacia enquanto ia fazer uma visita ao consultório de Greg Bradley.

A porta estava destrancada.

Ao entrar, viu papéis espalhados no chão e o vidro quebrado na porta do escritório pelo corpo de Greg. Sacou a arma e avançou. O aposento estava vazio, porém havia uma mancha escura no tapete. Ele averiguou as outras dependências, mas não encontrou ninguém. No instante em que apanhou o radiotransmissor para chamar a delegacia, escutou um ruído na despensa no fim do corredor. A porta estava trancada por uma corrente com cadeado.

Lopez foi correndo até lá. Alguém estava tentando falar, mas as palavras saíam indistintas.

— Greg?

A voz voltou a balbuciar.

— Já vou tirá-lo daí — disse o delegado.

Ele enfiou o cassetete na corrente e puxou com força. A maçaneta saltou fora da madeira, abrindo a porta. O que restara do corpo de Greg Bradley caiu no chão do corredor. Seu rosto estava completamente negro, com os olhos ocultados pela carne intumescida. De seus cabelos, restavam apenas alguns fios grisalhos, grudados nas feridas abertas no crânio. Lopez virou o rosto, com ânsia de vômito por causa do fedor que emanava das entranhas do médico.

— Auói — disse Bradley.

— Não entendi...

Bradley tentou segurar a camisa de Lopez, mas não tinha forças para isso.

— Auói — repetiu Bradley. — Auói *doente*.

Ele estava perdendo os sentidos. Os tumores negros o devoravam, consumindo-o ao fazer com que seu corpo trabalhasse contra si mesmo. Não se lembrava mais de seu nome nem de onde estava. Achava-se perdido na escuridão crescente e jamais seria encontrado. Só lhe restara a dor e a recordação do homem que a causara.

E logo isso também o deixou.

Lopez acomodou o corpo de Bradley no chão.

Auói.

O caubói.

• • •

Naquele instante, Buddy Carson estava escondido nas sombras do beco atrás do bar do Reed. O lugar enchia rapidamente, com carros chegando a cada minuto. Uma policial pequena e ágil ajudava a direcionar os veículos no estacionamento. Buddy não tinha pressa. Sabia que sua oportunidade estava chegando. E chegou.

Uma senhora gorda em um Nissan, com três rebentos de sua prole barulhenta no banco traseiro, tentou sair da fila de mão única para estacionar mais perto da porta de trás do bar. Infelizmente, ela não contava com uma grande caminhonete Explorer, que era a dona da vez e fechou o Nissan. Gritos foram trocados, confirmando a opinião de Buddy, para quem a política de boa vizinhança naquela cidadezinha era só uma fachada. O Nissan deu a ré, batendo de leve em um Lexus e disparando o alarme. O casal de donos do Lexus ainda não havia entrado no bar. O som do alarme fez com que os dois voltassem correndo para o carro. A bagunça também chamou a atenção da policial, que foi obrigada a circundar as lixeiras atrás das quais Buddy se escondia.

Ele agarrou-a rapidamente e sem fazer barulho. Deixou-a sangrando em meio ao lixo.

Cinco minutos depois, ele estava a caminho do bar.

Lopez atendeu a ligação a respeito de Lloyd Hopkins segundos depois de desligar com Barker. Dera ao jovem policial uma descrição de Buddy Carson e o mandara alertar a polícia estadual. Estava tentando falar com Ellie quando Barker voltou a falar com ele pelo rádio. Sua voz estava embargada, como se estivesse à beira das lágrimas.

— Delegado, é sobre o Lloyd — disse. — Um casal de adolescentes achou o corpo dele atrás da velha pista de boliche. O carro também. Disseram que ele apanhou muito antes de morrer. O que o senhor quer que eu faça?

Deus, o Lloyd não. Lopez sentiu uma pontada na barriga.

— Quem é o casal?

— O Ben Ryder e a filha do Capoore.

A filha de Pat Capoore, a moça que ele encontrara no motel, conhecia Lloyd Hopkins de vista.

— Estou indo para lá — disse Lopez. — Entre em contato com a polícia estadual de novo. Avise que um policial foi assassinado e que o nome do suspeito é Carson, Buddy Carson.

O delegado não podia afirmar com certeza que Carson era o responsável pela morte de Lloyd, mas era o principal suspeito. Nenhum morador da cidade seria capaz de sequer erguer a voz para Lloyd Hopkins.

— E Chris — acrescentou —, avise para agirem com extrema cautela. Diga para nem tocarem nele. Acho que tem algo errado com esse cara. Pode ser contagioso, entendeu?

Lopez estava disposto a ligar a sirene e sair furando todos os sinais até a pista de boliche, mas mudou de ideia. Primeiro fora Link Frazier, diagnosticado com câncer, depois a secretária de Greg Bradley falara de dois outros possíveis casos da doença. Greg morreu com o rosto coberto de tumores, e o corpo de Lloyd Hopkins jazia no estacionamento vazio de uma pista de boliche abandonada, surrado e, quem sabe, contaminado. Mas o câncer não é contagioso. Não é assim que funciona.

Tentou mais uma vez falar com Ellie, mas foi em vão. Ligou do celular para o bar. Eddy atendeu no terceiro toque.

— Bar do Reed, em que possa ajudá-lo?

— Eddy, aqui é o Jim Lopez. Você pode me fazer um favor? Dê uma olhada no estacionamento e veja se a Ellie Winters está lá.

Dava para ouvir a algazarra dos clientes, gargalhadas e música tocando.

— Espere aí, delegado — disse Reed.

Ele deixou o telefone fora do gancho. Naquele instante, Lopez tomou uma decisão. Eddy demorou alguns minutos para voltar à linha, mas àquela altura o delegado já tinha o bar em vista.

— Não, não vi a Ellie em lugar nenhum. O carro dela está estacionado lá fora, mas... — Eddy Reed se interrompeu. — Um minuto só, tem alguma coisa acontecendo aqui.

A música parou. Lopez escutou alguém gritar.

Buddy passara o dia se preparando, destilando o veneno que carregava dentro de si. Sentia a criatura responder a seus pensamentos, aprontando-se para o que estava por vir. O líquido que Buddy usara para cegar Lloyd Hopkins era residual, nada mais. Ele guardara o veneno de verdade. Por isso, quando tocou na primeira mulher, na porta do banheiro feminino, a descarga de energia quase o derrubou. Era como se ele pudesse ver o líquido negro brotando de seus poros e entrando na base do crânio dela. Buddy ficou extasiado com seu poder ao observar a pele da vítima se enrugar e escurecer. Ela se voltou para ele, tateando em busca da fonte da dor, mas Buddy já se afastara. Tocou a mão de um gorducho e o ombro de uma garçonete, que deixou a bandeja cair, estilhaçando os copos.

Foi então que uma mulher gritou. Buddy pensou que fosse a vadia na porta do banheiro, mas, na verdade, era uma de suas acompanhantes, assustada ao ver os tumores que se alastravam pelo rosto da amiga. Buddy sentiu a mão de um homem segurá-lo com firmeza pelo ombro. Sem olhar para trás, deu um soco no rosto do homem e sentiu a energia da transferência gerada pelo contato. Seguiu em direção ao canto mais afastado do bar, onde uma loura que lhe era familiar conversava com um homem de terno cinza. Avistara a namorada do delegado assim que entrara no bar. Gostava da ideia de tocá-la enquanto o veneno ainda estava forte. Abriu os braços na pose de um crucificado e seus dedos roçaram pele, roupas e cabelos enquanto abria caminho na multidão como um messias do mal, perdendo rapidamente a conta de quantas pessoas tocara. Por um instante, viu-se em um espaço aberto. Respirou fundo e fechou os olhos, sentindo o verme se desenrolar no fundo de suas entranhas. Soltou o ar e abriu os olhos.

A bala o atingiu no ombro direito e o fez rodopiar contra o balcão. Ele viu a policial parada na entrada lateral do bar. O vento frio invadiu o recinto pela porta aberta. Os cabelos dela estavam empapados do sangue que escorria pelo rosto. Ela se apoiava no batente da porta, enfraquecida pelos ferimentos e exausta pelo esforço que fizera para chegar ao bar. Buddy enfiou a mão por baixo da camisa para sacar a arma que tirara de Lloyd Hopkins enquanto Ellie tentava clarear a vista para dar outro tiro. Ele não sentia dor, mas a manga de sua camisa estava encharcada pelo líquido negro. As pessoas gritavam, tentando manter a maior distância possível dele. A maioria já se deitara no chão ou se escondera atrás de mesas e cadeiras.

Buddy sentiu que seu corpo se transformava. Era como se uma força invisível o expandisse até que estivesse a ponto de estourar. Olhou para as mãos e viu os poros se alargarem até a pele ficar pontilhada por buracos de mais de um centímetro de diâmetro. Expeliam o líquido negro, como se fossem minúsculos vulcões em erupção. Sentiu outros vulcões surgirem em seu rosto. A pressão do líquido aumentou por trás dos olhos, aumentando a protuberância das órbitas e distorcendo sua visão. O gigantesco verme se contorceu em sua barriga e pareceu se alastrar por seu organismo, causando-lhe um espasmo de dor. Os nódulos negros começaram a romper sua pele, rasgando a roupa e se agitando no ar como filhotes de enguia na água.

Buddy encontrou a arma e a sacou. A policial deixou o revólver cair ao perder os sentidos, escorregando no batente da porta. Buddy fez pontaria, seguindo o movimento do corpo da policial. Ela não passava de um vulto distante, quase indistinto em meio à escuridão que começara a turvar sua visão. Ele poderia matá-la naquele instante, ou então usá-la para diminuir um pouco da força avassaladora que o dominava. Largou a arma e se dirigiu à policial.

Algo criou um buraco no centro de seu ser. O líquido negro jorrou de seu peito, espirrando nas mesas e cadeiras ao redor. Buddy foi arremessado para frente e tropeçou em Ellie enquanto tateava as paredes em busca de apoio para não cair. Abriu a boca para gritar, ciente do trauma gigantesco que seu organismo sofrera. Havia uma ferida enorme em seu peito. Ele tocou no ferimento e julgou finalmente ter visto o verme negro contorcendo-se em suas entranhas e mordendo os restos pútridos de sua carne. Os movimentos da criatura eram frenéticos e atormentados, como se sentisse que o fim de Buddy se aproximava e quisesse fugir, abrindo caminho com suas mandíbulas antes que o organismo do hospedeiro entrasse em colapso.

Buddy se virou e viu Lopez parado ao lado do balcão, apoiando a coronha de uma escopeta no ombro. A boca do caubói estava cheia do líquido negro. Escorria pelos cantos, manchando seu queixo e seguindo para o buraco em seu peito. Ele perdeu a visão e sentiu uma grande ausência quando sua ligação com o verme foi abruptamente interrompida.

— Não tem cura — disse Buddy.

Sorria nos estertores da morte. Sua boca era uma massa amarelada e negra, como os restos mortais de uma vespa.

— O câncer não tem cura.

Buddy ergueu cegamente sua arma, e Lopez estourou o tampo de sua cabeça.

VI

Quando a polícia estadual chegou, os restos mortais de Buddy Carson não passavam de uma massa escura e coagulada no chão do bar do Reed. Apenas as roupas, as botas e o chapéu de palha branco sugeriam que aquela massa um dia tivera a forma de um homem.

A neve começou a cair no dia seguinte, pontilhada pelos montes de terra escavada no cemitério que surgiram quando os corpos foram enterrados. Não foram os únicos. Algumas vítimas de Buddy Carson morreram rapidamente, outras passaram semanas sofrendo. Nenhuma delas durou mais de um mês.

O bar do Reed fechou, assim como o motel, quando Jed seguiu o destino do filho. Muita gente se mudou para outras cidades, e Easton entrou em decadência. Era como se Buddy houvesse contaminado os prédios e as ruas. Foi o começo do fim para a cidadezinha. Até mesmo Lopez foi embora. Seguiu a trilha de morte e de dor até o Colorado, onde tomou uma cerveja com Jerry Schneider, que lhe contou o que vira na fazenda dos Bensons. Viajou até Wyoming e Idaho, e foi parar em Nebraska, onde a trilha se perdeu. Voltou para New Hampshire e se instalou nas cercanias de Nashua, com Elaine Olssen, mas nunca esqueceu Buddy Carson.

Nunca esqueceu o caubói canceroso.

Em um deserto de Nevada, um homem trajando roupas de brim baratas abre os olhos. Está deitado na areia, embora o sol forte não bronzeie sua pele. Não recorda seu nome nem como foi parar ali. Sabe apenas que sente dor e que precisa estender a mão para alguém.

O homem se levanta, sente que suas botas de couro de lagarto são estranhamente familiares e parte em direção à rodovia.

O dæmon do sr. Pettinger

O bispo era esquelético, com dedos longos e sem rugas. Veias escuras e salientes corriam por baixo de sua pele descorada como raízes de árvores em solo nevado. Completamente careca, sua cabeça estreitava-se no topo até formar uma ponta. Ou bem escanhoava a barba todos os dias ou não tinha pelos faciais, deficiência que poderia ser vista como uma manifestação externa da suposta sublimação de seus desejos sexuais. A não ser pelo colarinho branco, que envolvia o pescoço como uma auréola fora de lugar, suas vestimentas eram todas púrpuras ou carmesins. Ao se levantar para me receber, percebi o contraste entre o solidéu violeta e a palidez de sua cabeça aguda, e me surpreendi ao constatar o quanto ele se assemelhava a um punhal ensanguentado.

Observei os dedos de sua mão esquerda se dobrarem com lentidão e cautela ao redor do bojo do cachimbo, enquanto, com a direita, ele socava cuidadosamente o fumo dentro dele. O modo como seus dedos se mexiam me fez pensar em uma aranha. Eu não gostava dos dedos do bispo. Na verdade, eu não gostava do bispo, e ponto final.

Estávamos sentados em lados opostos da lareira de mármore de sua biblioteca. As chamas eram a única forma de iluminação no grande recinto até o bispo riscar um fósforo para acender o cachimbo. O ato fez com que suas órbitas parecessem mais profundas e deu um aspecto amarelado às suas pupilas. Fiquei esperando enquanto ele dava pequenas puxadas de ar até que não aguentei mais olhar para os movimentos de sucção que fazia com os lábios e voltei minha atenção para os volumes nas estantes. Quantos deles o bispo teria lido? O homem parecia ser do tipo que desconfiava de livros, temeroso das sementes de revolta e liberdade de pensamento que poderiam plantar em mentes menos disciplinadas que a dele.

— Como tem passado, sr. Pettinger? — perguntou, assim que acendeu o cachimbo a contento.

Agradeci seu interesse e o assegurei de que me sentia bem melhor. Ainda sofria dos nervos e, à noite, debatia-me no sono ao som de bombardeios e do vaivém de ratos nas trincheiras, mas não havia razão para compartilhar isso com o homem à minha frente. Muitos tinham voltado em condições bem piores que eu, com o corpo arruinado e a mente estilhaçada como um vaso de cristal quebrado. Por sorte, meus membros estavam intactos e consegui reter um pouco de sanidade. Gostava de pensar que fora Deus quem me protegera, mesmo quando parecia que Ele nos dera as costas e deixara-nos entregues à nossa própria sorte, embora, às vezes, em meus momentos mais lúgubres, achasse que, se Ele realmente existisse, me abandonara muito antes.

É estranho como a memória funciona. Testemunhei tantos horrores em meio à carnificina que escolher um em detrimento de outro parecia quase absurdo, como se fosse possível criar um gráfico ascendente no qual as afrontas à humanidade pudessem ser classificadas de acordo com o impacto gerado na mente de cada indivíduo. Repetidas vezes, no entanto, eu recordava um grupo de soldados em uma planície lamacenta, onde a monotonia da paisagem era interrompida apenas pelo tronco de uma árvore bombardeada. Alguns deles ainda tinham a boca manchada de sangue, embora estivessem tão sujos que tornava difícil dizer onde os homens terminavam e a lama começava. Foram encontrados em uma cratera de bomba por tropas que se reposicionavam, depois de uma batalha ferrenha causar uma ligeira mudança em nossa linha de frente. Eram quatro soldados britânicos, debruçados sobre o corpo de um homem, arrancando suas tripas ainda quentes com as mãos e devorando-as com voracidade. O morto era um soldado alemão, mas isso não fazia diferença. O quarteto de desertores dera um jeito de sobreviver por semanas naquela terra de ninguém entre os fronts, alimentando-se dos cadáveres de soldados.

Não houve julgamento e não existem documentos que comprovem a execução dos quatro. Eles não possuíam documentos que os identificassem e se recusaram a dizer seus nomes. O líder, ou pelo menos aquele cuja autoridade os outros pareciam respeitar, tinha trinta e poucos anos. O mais jovem ainda era adolescente. Fui autorizado a rezar por eles, a pedir perdão pelo que fizeram. Já estavam todos vendados quando o mais velho falou comigo.

— Senti o gosto Dele — disse. — Comi o Verbo que se fez carne. Agora Deus está em mim, e eu sou Deus. Ele é saboroso. Tem gosto de sangue.

Voltou o rosto para as armas, e elas pronunciaram seu nome.

Eu sou Deus. Tenho gosto de sangue.

Também resolvi não contar isso para o bispo. Não tinha certeza de sua opinião a respeito de Deus. Desconfiava que, para ele, Deus era apenas um conceito que servia para controlar as massas e assegurar sua autoridade sobre elas. Era bem provável que sua fé tivesse sido testada apenas em debates intelectuais regados a xerez. Eu não sabia como ele teria se saído nas trincheiras. Talvez sobrevivesse, mas somente à custa dos outros.

— O que está achando do trabalho no hospital?

Assim como em todas as indagações do bispo, era importante entender as entrelinhas. Por isso, eu respondera à pergunta anterior dizendo que estava passando bem, embora não estivesse. A pergunta da vez se referia ao hospital militar em Brayton, para o qual eu fora designado quando voltara da guerra. Minha função era cuidar de quem havia sido desprovido de membros ou da razão, tentando aliviar suas dores e fazê-los entender que Deus continuava a zelar por eles. Apesar de ser, no papel, um funcionário do hospital, sentia-me como um dos pacientes. Assim como eles, eu também precisava de pílulas para dormir e, de vez em quando, consultava-me com os "doutores de cabeça" mais esclarecidos no intuito de dar suporte à minha sanidade fraturada.

Fazia seis meses que eu voltara à Inglaterra. Só queria uma paróquia tranquila onde pudesse cuidar do meu rebanho, de preferência algum que não estivesse disposto a declarar guerra ao rebanho dos outros. O bispo tinha o poder de satisfazer a minha vontade, se quisesse. Sem dúvida, era esperto o bastante para perceber minha antipatia por ele, embora eu tivesse certeza de que não se interessava nem um pouco pelos meus sentimentos. Se nada mais pudesse ser dito a seu respeito, pelo menos ele não costumava deixar que suas emoções, ou as emoções dos outros, influenciassem suas decisões.

Sua pergunta pairava no ar entre nós. Se eu dissesse que estava feliz no hospital, ele me transferiria para um posto mais árduo. Se dissesse que estava triste, ele me manteria lá até o fim dos meus dias.

— Eu esperava que Vossa Excelência me desse uma nomeação — disse, preferindo responder a uma pergunta não formulada. — Estou ansioso para retomar o trabalho paroquial.

O bispo acenou com os dedos aracnídeos em resposta.

— No devido tempo, sr. Pettinger, no devido tempo. É preciso aprender a andar antes de correr. Primeiro, gostaria que o senhor confortasse um membro atormentado de nossa congregação. Suponho que já tenha ouvido falar em Chetwyn-Dark.

De fato. Chetwyn-Dark era uma paróquia pequena, a cerca de dois ou três quilômetros da costa. Tinha apenas um vigário, pouquíssimos paroquianos e nenhuma perspectiva para quem se transferisse para lá, mas a igreja local era antiga.

Muito antiga.

— O sr. Fell é o atual responsável pela paróquia — explicou o bispo. — Apesar de suas qualidades admiráveis, ele passou por tempos difíceis. Chetwyn-Dark nos pareceu o lugar ideal para que ele se... *recuperasse*.

Eu tinha ouvido histórias a respeito do sr. Fell. Diziam que sua ruína fora espetacular, envolvendo alcoolismo, faltas inexplicáveis aos serviços e discursos bombásticos e obscuros proferidos do púlpito nas missas às quais se lembrava de comparecer. Foi esse último costume que o levou à ruína. Ao tornar públicos seus problemas, causou embaraço ao bispo, que prezava a dignidade e o decoro acima de tudo. O castigo do sr. Fell foi ser banido para um posto onde poucos estariam presentes para ouvir seus desvarios, embora eu tivesse certeza de que o bispo contava com agentes em Chetwyn-Dark que o mantinham em dia com as atividades do sacerdote.

— Soube que ele passou por uma crise de fé — disse eu.

O bispo fez uma pausa antes de responder.

— Ele procurou uma prova do que deve ser entendido apenas pela fé. Quando não a encontrou, começou a duvidar de tudo. Achamos que, em Chetwyn-Dark, ele seria capaz de dissipar suas dúvidas e redescobrir seu amor a Deus.

As palavras, assim achei eu, soaram vazias em sua boca.

— Mas parece que nos enganamos ao supor que o sr. Fell seria capaz de se curar em relativa solidão — prosseguiu o bispo. — Fui informado de que ele começou a se comportar de modo ainda mais estranho do que antes. Fiquei sabendo que ele criou o hábito de trancar a igreja. *Por dentro.* Também parece ter começado algum tipo de reforma no prédio da igreja, serviço para o qual não possui nem a vocação nem o temperamento adequados. Sua congregação ouviu ruídos de escavação e de pedras sendo quebradas, embora me tenham dito que até agora não há sinais de danos na capela.

— O que quer que eu faça? — perguntei.

— O senhor está acostumado a lidar com homens desiludidos. Recebi relatórios favoráveis a respeito de seu trabalho em Brayton, que me levam a crer que o senhor talvez esteja apto a retomar funções mais rotineiras. Que este seja seu primeiro passo, portanto, no caminho da nomeação que me pediu. Quero que converse com seu irmão em Cristo. Que o conforte. Tente descobrir o que o aflige. Se for preciso, pode mandar interná-lo. Quero dar um basta nessa história, de um jeito ou de outro. Fui claro, sr. Pettinger? Não quero mais que o senhor Fell me dê dores de cabeça.

Com isso, o bispo deu a conversa por encerrada.

No dia seguinte, meu substituto chegou a Brayton: um jovem chamado sr. Dean, com as lições de seus tutores ainda zunindo em seus ouvidos. Depois de passar uma hora visitando as alas do hospital, ele foi correndo para o banheiro. Quando saiu, algum tempo depois, tinha a tez mais pálida e limpava a boca com um lenço.

— Você se acostuma — garanti, embora soubesse que não era verdade. Afinal de contas, eu nunca me acostumara.

Tentei adivinhar quanto tempo levaria até o bispo ser obrigado a substituir o sr. Dean.

Fui de trem até Evanstowe. O motorista contratado pelo bispo apanhou-me na estação e me levou até Chetwyn-Dark, quinze quilômetros a oeste. Despediu-se de mim laconicamente na entrada do jardim do sr. Fell. Chovia, e senti um cheiro de sal no ar. Atravessei o jardim em direção à residência do pastor enquanto ouvia o ronco do motor do carro se afastar. A distância, avistei a igreja, em silhueta contra o céu crepuscular. Não ficava no centro do vilarejo, como seria de esperar, e sim a cerca de um quilômetro dali, sem nenhum outro prédio ao redor. Antigamente, fora uma igreja católica, mas acabara sendo saqueada no reinado de Henrique VIII e, com o tempo, convertida em uma igreja anglicana. Pequena e de arquitetura quase primitiva, ainda guardava um traço de Roma em seu aspecto.

Uma luz brilhava em algum lugar dentro da casa, mas, quando bati à porta, ninguém veio atender. Girei a maçaneta e descobri que estava destrancada. Deparei-me com um vestíbulo revestido de madeira, que levava à cozinha. À direita, erguia-se uma escada e, à esquerda, um vão se abria para a sala de estar.

— Senhor Fell? — chamei, mas ninguém respondeu.

Na cozinha, um pedaço de pão jazia em uma bandeja, coberto por um pano de prato, ao lado de uma jarra de leite desnatado. Os dois quartos no andar de cima estavam desocupados. Um deles fora arrumado com esmero, com cobertores sobressalentes depositados ao pé da cama de lençóis recém-trocados, mas o outro era um caos, com restos de comida e roupas espalhadas por todo canto. Os lençóis, que pareciam não ser lavados há um bom tempo, cheiravam mal — o fedor de um corpo velho e sem asseio. Havia teias de aranha nas janelas e excrementos de rato no piso.

Mas foi a escrivaninha que chamou minha atenção. Era óbvio que o móvel, e o que havia sobre ele, tinham sido o foco do interesse do sr. Fell nos últimos dias. Tirei as camisas sujas jogadas sobre a cadeira e me sentei para examinar os documentos. Em outras circunstâncias, eu não invadiria a privacidade de alguém daquele modo, mas estava a serviço do bispo, não do sr. Fell. Sua causa já estava perdida. Eu não queria que a minha tivesse o mesmo fim.

Três manuscritos antigos, tão amarelados e deteriorados que o texto era quase indecifrável, ocupavam lugar de destaque no centro da tempestade de papéis. Estavam escritos em latim, mas sem letras ornamentais. Na verdade, a caligrafia era quase burocrática. No final, ao lado de uma assinatura ilegível, havia uma mancha escura, que parecia sangue velho e ressecado.

Os documentos estavam incompletos, com partes ausentes ou ilegíveis, mas o sr. Fell fizera um bom trabalho ao traduzir, com sua caligrafia elegante, o material que restara. A primeira parte se referia à fundação da igreja original, no fim do milênio passado. A segunda descrevia a localização de uma inscrição nas pedras da capela, onde antes se erguera uma espécie de tumba. A inscrição tinha sido copiada por fricção em papel vegetal. Exibia uma data — 976 d.C. — e uma cruz despojada, por trás da qual havia um desenho quase imperceptível. Consegui discernir um olho de cada lado do plano vertical da cruz e uma boca enorme repartida ao meio, como se a cruz estivesse disposta sobre um rosto, emoldurado por cabelos compridos. Os olhos ferozes estavam arregalados, mas as feições não eram humanas. O desenho me fez pensar em uma gárgula, mas o ar de diabrura associado a essa criatura fora substituído por uma circunspecta malevolência.

Voltei minha atenção para a terceira parte da tradução em andamento feita pelo sr. Fell. Era a que mais vinha lhe causando dificuldades. Estava cheia de lacunas e conjecturas assinaladas por pontos de interrogação, mas ele sublinhara os termos dos quais tinha certeza. Entre eles, "sepultado" e "maléfico". Outro se repetia vezes sem conta no original, e o sr. Fell, por sua vez, enfatizou-o na tradução.

Era a palavra "dæmon".

Deixei minha mala no quarto de hóspedes e olhei pela janela. Dava para a igreja, e vi que uma luz brilhava lá dentro. Observei-a bruxulear por algum tempo, depois desci a escada e, recordando a informação de que o sr. Fell costumava se trancar na igreja, fiz uma busca pela residência até encontrar um chaveiro empoeirado em um pequeno armário. Com as chaves na mão, peguei um guarda-chuva e segui pela estrada pavimentada que levava à casa de Deus.

A porta da frente estava trancada. Por uma fresta, vi que fora passada uma tranca. Bati com força e chamei pelo sr. Fell, mas ninguém respondeu. Estava dando a volta na igreja quando ouvi um ruído à direita, perto do muro, mas tão abafado que parecia vir de baixo da terra. Era o som de alguém escavando lentamente um túnel, centímetro por centímetro. Por mais que aguçasse o ouvido, não escutei barulho de ferramentas. Era como se a pessoa usasse apenas as próprias mãos. Apressei o passo e cheguei à porta de trás. Experimentei cada chave até a fechadura se abrir com um clique. Descobri que tinha ido parar em uma alcova, com cabeças entalhadas nas cornijas do teto. Tornei a ouvir o ruído de escavação.

— Sr. Fell? — chamei, e fiquei surpreso ao perceber que minha voz entalara na garganta, fazendo com que as palavras saíssem quase como um grasnido. Tentei de novo, chamando mais alto: — Sr. Fell?

O ruído cessou. Engoli em seco e me dirigi à lamparina que ardia em um recesso na parede, ouvindo meus passos ecoarem baixinho. Água da chuva e suor se misturavam em meu rosto, deixando um gosto de sangue na ponta da língua.

A primeira coisa que vi foi um buraco no chão, ao pé do qual jazia outra lamparina, cuja chama minúscula tremulava pela falta de óleo. Várias pedras tinham sido removidas e encostadas à parede, deixando apenas espaço suficiente para que um homem descesse. Uma das pedras era a que dera origem à cópia na escrivaninha do sr. Fell. Embora a rocha estivesse desgastada, o rosto por trás da cruz era mais visível. O que eu julgara se tratar de cabelos assemelhava-se mais a chamas e fumaça, como se a cruz marcasse a ferro quente o rosto da criatura.

O buraco era escuro e se inclinava ligeiramente para baixo, mas achei ter visto outra luz lá no fundo. Estava prestes a chamar de novo quando o ruído da escavação recomeçou, dessa vez com maior urgência, e tomei um susto tão grande que quase caí para trás.

A lamparina no chão estava quase se apagando. Apanhei a que estava no recesso e me ajoelhei diante da abertura. Senti o cheiro que emanava lá de baixo. Era fraco, mas inconfundível: o fedor de matérias fecais. Tirei o lenço do bolso e cobri a boca e o nariz. Depois, sentei-me na beira do buraco e fui descendo, devagar.

O túnel era estreito e em declive. Deslizei na pedra e na terra solta por alguns metros, sem erguer demais a lamparina para que ela não se quebrasse ao bater no teto. Por um instante, fiquei com medo de cair em um abismo profundo, cercado apenas pelas trevas enquanto despencava, para nunca mais ser encontrado. Em vez disso, fui parar em um solo pedregoso e vi que estava em um túnel de teto baixo, com pouco mais de um metro de altura em seu ponto mais elevado, que se curvava para a direita à minha frente. Atrás de mim, havia apenas uma parede nua.

O frio era intenso. O rumor de escavação tornou-se mais distinto, assim como o fedor de excremento. Iluminando o caminho com a lamparina, andei agachado pelo túnel, que se inclinava suavemente para baixo, sempre para baixo. Nos locais em que as vigas de sustentação haviam se deteriorado, alguém — imaginei que fosse o sr. Fell— substituíra os suportes.

Um deles em particular chamou minha atenção. Era maior que os outros e coberto de entalhes representando serpentes retorcidas. Em seu ponto mais alto, alguém entalhara o rosto de um monstro, com presas saindo do focinho e os olhos ocultados pela testa grossa e enrugada. Assemelhava-se ao da pedra na igreja, mas estava bem mais preservado e era muito mais detalhado, tanto que era a primeira vez que reparava em suas presas. Havia duas cordas grossas enroladas nas vigas laterais do suporte, com um nó em cada ponta. Ao examiná-las de perto, descobri que estavam ligadas a um par de hastes de ferro presas em fissuras na pedra. As cordas eram novas, as hastes, antigas. Pelo visto, se as cordas fossem puxadas, as pedras cairiam, levando o suporte junto.

Foi então que me perguntei por que aquele túnel tinha sido construído, e por que alguém tomara a precaução de elaborar um mecanismo capaz de destruí-lo, se fosse preciso.

O ruído de escavação ficava cada vez mais nítido, e o túnel, mais frio. As paredes estreitavam-se, dificultando meu progresso, mas apressei o passo, permitindo, por alguns momentos, que a curiosidade sobrepujasse a apreensão. Eu estava quase totalmente encurvado, e o fedor se tornara quase insuportável, quando fiz uma curva e pisei em algo macio. Olhei para baixo e escutei meu próprio gemido.

Um homem jazia aos meus pés, com a boca contorcida e o rosto mortalmente pálido. Seus olhos estavam abertos, as córneas avermelhadas pela ruptura de minúsculos vasos sanguíneos, ocasionada por alguma pressão terrível. Tinha as mãos erguidas, como se houvesse tentado se defender. Suas vestimentas clericais estavam esfarrapadas e imundas, mas não havia dúvida de que eu me encontrava diante do falecido sr. Fell.

Quando levantei a cabeça, vi o que a princípio me pareceu apenas uma parede de pedra, mas no centro da qual havia um buraco largo o bastante para se enfiar a cabeça. Era por trás daquela parede que vinha o ruído que eu andara escutando.

Não era feito pelo sr. Fell cavando para baixo, e sim de alguma coisa cavando para cima.

Ergui a lamparina e examinei o buraco. No começo, não vi nada. A parede era tão grossa que a luz mal penetrava a fenda. Cheguei mais perto e, de repente, algo reluziu do outro lado: dois olhos completamente negros, como se as pupilas houvessem aumentado de tamanho ao longo do tempo em uma busca desesperada por luz naquele lugar escuro. Vislumbrei os ossos amarelados de presas gigantescas e ouvi um assobio quando a criatura soltou a respiração.

A imagem sumiu. Um instante depois, o monstro se jogou contra a parede. Escutei seus grunhidos enquanto se afastava para tentar de novo. O impacto deslocou a poeira do teto e eu podia jurar ter ouvido algumas pedras na parede saírem do lugar.

Uma garra surgiu no buraco. Tinha dedos impossivelmente longos, com pelo menos cinco ou seis articulações. Unhas enormes e encurvadas rompiam nas pontas, sujas de terra. Uma crosta cinzenta revestia os ossos e pelos negros saíam de gretas na pele. A criatura tentou me agarrar, e senti sua fúria, sua malevolência, sua inteligência penetrante e desesperada, sua solidão absoluta. Passara muito tempo aprisionada nas trevas, até o sr. Fell começar sua tradução e a explorar o túnel, removendo pedras caídas, limpando os escombros e restaurando suportes ao se aproximar cada vez mais do mistério daquele local.

A criatura recolheu a garra e tornou a se jogar contra a parede. Uma pequena rede de rachaduras se formou ao redor do buraco, como os fios de uma teia de aranha. Recuei, afastando-me o mais depressa que pude, até o túnel se alargar o bastante para eu poder me virar. Por um instante, achei que estivesse encurralado. Não conseguia me mexer para frente nem para trás. O monstro começou a uivar, mas entre os gritos discerni palavras, embora não fizessem parte de nenhuma língua que eu conhecesse.

Com um último esforço, que rasgou a manga do casaco que eu vestia e abriu uma ferida em meu braço, consegui me livrar e saí correndo. Ouvi pedras caindo atrás de mim e compreendi que a criatura estava prestes a se libertar. Segundos depois, meu medo se concretizou. Escutei o som de suas patas no solo pedregoso quando o monstro veio em meu encalço. Comecei a rezar e a chorar ao mesmo tempo, de tão apavorado que estava. Meus pés não se moviam tão rapidamente quanto eu queria e a passagem estreita e sinuosa impedia meu progresso. Sabia que a criatura se aproximava e quase podia senti-la fungando em minha nuca.

Dei um grito e pensei em usar a lamparina como arma, mas não conseguia nem imaginar a sensação de ficar preso no escuro com aquele monstro, por isso continuei a correr, sem olhar para trás. Lacerei a pele nas paredes de pedra e tropecei duas vezes no solo irregular até chegar ao suporte entalhado, onde por fim me voltei para enfrentar a criatura. Ouvi suas garras arranhando a pedra, aproximando-se cada vez mais rápido de mim, enquanto eu tateava em busca das cordas, que finalmente segurei e puxei.

Nada aconteceu. Ouvi as hastes de ferro caírem, e nada mais. Uma garra surgiu na curva do túnel, suas unhas arranhando a parede, e me preparei para morrer.

Ao fechar os olhos, contudo, algo trovejou por cima de mim, e me joguei para trás, por instinto. O túnel estremecia enquanto o monstro avançava, e uma chuva de pedregulhos caiu aos meus pés. A criatura deu um urro e a perdi de vista quando o teto desmoronou. No entanto, achei que ainda conseguia escutá-la enquanto as pedras desabavam, uivando de ódio e frustração ao recuar cada vez mais para não ser soterrada por toneladas de escombros.

Corri até emergir na calma abençoada da igreja. O buraco regurgitava poeira e o barulho de pedras desabando parecia não ter fim.

• • •

Consegui minha nomeação. Sou pároco de uma igreja pequena, uma igreja antiga. Há uma depressão no terreno adjacente e, às vezes, os turistas param para admirar aquele fenômeno inexplicável e recente. O chão da capela foi restaurado e uma laje nova e maior cobre o local onde o sr. Fell começou a construir o túnel. A pedra também serve para assinalar sua sepultura. Tenho poucos paroquianos e menos obrigações ainda. Leio. Escrevo. Dou longos passeios pelo litoral. De vez em quando, reflito sobre o sr. Fell e sua sede incomensurável por uma prova da existência de Deus que o levou à escavação, como se encontrar o oposto da divindade fosse apagar todas as suas dúvidas. Acendo velas para ele e rezo por sua alma.

Levaram embora os documentos, que agora, desconfio, devem estar no cofre do bispo ou aos cuidados de seus superiores. Talvez tenham virado cinzas em sua lareira enquanto ele acendia o cachimbo na penumbra de sua biblioteca. Onde eles foram encontrados e como foram parar nas mãos do sr. Fell são perguntas que continuam sem respostas. Não me interessa de onde vieram e não me incomodei com seu confisco. Não preciso de páginas amareladas para recordar a criatura. Sua memória continua viva comigo, e permanecerá assim para sempre.

Às vezes, quando estou sozinho à noite na igreja, tenho a impressão de escutar o monstro escavando com paciência e determinação, tirando pedregulho por pedregulho do caminho, progredindo em uma lentidão infinita — que nem por isso deixa de ser progresso.

A criatura não tem pressa.

Afinal, tem a eternidade ao seu dispor.

O Rei dos Elfos

Como iniciar esta história? Com "Era uma vez...", quem sabe? Não, não seria correto. Daria a impressão de ter se passado há muito tempo, em um lugar muito distante, e não se trata desse tipo de história.

Não se trata, de forma alguma, desse tipo de história.

É melhor prosseguir de acordo com minhas lembranças. Afinal de contas, a história é minha: cabe a mim contá-la, assim como coube a mim vivê-la. Estou velho, mas não sou tolo. Continuo a passar a tranca nas portas e a aferrolhar as janelas quando cai a noite. Continuo a vasculhar as sombras antes de dormir e deixo os cachorros circularem à vontade pela casa, pois o farejarão se ele voltar, e estarei pronto para enfrentá-lo. As paredes são de pedra, e mantemos os archotes acesos. Sempre temos espadas à mão, mas é do fogo que ele mais tem medo.

Não levará ninguém de minha casa. Não roubará criança alguma sob meu teto.

Meu pai não era tão cauteloso. Sei que conhecia as velhas histórias, pois as contava para mim quando eu era garoto: lendas sobre o Homem de Areia, que arranca os olhos de criancinhas que se recusam a dormir; sobre Baba Yaga, a bruxa demoníaca que viaja em uma carruagem feita de ossos antigos e apoia as mãos em crânios infantis; e sobre Cila, o monstro marinho que arrasta os homens para o fundo do mar e tem um apetite insaciável.

Mas ele nunca falava a respeito do Rei dos Elfos. Só me dizia para não entrar sozinho na floresta e sempre voltar para casa antes de anoitecer. Havia criaturas lá fora, dizia ele: lobos e piores-que-lobos.

Lenda é uma coisa, realidade é outra. Aquela, nós contamos; esta, escondemos. Criamos monstros na esperança de que as lições contidas nas histórias nos sirvam de guia quando nos depararmos com o que há de mais terrível na vida. Inventamos nomes para nossos medos e rezamos para não encontrar nada pior do que aquilo que nós mesmos criamos.

Mentimos para proteger nossos filhos, sem saber que, ao mentirmos, nós os expomos aos mais graves perigos.

Nossa família morava em uma casinha à beira da floresta que se estendia ao norte do vilarejo. À noite, o luar banhava a copa das árvores, suavizando a escuridão da mata e criando um aglomerado de torres prateadas que se perdiam a distância, como uma convergência de igrejas. Mais além, havia montanhas, cidades majestosas e lagos tão extensos quanto mares, que impediam quem estava em uma margem de enxergar a margem oposta. Em meus pensamentos infantis, imaginava-me atravessando a barreira de árvores e chegando ao reino formidável que escondiam de mim. Outras vezes, elas me proporcionavam um refúgio do mundo adulto, um casulo de madeira e folhas no qual eu poderia me esconder, tão forte é o apelo que lugares escuros exercem sobre as crianças.

Sentava-me à janela do quarto, tarde da noite, e escutava os sons da floresta. Aprendi a reconhecer o pio das corujas, o adejo dos morcegos, o corre-corre afobado de criaturinhas em busca de alimentos e com medo de, elas próprias, virarem jantar. Todos esses elementos me eram familiares e me acalentavam até o sono chegar. Aquele era o meu mundo e, por um bom tempo, nada havia nele que me fosse desconhecido.

Recordo uma noite, contudo, em que o silêncio imperou. Parecia que todos os seres que habitavam as trevas embaixo de minha janela haviam prendido a respiração por alguns instantes. Apurei o ouvido e senti uma presença se mover pelo consciente da floresta, perscrutando, caçando. Um lobo uivou, em tom trêmulo, e percebi o medo que expressava. Logo depois, o uivo se transformou em ganido, aumentando em frequência até se assemelhar a um grito antes de ser interrompido para sempre.

E o vento soprou as cortinas, como se a floresta por fim soltasse a respiração.

Era como se conduzíssemos nossas vidas na fronteira mais distante da civilização, sempre cientes de que, acolá de onde morávamos, jazia a vastidão da floresta. Quando brincávamos no pátio da escola, nossos gritos ficavam parados no ar por alguns segundos antes de serem sugados para além da linha das árvores, com nossas vozes infantis perambulando a esmo pela vegetação até se perderem no nada. Dentro da floresta, no entanto, uma criatura aguardava, apanhando nossas vozes no ar como quem colhe maçãs, e nos devorava em sua mente.

O solo estava coberto por uma fina camada de neve quando o vi pela primeira vez. Estávamos brincando no prado ao lado da igreja, perseguindo uma bola de couro vermelha que se destacava como sangue na brancura do terreno. Uma rajada de vento soprou onde antes não havia vento algum. Carregou a bola para dentro da floresta até deixá-la cair sobre um tufo de mudas de amieiro. Por imprudência, fui buscá-la.

Assim que passei pelo primeiro dos grandes pinheiros, senti o ar ao meu redor esfriar e parei de ouvir as vozes de meus colegas. Fungos escuros cresciam nos troncos das árvores perto do chão, onde o sol não batia. Um pássaro morto jazia em uma dessas aglomerações, com o corpo dobrado sobre si mesmo e coberto pela massa amarela formada pelo líquido congelado dos cogumelos. Seu bico estava ensanguentado, e seus olhos, cerrados, como se a ave fosse passar a eternidade recordando a dor da ferida mortal.

Embrenhei-me ainda mais na floresta. As pegadas que deixava ao passar eram como uma fila invisível de almas perdidas. Enfiei a mão na moita de amieiros em busca da bola e, naquele instante, o vento falou comigo.

— *Menino. Venha cá, menino.*

Olhei ao meu redor, mas não havia ninguém por perto.

A voz soou de novo, mais próxima, e um vulto se moveu nas sombras à minha frente. Primeiro pensei que fosse um ramo de árvore, tão fino e escuro que era, revestido por um material acinzentado, como se envolto por grossas teias de aranha. Mas o ramo se estendeu, e os galhos que lhe serviam de dedos acenaram para mim. Ondas de um estranho desejo emanavam daquele ser, e foi como se eu afundasse em um mar poluído, que me sujava e profanava.

— *Menino. Menino bonito. Menino delicado. Venha, menino, me dê um abraço.*

Peguei a bola e recuei, mas prendi o pé em uma das raízes retorcidas, escondidas pela neve. Caí de costas no chão e senti um toque suave no rosto: era a trança diáfana dos fios de uma teia de aranha, resistente e pegajosa, que grudou em meus cabelos e pareceu se enroscar em meus dedos quando tentei removê-la. Logo, outra trança caiu sobre mim. E mais outra. Esta última era pesada como as fibras de uma rede de pesca. Um facho de luz mortiça atravessou a copa das árvores, e discerni na penumbra milhares de cordões similares. Das sombras onde a criatura cinzenta aguardava, fios e mais fios de teias de aranha flutuavam em minha direção, como se a criatura estivesse se desintegrando sobre mim. Eu me debati e abri a boca para gritar, mas os cordões caíram com mais rapidez e se enrolaram em minha língua, impedindo-me de articular qualquer palavra. A criatura se aproximou, com uma teia prateada anunciando sua chegada, e os cordões pareciam ficar mais apertados a cada movimento que eu fazia.

Reuni todas as minhas forças e joguei o corpo para trás. Senti as tranças se emaranharem nas raízes das árvores e se partirem, livrando-me de suas garras. Galhos arranharam meu rosto e minhas botas se encheram de neve enquanto eu corria, atravessando a linha das árvores, sem soltar a bola que tinha nas mãos.

Ao me afastar dali, ouvi de novo a voz:

— *Menino. Menino Bonito.*

Compreendi que aquele ser me desejava e não se daria por satisfeito até me saborear com seus lábios.

Naquela noite, não consegui dormir. Lembrei-me da teia e da voz na escuridão da floresta. Meus olhos se recusavam a permanecer fechados. Virei-me de um lado para o outro na cama, mas não conseguia descansar. Apesar do frio lá fora, o calor no quarto era tão insuportável que fui obrigado a me livrar do lençol e tirar o pijama.

No entanto, devo ter adormecido, pois foi como se algo me fizesse abrir os olhos, e descobri que a iluminação do quarto não era a mesma de antes. Sombras projetavam-se em cantos onde não tinham razão de existir.

Moviam-se e retorciam-se, mas os galhos das árvores lá fora continuavam imóveis, assim como as cortinas.

Foi então que escutei uma voz, baixa e suave, como o farfalhar de folhas secas.

— *Menino.*

Sentei-me depressa na cama, tateando em busca do lençol para cobrir meu corpo, mas ele não estava lá. Olhei ao meu redor e vi que o lençol tinha ido parar embaixo da janela. Mesmo no auge de minha agitação, não teria conseguido arremessá-lo tão longe da cama.

— *Menino. Venha cá, menino.*

Um vulto pairava no canto de onde vinha a voz. A princípio, era quase informe, como um velho cobertor que começara a apodrecer e sobre o qual fios de teias de aranha formavam filigranas. O luar iluminava os vincos de carne enrugada e desbotada, que se assemelhavam a casca de árvore, e cobriam seus braços, finos como varetas. Heras se enroscavam em seus membros e se entrelaçavam nos dedos que acenavam das sombras para mim. Em lugar do rosto, havia apenas folhas secas e escuridão, a não ser pela boca, na qual cintilavam dentes pequenos e brancos.

— *Venha cá, menino* — repetiu o ser. — *Me dê um abraço.*

— Não — disse eu. Encolhi as pernas para me proteger, tentando deixar o mínimo possível do corpo à mostra. — Não. Vá embora.

Na ponta dos dedos da criatura, reluzia um objeto oval. Era um espelho, sua moldura finamente ornamentada com figuras em relevo que pareciam dragões perseguindo uns aos outros nas bordas.

— *Veja só, menino: um presente para você, se me der um abraço.*

A face do espelho estava voltada para mim e, por um instante, vi meu rosto refletido em sua superfície. Naquele momento breve e fugaz, não estive sozinho na profundeza resplandecente do espelho. Diversos rostos se aglomeraram ao redor do meu, rostos minúsculos — dezenas, centenas, milhares deles, uma legião inteira de almas perdidas. Punhos diminutos bateram no vidro, na esperança de que se partisse e lhes dessem passagem para o outro lado. Em meio a eles, vi meu próprio rosto, e adivinhei que aquele poderia ser o meu destino.

— Por favor, me deixe em paz.

Esforçava-me para não chorar, mas minhas faces ardiam e meus olhos se encheram de lágrimas. A criatura assobiou e, pela primeira vez, me dei conta do cheiro que permeava o quarto: o fedor concentrado e rançoso de folhas putrefatas e água podre. Outro odor, menos asqueroso, de vez em quando se fazia sentir, serpenteando pelo miasma como uma cobra pela vegetação rasteira.

O aroma de amieiro.

A mão descarnada gesticulou de novo e, dessa vez, surgiu uma marionete, que dançava sob seus dedos. Tinha a forma de uma criança, entalhada com esmero, tão realista que parecia uma pessoinha, um homúnculo, com a silhueta recortada pelo luar. Sacudia-se e dançava à medida que os dedos da criatura se mexiam, mas não vi nenhum barbante controlando seus movimentos e, ao olhar com mais atenção, notei que não possuía articulações de arame nos joelhos e cotovelos. O braço do monstro se estendeu, aproximando o fantoche de mim, e não consegui reprimir um pequeno gemido de medo quando as verdadeiras dimensões da marionete se revelaram.

Não se tratava de um brinquedo, não no sentido corriqueiro do termo. Era um bebê, pequenino e totalmente formado, de olhos arregalados que nunca piscavam e cabelos pretos despenteados. A criatura o segurava pela cabeça, e a criança respondia à pressão de seus dedos mexendo os braços e as pernas em protesto. Sua boca estava aberta, mas não emitia nenhum som, e nenhuma gota de lágrima escorria de seus olhos. Pelo visto, o bebê estava morto, mas de alguma forma continuava vivo.

— *Um lindo presentinho* — disse a criatura das sombras — *para um lindo menininho.*

Tentei gritar, mas era como se dedos tivessem agarrado minha língua, apertando-a com força. Senti o gosto da criatura em minha boca e, pela primeira vez na vida, compreendi como seria morrer, pois sua pele tinha o travo amargo da morte.

A mão erguida à minha frente se moveu com rapidez, e o bebê desapareceu.

— *Você sabe quem sou eu, menino?*

Balancei a cabeça. Talvez tudo não passasse de um sonho, pensei. Só nos sonhos a gente quer gritar e não consegue. Só nos sonhos um lençol salta sem mais nem menos da cama.

Só nos sonhos um ser que recendia a folhas secas e água estagnada segurava uma criança morta pela cabeça e a obrigava a dançar.

— *Sou o Rei dos Elfos. Sempre fui e sempre serei. Sou o Rei dos Elfos e consigo tudo o que desejo. Você vai me negar o que desejo? Venha comigo, e eu lhe darei tesouros e brinquedos. Vou lhe dar guloseimas gostosas e o chamarei de "meu amado" até o dia de sua morte.*

O desejo embargou a voz da criatura. No local onde deveriam estar os olhos, voaram duas borboletas negras, como minúsculos parentes enlutados em um velório. Depois, a boca se arreganhou, e dedos nodosos se estenderam em minha direção. O Rei dos Elfos deu um passo à frente e pude vê-lo em toda a sua horripilante glória. Trazia uma capa feita de pele humana pendurada nos ombros, que se estendia quase até o chão. Em vez de arminho, as franjas eram ornadas com escalpos: cabelos louros, pretos e ruivos, todos entrelaçados, como as cores das árvores no outono. Sob a capa, ele trajava uma armadura prateada, minuciosamente decorada com partes de corpos nus, imbricados de tal forma que era impossível dizer onde começava um e terminava o outro. Na cabeça, portava uma coroa de ossos, com as pontas formadas por dedos de criança, atados com fios de ouro e curvados para dentro, como se estivessem me arregimentando para aumentar suas fileiras. No entanto, eu continuava sem discernir um rosto por baixo da coroa. Só eram visíveis a boca escura e os dentes brancos: a voracidade encarnada.

Usei toda a minha força de vontade para saltar da cama e correr até a porta. Por trás de mim, ouvi o farfalhar de folhas e de galhos arranhando o chão. Tentei girar a maçaneta, mas minhas mãos suadas deslizaram na superfície. Tentei mais uma vez e me atrapalhei de novo. O fedor de decomposição invadiu com mais força minhas narinas. Gemi de medo, mas finalmente a maçaneta girou. Ao sair para o corredor, senti galhos rasparem minhas costas nuas.

Livrei-me deles e, rodopiando, fechei a porta atrás de mim.

• • •

Eu deveria ter ido chamar meu pai, mas algum instinto me direcionou até a lareira, onde as últimas brasas ainda ardiam. Apanhei um graveto na pilha de lenha, amarrei um pano na ponta e o embebi no óleo da lamparina. Enfiei a tocha no fogo e vi as chamas se alastrarem pelo pano. Peguei um tapete do chão e me enrolei nele. Pisando de leve na laje fria, voltei para meu quarto com os pés descalços. Encostei o ouvido na porta e não ouvi nada. Girei a maçaneta com cautela e abri a porta devagarinho.

O quarto estava vazio. As únicas sombras em movimento eram as criadas pelo bruxulear da tocha. Fui até o canto de onde saíra o Rei dos Elfos, mas só avistei teias de aranha e as carapaças ressequidas de insetos. Olhei pela janela, mas a floresta estava em silêncio. Ao esticar-me para fechar a janela, que abria para fora, senti uma dor nas costas. Passei a mão na área dolorida, e meus dedos se sujaram de sangue. No espelho pendurado sobre a bacia que usava para o asseio, percebi quatro arranhões compridos em minhas costas.

Achei que tinha dado um grito, mas o som não saíra de minha boca. Viera do quarto dos meus pais, e fui correndo para lá.

À luz trêmula da tocha, vi meu pai parado diante da janela aberta e minha mãe de joelhos ao lado do berço emborcado onde meu irmão menor dormia, sempre muito bem agasalhado. O berço estava vazio, com os cobertores espalhados pelo chão, e o fedor concentrado e rançoso de folhas putrefatas e água podre impregnava o ambiente.

Minha mãe nunca se recuperou. Chorou e chorou, até não ter mais lágrimas para chorar, e sucumbiu de corpo e alma à noite eterna. Meu pai se tornou um velho taciturno. Emitia uma aura de tristeza que parecia envolvê-lo como névoa. Não tive coragem de contar que eu havia rejeitado o Rei dos Elfos, e por isso ele levara outro em meu lugar. Carreguei a culpa dentro de mim e jurei que nunca o deixaria levar qualquer pessoa que estivesse sob minha proteção.

Hoje, aferrolho as janelas, passo a tranca nas portas que dão para o lado de fora e deixo os cães circularem à vontade pela casa. Os quartos dos meus filhos nunca são trancados, para que eu possa chegar rapidamente até eles, de dia ou de noite. Avisei que, se ouvirem galhos baterem nas vidraças, devem me chamar no mesmo instante e nunca, jamais, devem abrir as janelas por conta própria. E que, se avistarem algum objeto brilhante pendurado em um galho de árvore, nunca devem apanhá-lo, e sim continuar em frente, sem sair da trilha na floresta. E também que, se escutarem uma voz oferecendo guloseimas em troca de um abraço, devem sair correndo, correndo até perderem o fôlego, sem nunca olhar para trás.

À luz da lareira, conto para eles lendas sobre o Homem de Areia, que arranca os olhos de criancinhas que se recusam a dormir; sobre Baba Yaga, a bruxa demoníaca que viaja em uma carruagem feita de ossos antigos e apoia as mãos em crânios infantis; e sobre Cila, o monstro marinho que arrasta os homens para o fundo do mar e tem um apetite insaciável.

E falo, também, a respeito do Rei dos Elfos, com seus braços de cascas de árvore cobertos de hera, e sua voz suave e murmurante, e seus presentes que funcionam como armadilhas para os incautos, e sua voracidade, que é muito pior do que tudo o que eles possam imaginar. Falo das coisas que o Rei dos Elfos deseja, para que meus filhos o reconheçam sob qualquer disfarce e estejam preparados quando ele chegar.

A nova filha

Para dizer a verdade, não consigo me lembrar da primeira vez que percebi a mudança em seu comportamento. Ela se transformava a cada dia — pelo menos era essa a impressão que eu tinha. De todos os aspectos da paternidade, este é o mais difícil de explicar para quem não tem filhos: o fato de que todos os dias trazem revelações novas e inesperadas sobre eles, evidenciando facetas até então desconhecidas de suas personalidades. É ainda mais complicado para um pai que cria sozinho uma filha, pois parte dela permanecerá para sempre escondida, inacessível para ele. À medida que ela cresce, o mistério que a envolve se intensifica, e ele é obrigado a se valer do amor e das lembranças se quiser continuar próximo à garotinha que um dia foi sua.

Ou talvez eu esteja julgando os outros por mim mesmo, e nem todos os homens tenham falhas tão grandes de compreensão. Afinal de contas, fui casado, e julgava entender a mulher com quem dividia a cama, mas a insatisfação que ela sentia em relação à vida que levava devia estar fervilhando durante muitos anos antes de se tornar visível para mim. Fiquei surpreso quando aflorou, mas não tanto quanto deveria. Em retrospecto, presumo que seu descontentamento deva ter se manifestado sutilmente das mais diversas formas, e que há muito tempo eu já me preparava para o golpe.

Sei que estou dando a impressão de ser um elemento passivo em tudo o que ocorreu, mas não sou, por natureza, um homem assertivo. Em relação a diversos assuntos, sequer ajo por iniciativa própria. Ao recordar o percurso que me levou ao altar, constato que foi minha esposa, e não eu, quem abriu grande parte do caminho. Mesmo assim, sentia-me disposto a lutar pela guarda das crianças, embora meus advogados, e meus instintos, me alertassem que os juízes raramente decidem em favor do pai nesses casos. Fiquei surpreso quando minha mulher chegou à conclusão de que os filhos eram um fardo do qual estava disposta a abdicar, pelo menos por algum tempo. Eram muito novinhos — Sam tinha um ano, e Louisa, seis — e ela não se julgava capaz de aproveitar as oportunidades que o mundo poderia lhe oferecer carregando duas crianças nos braços. Deixou-as comigo, e tudo ficou por isso mesmo. Ela liga para os filhos duas ou três vezes por ano e os visita quando está de passagem no país. Às vezes, fala sobre a possibilidade de irem morar com ela no futuro, mas sabe que isso nunca vai acontecer. Eles estão arraigados e vivem bem. Acho que são — ou eram — felizes.

Sam é meigo e sereno, e gosta de ficar perto de mim. Louisa é mais independente, está sempre questionando e desafiando os limites que lhe são impostos. Ao se aproximar da adolescência, esses aspectos de sua personalidade se tornam cada vez mais salientes. Portanto, é possível que ela já estivesse se transformando em algo diferente mesmo antes de nos mudarmos, no verão. Não sei. Só posso afirmar com certeza que acordei certa noite e descobri que ela estava parada no escuro, ao pé da minha cama, onde meu filho dormia comigo. Perguntei à minha filha — ou ao ser que antigamente era minha filha:

— O que foi, Louisa?

E ela respondeu:

— Não sou a Louisa. Sou a sua nova filha.

Mas estou me precipitando. Devo explicar que essa revelação foi precedida por meses tumultuados. Havíamos nos mudado, abandonando a vida na cidade em prol do que esperávamos ser uma existência mais tranquila no campo. Vendemos a casa por uma quantia tão grande que ainda me parece obscena e compramos uma antiga residência paroquial com um terreno de cinco acres nos arredores de uma cidadezinha chamada Merrydown. É uma bela propriedade, e foi uma verdadeira pechincha, o que me deixou com um pé-de-meia considerável para garantir nosso conforto e a educação das crianças. Tanto Louisa quanto Sam estavam a ponto de se transferir para outras escolas e perderiam seus círculos de amizade de um jeito ou de outro. Nenhum dos dois foi contra a mudança, e minha ex-mulher, depois das reclamações de praxe, resolveu não criar empecilhos. De qualquer modo, deixei claro para meus filhos que nada era irreversível: faríamos uma tentativa e, se não nos adaptássemos a contento, voltaríamos à cidade.

A casa possui cinco quartos, quatro deles de bom tamanho; portanto, as crianças puderam se apropriar de espaços bem maiores do que dispunham na cidade. Instalei-me no quarto dos fundos, e deixamos dois deles desocupados. Há também uma cozinha espaçosa que dá para o jardim, uma sala de jantar, um gabinete, que passei a usar como escritório, e uma ampla sala de estar, repleta de estantes de livros. À direita da casa, encontram-se alguns velhos estábulos. Passaram muito tempo fora de uso, mas um cheiro tênue de feno e cavalos ainda permeia o ambiente. São sombrios e úmidos, e bastou uma exploração superficial para as crianças chegarem à conclusão de que não se tratavam de locais adequados às suas brincadeiras.

Pelo que entendi, a residência paroquial passara um bom tempo à venda, embora eu só fosse descobrir o motivo alguns meses depois de comprá-la. Ao que tudo indica, nunca foi um bom lugar para se morar. Com a saída do pároco, os fiéis da cidadezinha passaram a contar com a visita dos clérigos de Gravington, uma cidade maior, que se revezam ao rezar a missa na antiga capela.

Uma artista, ilustradora de livros infantis, morou na residência paroquial antes de mim, mas não por muito tempo, e morreu quando a casa para onde se mudou, mais ao norte, pegou fogo. Levando em conta a profissão que exercia, imaginei que não fosse fácil para ela se manter em dia com o aluguel da residência, por mais barato que fosse. Encontrei uma caixa que pertencera a ela em meio a uma pilha de entulho e folhas secas no jardim. Alguém tentara atear fogo à pilha, mas ou o fogo apagou por si só, prematuramente, ou foi apagado pela chuva, o que é mais provável, porque a tinta de vários dos desenhos guardados na caixa estava borrada. Mesmo assim, foi fácil inferir que a verdadeira vocação da artista não era trabalhar para crianças. As ilustrações eram todas igualmente assustadoras, repletas de criaturas semi-humanas com feições distorcidas: olhos que mal passavam de frestas ovais, narinas largas demais e bocas arreganhadas, como se dependessem, sobretudo, do olfato e do paladar para sobreviver. Algumas tinham asas longas e esfarrapadas que saíam de saliências ósseas em suas costas, com membranas furadas e rasgadas como as de libélulas apodrecidas em teias de aranha. Não guardei nenhum desses desenhos, por medo de que meus filhos os encontrassem. Com o auxílio de um pouco de parafina, toquei fogo no que restara da caixa.

Não havia nenhum problema na estrutura do prédio, mas as paredes foram repintadas e móveis novos substituíram os antigos, fazendo com que os tons escuros e as cortinas pesadas dessem lugar a cores de verão que alegraram muito o ambiente. Macieiras erguem-se no jardim dos fundos, do qual uma série de pequenos prados em declive leva a um riacho sombreado por árvores robustas, de um verde luxuriante. A terra é fértil, mas nenhum dos moradores da região aceitou minhas reiteradas ofertas de permitir que a usassem como pasto para seus rebanhos.

O motivo para essa relutância está relacionado a um outeiro no terceiro prado, equidistante da casa e do riacho. Tem cerca de seis metros de diâmetro e um pouco menos de dois metros de altura. Sua origem é incerta: alguns dizem que era um forte de fadas, a antiga habitação de uma raça mítica e ancestral. Outros acham que se trata de um sepulcro megalítico, embora não haja menção a ele nos tratados arqueológicos da região e ninguém faça a menor ideia de quem, ou do que, esteja enterrado ali. Louisa gostava da possibilidade de termos um forte de fadas na propriedade, por isso era assim que ela o via. Francamente, eu também preferia pensar assim, porque a possibilidade de ter criaturinhas na vizinhança atrapalharia bem menos o meu sono do que pensar em ossos velhos se decompondo sob a relva e as margaridas. Sam, por sua vez, mantinha distância do local, preferindo que déssemos uma volta maior pelos prados adjacentes no caminho para o riacho, enquanto sua intrépida irmã pegava o caminho mais curto, muitas vezes acenando para nós do alto do montículo quando passávamos.

Sam sempre demonstrou uma mescla de temor e admiração pela irmã, de temperamento caprichoso, enquanto Louisa, ao mesmo tempo em que agia como guardiã do irmão mais novo, instava-o a se comportar menos como um garotinho e mais como um homem. O resultado é que Sam acabava se metendo em enrascadas que não condiziam com sua personalidade, às vezes bastante penosas, e cabia à irmã resgatá-lo. Essas situações inevitavelmente terminavam em lágrimas, recriminações e uma trégua nas provocações de Louisa, que aos poucos voltava a cativá-lo. Sempre havia algo novo com que seduzi-lo, algum aspecto deslumbrante de sua personalidade com que fasciná-lo. Como eu disse antes, talvez seja esta a razão pela qual não reparei nas mudanças que ela apresentava: aconteciam contra um pano de fundo caleidoscópico de humores e caprichos.

No entanto, em retrospecto, lembro-me de um incidente que ocorreu duas semanas depois de nos mudarmos. Acordei durante a noite, sentindo uma brisa fria que soprava pela casa, acompanhada do ruído de uma janela batendo no caixilho. Saí da cama e segui o som até o quarto de minha filha. Ela estava parada à janela, com as mãos estendidas para o peitoril.

— O que você está fazendo? — perguntei.

Ela se virou rapidamente, fechando a janela atrás de si.

— Achei que tinha alguém me chamando — explicou.

— Quem chamaria você a uma hora dessas?

— O pessoal do forte.

Louisa sorriu ao responder, e pensei que estivesse brincando, mesmo tendo notado que ela escondia algum objeto de mim ao voltar para a cama. Olhei pela janela, mas vi apenas a escuridão lá fora. No parapeito, percebi fragmentos de madeira pintada, arrancados do caixilho ao lado do ferrolho, mas o vento soprou e os espalhou noite adentro.

Voltei minha atenção para Louisa. Ela já pegara no sono, como se estivesse exausta, e mantinha as mãos escondidas sob o lençol. Havia uma folha presa em seus cabelos, provavelmente trazida pelo vento, e a retirei com cuidado, afastando os cachos que caíam em sua testa para que não lhe picassem durante a noite. Ao fazer isso, meus dedos tocaram em algo duro perto de seus ombros. Com cautela, afastei o cobertor. Sua boneca, Molly, com a qual ela sempre dormia, não estava na cama. Em seu lugar, havia uma figura tosca feita de palha e gravetos. Parecia uma pessoa, exceto pelo grande comprimento dos braços e por uma barriga gigantesca. Seis tranças de cabelo pendiam de sua cabeça. Um buraco circular indicava a boca, e outros dois, ovais, os olhos. Tinha quatro folhas de dentes-de-leão enfiadas nas costas, imitando asas.

Percebi um movimento na barriga oca do boneco. Olhei mais de perto e descobri uma enorme aranha presa sob os galhos e a palha. Não havia espaço para que tivesse entrado ali por acaso. Fora colocada de propósito por quem construíra o brinquedo. O inseto enfiava as patas pelas brechas, tentando fugir de sua prisão. Assim que tirei a figura dos braços de minha filha, a aranha estremeceu, enroscou-se e morreu.

Guardei o boneco rústico em uma prateleira de meu gabinete antes de voltar para a cama. Na manhã seguinte, vi que ele havia despedaçado. Não restara um traço sequer de sua forma anterior, e a aranha não passava de uma bolota de patas ressecadas.

Já era quase meio-dia quando tive a oportunidade de conversar com Louisa sobre o incidente da noite anterior, mas ela não se lembrava de nada do que conversáramos. Não sabia onde estava Molly nem como a figura de palha fora parar em seu lugar. Saiu vasculhando a casa em busca da boneca perdida. O céu escurecera e parecia que iria chover. Sam estava tirando um cochilo, e nossa governanta, a sra. Amworth, vigiava meu filho enquanto passava uma pilha de roupas. Apesar da possibilidade de chuva, resolvi dar uma volta e me peguei, não exatamente sem querer, a caminho do outeiro no terceiro prado. Mesmo à luz do sol, o montículo tem um aspecto meio assustador; naquele instante, sob um céu cinzento e nublado, dava a impressão de estar vivo, como se algo dentro dele estivesse tramando alguma coisa. Tentei não me deixar impressionar por aquela sensação inquietante, mas as palavras de Louisa não saíam da minha cabeça. Sua janela dá para o outeiro. Ela pode vê-lo a distância através da vidraça. Por trás dele, avista-se apenas o riacho e campos vazios.

Ajoelhei-me ao sopé do outeiro. Senti a terra quente na palma da mão. A inquietação havia passado. De fato, fui tomado por uma sensação quase oposta, relaxante. Meus olhos se fecharam, e o aroma de flores selvagens invadiu minhas narinas. Fiquei com vontade de descansar, de deitar no solo e esquecer minhas preocupações, de sentir a grama contra a pele. Acho que estava prestes a me estirar no montículo quando uma imagem surgiu de supetão em meus pensamentos. Tanto vi quanto senti uma criatura que se aproximava com rapidez de mim, subindo por um túnel de terra e raízes, cortando minhocas ao meio e esmagando insetos pelo caminho. Tinha a pele branquíssima, como se houvesse passado muito tempo longe do sol. As orelhas pontiagudas tinham lóbulos compridos. As narinas, largas e achatadas, surgiam por baixo de fendas que um dia devem ter sido olhos, cobertos por uma camada de pele venosa. A boca era fixa em um sorriso malévolo, com o lábio inferior retraído, criando um triângulo de dentes, carne e gengivas. As asas esfarrapadas eram mantidas próximas ao corpo, mas volta e meia adejavam canhestramente contra as paredes de terra, como se ansiassem pela liberdade de voar que há tanto tempo lhes era negada.

E a criatura não estava sozinha. Outras a seguiam, subindo em minha direção, atraídas por meu calor e motivadas por um ódio que eu não conseguia entender. Meus olhos se abriram e saí do torpor. Recolhi a mão e me joguei para trás. Antes disso, porém, senti por um instante algo estranho na palma da mão, como se alguma força houvesse tentado romper a crosta de terra para me puxar.

Levantei-me e limpei as mãos, sujas de grama e de terra. No lugar onde eu tocara momentos antes, avistei um objeto vermelho. Com cautela, mexi nele com um graveto. O objeto escorregou pelo outeiro, deixando à mostra a terra escavada, e veio parar aos meus pés. Era a cabeça de uma boneca, separada do corpo, com larvas rastejando por seus densos cabelos ruivos e besouros saindo às pressas do buraco no pescoço. Era a cabeça de Molly, a boneca de minha filha, e foi somente quando as primeiras gotas de chuva molharam meu rosto que tomei coragem de apanhá-la e levá-la para casa.

Mais tarde, fui ao quarto de Louisa para conversarmos, mas ela ficou agitada e chorosa, negando com veemência crescente ter feito qualquer coisa errada e demonstrando um espanto verdadeiro quando mostrei os restos da boneca. De fato, ela pareceu tão atormentada com a possibilidade de Molly estar perdida embaixo da terra que fui forçado a lhe fazer companhia até que adormecesse. Fiz questão de trancar a janela do quarto com uma chavezinha, que até então nunca usara, e que guardei no bolso do pijama antes de voltar para a cama, depois de me certificar que todas as entradas da casa estavam bem fechadas.

Naquela noite, houve uma grande ventania, e todas as janelas e portas chacoalharam. Acordei com um grito de Sam e o levei para dormir comigo. Antes, fui dar uma olhada em Louisa, mas ela continuava dormindo, alheia ao temporal.

Na manhã seguinte, ao abrir as cortinas, vi que o sol brilhava e não havia sinal da tempestade no jardim nem nas cercanias. As latas de lixo estavam tampadas, não havia muitas folhas caídas das árvores e os vasos de flores no peitoril da janela não tinham se mexido um centímetro sequer.

E, na cidadezinha, ninguém sentira sequer uma brisa ligeira na noite anterior.

Os dias se passaram e o verão esquentava cada vez mais. Dormíamos com lençóis fininhos e nos revirávamos na cama até que o cansaço sobrepujasse o desconforto e nos permitisse descansar. Em duas ocasiões, nas noites mais abafadas, fui acordado pelo ruído de alguém batendo na vidraça do quarto ao lado e encontrei Louisa mexendo no ferrolho da janela, em um estado entre o sono e a vigília. Aproximei-me, devagar, lembrando-me vagamente de ter ouvido falar no perigo de acordar um sonâmbulo, e a guiei de volta para a cama. Pela manhã, ela dizia não recordar o que acontecera. Nunca mais falou dos seres no forte, mas marcas começaram a aparecer do lado de fora da vidraça: arranhões paralelos quase indistintos, como se tivessem sido feitos pelos dentes de um ancinho. Além disso, alguém arrancara mais pedaços de madeira do caixilho. Meus sonhos eram atormentados pelas sombras de criaturas voadoras. Suas asas, havia muito tempo constritas, estavam livres de novo para adejar na escuridão. As criaturas cercavam a casa e tentavam abrir portas e janelas em um esforço febril para ter acesso às crianças.

Sam deixou de passear comigo pelo riacho. Preferia ficar dentro de casa e passava cada vez mais tempo em seu quarto, de janelas gradeadas, ou em meu gabinete, cujas vidraças estreitas e chumbadas abriam-se apenas três centímetros no topo. Quando perguntei qual era a causa da mudança em seu comportamento, ele se recusou a responder, e tive a impressão de que algo o ameaçava, obrigando-o a ficar em silêncio.

Certo dia, tive um compromisso inadiável em Londres e fui forçado a passar a noite lá. Embora houvesse insistido que todas as janelas e portas deveriam permanecer trancadas durante a noite, a sra. Amworth, que concordara em ficar cuidando das crianças, deixou a janela do quarto de Louisa entreaberta, para que o vento corresse e refrescasse um pouco minha filha.

O que quer que habite o outeiro aceitou o convite, e tudo se alterou de maneira irrevogável.

Foi Sam quem me alertou para a mudança em sua irmã. Ele, que antes a adorava, passou a manter distância dela, recusando seus convites para brincarem juntos. Começou a ficar ainda mais tempo perto de mim. Certa noite, depois que o coloquei para dormir, escutei movimentos em seu quarto. Tentei entrar, mas descobri que ele prendera a porta com uma cadeira, diversas almofadas e uma caixa de brinquedos. Quando perguntei a razão disso, a princípio, ele se negou a responder, mordendo o lábio e olhando para o chão. Aos poucos, porém, seu lábio começou a tremer e, em meio a um jorro de lágrimas, ele me disse que estava com medo.

— Medo de quê? — perguntei.
— Da Louisa.
— Mas por quê? Ela é sua irmã, Sam, e o ama muito. Não faria mal a você.
— Ela vive me convidando para brincar lá fora.
— Mas você gosta de brincar com ela — afirmei, mas, no mesmo instante, me dei conta de que isso deixara de ser verdade havia muito tempo.
— À noite — retrucou Sam. — Ela quer que eu vá brincar à noite. No escuro. *No forte.*

Sua voz embargou e não pude fazer nada para consolá-lo.

Quando confrontei Louisa a respeito disso, ela respondeu apenas que ele estava mentindo e que não queria mesmo brincar mais com o irmão. Sempre que eu tentava retomar o assunto, ela se calava, e por fim desisti, frustrado e preocupado. Nos dias que se seguiram, fiquei de olho em Louisa, e percebi uma calma estranha em seu modo de agir. Falava cada vez menos e parecia estar perdendo o apetite. Só comia carnes nas refeições, deixando de lado as verduras. Quando eu a questionava sobre qualquer aspecto de seu comportamento, ela simplesmente emudecia. Eu não sabia o que fazer para castigá-la e me perguntava exatamente o que ela fizera para merecer algum castigo. Até que um dia a peguei examinando a grade da janela do quarto de Sam, que eu pretendia retirar quando ele ficasse mais velho, testando o ferrolho com o dedo. Pela primeira vez, perdi a paciência com ela e exigi que me contasse o que estava fazendo. Ela não respondeu e tentou passar por mim para sair do quarto, mas segurei-a pelos ombros e a sacudi com força, exigindo uma resposta. Quase bati nela, de tão furioso que estava, até que olhei em seus olhos e vi um brilho vermelho no fundo das órbitas, como uma tocha que se acendesse na escuridão de um abismo profundo. Pode ter sido impressão, mas achei que seus olhos estavam mais estreitos que antes e se erguiam ligeiramente nas pontas.

— Não toque em mim — sussurrou ela, e percebi que sua voz adquirira um tom rouco e repugnante. — Nunca mais encoste um dedo em mim, ou vai se arrepender.

Dito isso, livrou-se de minhas mãos e saiu correndo do quarto.

Naquela noite, deitado na cama, lembrei-me dos desenhos da antiga moradora virando cinzas. Fiquei curioso de saber como ela morrera, e me veio à cabeça a imagem de uma mulher atormentada por sua imaginação, enfiando pilhas de desenhos na lareira, na vã esperança de que, ao destruí-los, encontraria a paz. Sua morte foi considerada um trágico acidente, mas não estou certo disso. Em alguns casos, a mente não encontra outra saída para se livrar dos sofrimentos que a atormentam.

Resta apenas relatar um incidente, justamente o que mais me inquietou. Na semana passada, Sam reclamou da perda de um brinquedo, um ursinho de pelúcia que sua mãe lhe dera quando fez três anos. Era um bichinho sarnento, com olhos que não combinavam e com grossos pontos de costura nos locais em que a pelúcia se rasgara, feitos de forma desajeitada pelo pai, mas Sam o adorava. Ele deu por falta do brinquedo assim que acordou, pois o mantinha na mesa de cabeceira. Pedi a sra. Amworth, que havia acabado de chegar, para me ajudar a encontrá-lo e fui perguntar a Louisa se tinha visto o ursinho. Ela não estava em seu quarto, nem em qualquer parte da casa. Saí para o jardim, chamando por ela, mas foi só quando cheguei ao pomar que a avistei, ajoelhada ao pé do outeiro.

Não sei que instinto fez com que eu decidisse não alertá-la. Fui andando escondido por entre as árvores, perto o bastante para ver o que ela fazia, mas, quando me aproximei mais, ela se levantou, limpou as mãos no vestido e voltou correndo para casa. Deixei-a ir. Quando a perdi de vista no pomar, fui até o montículo.

Acho que já sabia o que iria encontrar. Vi onde a terra fora mexida e cavei até sentir a pelúcia em meus dedos. Os olhos do ursinho me encaravam sem expressão enquanto eu tentava arrancá-lo do buraco. Ouvi o ruído de algo se rasgando, e fiquei apenas com a cabeça do brinquedo nas mãos. Cavei mais um pouco, mas não encontrei o restante.

Afastei-me do outeiro, mais do que nunca ciente de sua estranheza: a regularidade do contorno, que indica alguma forma de planejamento; o modo como se achata no topo, como que convidando os incautos a descansarem sobre ele e desfrutarem seu calor; e a cor vívida da grama que o encobre, tão mais verde que a das cercanias que parece quase irreal.

Olhei para trás e vi um vulto parado na beira do pomar me vigiando, e descobri que não conhecia mais a menina que antes fora minha filha.

Agora, depois de contar quase todos os detalhes, volto ao ponto em que comecei este relato. Estou novamente deitado, com minha filha ao pé da cama, seus olhos emitindo um brilho avermelhado no escuro.

— Sou a sua nova filha — diz ela.

E eu acredito. Sam está dormindo ao meu lado. Passa todas as noites comigo, embora pergunte por que não o deixo dormir sozinho em seu quarto, como um rapazinho. De vez em quando, meus sonhos o despertam, pesadelos nos quais minha filha de verdade jaz soterrada em um montículo, viva e morta ao mesmo tempo, cercada pelas criaturas pálidas que a sequestraram e a mantêm em cativeiro. Louisa é alvo da curiosidade e do ódio delas, e seus gritos são abafados pela terra. Tentei cavar um túnel para resgatá-la, mas depois de poucos centímetros acabo sempre esbarrando na pedra. O que quer que habite o outeiro soube se proteger.

— Vá embora — murmuro.

As luzes vermelhas vacilam quando ela pisca.

— Você não vai poder cuidar dele para sempre — diz minha nova filha.

— Engano seu — retruco.

— Uma noite dessas, você vai pegar no sono com uma janela aberta ou uma porta destrancada, e aí eu vou ter um novo irmão.

Aperto o molho de chaves, que trago pendurado por uma corrente em volta do pescoço para tê-lo sempre à mão. Só corremos perigo à noite. Elas chegam apenas quando o sol se põe. Já coloquei a casa à venda, e não demoraremos a ir embora. O tempo urge, tanto para elas quanto para nós.

— Não — digo para ela, e a observo se recolher em um canto, deslizando suavemente pela parede até sentar-se no chão, as luzes vermelhas brilhando no escuro enquanto as criaturas forçam portas e janelas, e meu filho, meu filho de verdade, dorme ao meu lado, em segurança.

Por enquanto.

O ritual dos ossos

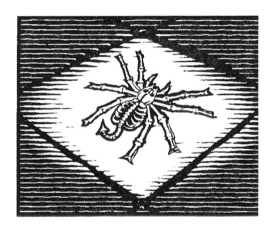

A voz do diretor era a voz de Deus.

— Você aí, Johnston, fique quieto. Bates, no meu gabinete, às dez horas. Prepare-se para explicar por que estava consultando o páreo de duas e meia no hipódromo de Kempton durante a aula de Língua Latina I. E explique-se em latim, rapaz, já que domina a língua com tanta facilidade que não se sente na obrigação de estudá-la. Você aí, garoto, como se chama?

Pela primeira vez, ou assim pensei, ele prestou atenção em mim.

— Jenkins, senhor diretor. O bolsista.

— Ah, Jenkins, o bolsista. — Ele assentiu, como se de repente todas as peças se encaixassem. — Espero que não esteja se sentindo muito intimidado pelo ambiente, Jenkins, o bolsista.

— Só um pouquinho, senhor diretor — menti.

O colégio Montague, com suas paredes revestidas de mogno, seus bustos esculpidos com esmero, suas legiões de homens mortos de perucas empoadas nos encarando das paredes — primeiros-ministros, banqueiros, capitães de indústria, diplomatas, cirurgiões, soldados —, era o lugar mais intimidante que eu já vira.

— Não se preocupe com isso, Jenkins — disse o diretor. Passou a mão em minha cabeça e acariciou meus cabelos. Em seguida, limpou cuidadosamente os dedos com um enorme lenço branco. — Tenho certeza de que dará uma ótima contribuição ao colégio Montague. De várias maneiras, os bolsistas são a vida deste estabelecimento...

O colégio Montague para meninos tinha aproximadamente quatro séculos de existência. Tantos grandes homens passaram por seus portais que a escola se tornara quase um microcosmo do império, um sinônimo da importância outrora exercida pela Grã-Bretanha. Erguia-se em meio a colinas onduladas e campos de lazer relvados. Seus prédios eram construções primorosas de torres e ameias, como se o colégio estivesse em estado de alerta constante para repelir as grandes massas que invejavam o privilégio que a instituição representava. A rede de influência dos ex-alunos, que se espalhava pelos altos escalões da sociedade britânica como uma teia de aranha invisível, permitia apenas aos mais favorecidos caminhar por seus fios em busca de glória e riqueza, enquanto aprisionava os que não mereciam ascensão e lhes drenava a ambição e a esperança. As figuras ocas desses últimos se apinhavam nos saguões dos ministérios e nos baixos escalões das instituições mais proeminentes da nação, em uma lição prática da importância de ser bem-nascido e bem relacionado.

O colégio era cercado por uma muralha alta e extensa. Embora seus portões de ferro permanecessem abertos do começo da manhã ao fim da tarde, poucos se arriscavam a entrar na escola, a não ser que tivessem assuntos a tratar. As relações com os moradores dos vilarejos vizinhos eram tensas, na melhor das hipóteses. O colégio despertava grande antipatia naqueles cujos filhos jamais desfrutariam os benefícios de um estabelecimento daqueles (antipatia exacerbada por saberem que um dia seus filhos também estariam sujeitos aos caprichos de quem lá se formasse). Por isso, as idas aos vilarejos eram monitoradas e supervisionadas pela escola. Os alunos mais velhos, contudo, dispunham de maior liberdade em seus passeios e se divertiam em atormentar os comerciantes locais que, por mais que desprezassem aqueles intrusos endinheirados, não podiam se dar ao luxo de perdê-los como clientes, fato que não escapava aos alunos.

De vez em quando, no entanto, bandos de meninos travessos, que moravam nos vilarejos, invadiam a propriedade no intuito de vandalizar as estátuas ou roubar maçãs e peras do pomar. Se dessem sorte, esbarravam com algum infeliz estudante que se afastara demais da zona de segurança proporcionada pelos colegas e lhes davam uma surra. Mas era um negócio arriscado, porque o terreno era patrulhado por zeladores de uniforme azul-escuro que tinham carta branca para castigar como quisessem quem caísse em suas mãos. Em, pelo menos, uma ocasião, candidatos a saqueadores se viram frente a frente com o time oficial de rúgbi do colégio e tiveram sorte de não precisar de assistência médica.

Apesar de tudo — e ainda que do modo mais canhestro e arrogante possível —, o colégio Montague parecia admitir uma vaga obrigação para com os menos afortunados. A cada dez anos, um exame de bolsas de estudo era conduzido no salão nobre. Esse teste, seguido por uma entrevista, era usado para selecionar os poucos sortudos que seriam arrebatados de uma vida destinada a decepções e tristezas. A eles, seria permitido vislumbrar a possibilidade de um futuro melhor (ainda que esse futuro nunca estivesse realmente disponível, pois o fedor infame da caridade lhes perseguiria até a morte, e eles nunca se livrariam da lama que cobria suas botas, deixando um rastro para que os ricos e privilegiados não os confundissem, nem por um instante, com alguém de seu meio).

Como toda grande instituição desse tipo, o colégio Montague tinha suas próprias tradições e rituais. Havia normas de vestuário a serem obedecidas, direções certas para se caminhar e hierarquias bizarras de alunos e professores que pareciam ter pouco a ver com idade ou mérito. Quem possuía os laços familiares mais fortes com a escola tinha permissão de reinar sobre aqueles com relações menos estáveis. A riqueza dava direito a que se infligissem dor e humilhação com impunidade. Havia canções a serem decoradas e histórias a serem recitadas. Havia jogos sem regras e regras sem razão de ser.

E havia os ossos. E, com eles, o mais estranho de todos os rituais.

Foi na mesma manhã, depois de ter ficado cara a cara com o diretor pela primeira vez, que finalmente pude vê-los. Um grupo seleto de estudantes do último ano foi presentado com eles durante a cerimônia. Subiram ao palco, um a um, para receber um osso guardado em uma pequena caixa revestida de veludo. Os pais da maior parte deles haviam recebido os ossos no passado, bem como os pais de seus pais, e assim sucessivamente ao longo dos séculos. Quando uma linhagem se extinguia, sempre havia outra de igual importância para tomar seu lugar, fazendo com que a posse dos ossos se restringisse àqueles com o mais azul dos sangues. Era uma antiga tradição do colégio Montague. Quando o último aluno recebeu o seu, todos os rapazes se voltaram para os colegas mais jovens, o que nos permitiu — não, o que nos obrigou — a dar três vivas em voz alta.

Tentei adivinhar de onde tinham vindo os ossos, mas, quando me aproximei para vê-los melhor nas mãos de seus donos, que os exibiam com orgulho, fui empurrado com força e um mar de costas se fechou diante de mim, negando-me até mesmo aquela pequena concessão. Mais tarde, à noite, deitado em meu leito no dormitório, imaginei meu pai, devoto mas sem recursos, descobrindo, para sua surpresa, que era o herdeiro perdido de uma grande fortuna e possuidor de um título nobiliárquico que, quando a hora chegasse, seria passado ao filho. Da noite para o dia, eu me encontraria em uma posição de influência e respeito na escola. Executaria façanhas heroicas nas quadras de esporte e meus feitos acadêmicos humilhariam os dos meus colegas. Por minha causa, o colégio abriria mão dos candidatos vindos das melhores famílias para compensar as injustiças anteriores. Eu assumiria meu posto no palco e receberia uma pequena caixa revestida de veludo contendo um único osso amarelado, símbolo da nova vida que me aguardava.

A fantasia não durou muito, desvanecendo-se rapidamente por um piparote dado em meu rosto com a ponta de uma toalha, acompanhado pela gargalhada dos responsáveis. Eu sabia que as relíquias nunca pertenceriam a um estudante bolsista, que não eram para o nosso bico.

Mas eu estava errado, porque, de certo modo, elas eram todas nossas.

Uma semana depois, eu assistia a uma partida sem graça de rúgbi quando um garotinho louro e desmazelado se aproximou de mim.

— Jenkins, não é?

— Pois não?

Tentei parecer desinteressado, mas, no fundo, fiquei grato pela aproximação. Estava achando difícil fazer amigos entre meus colegas. Na verdade, ainda não fizera amigo nenhum.

— Sou Smethwick, o outro bolsista. — Ele sorriu, constrangido. — Estive um pouco doente, por isso comecei tarde este semestre. Nossa, este é um lugar e tanto, não? É tão grande e antigo, mas todo mundo tem sido bem legal comigo, até mesmo os garotos mais velhos, e era deles que eu mais tinha medo.

Por um instante, fiquei com inveja de Smethwick. Por que os garotos mais velhos falavam com ele, mas não comigo?

— Medo? — perguntei, depois de algum tempo. — De quê?

— Ah, você sabe, de sofrer bullying. Além disso, tem as histórias.

— Que histórias?

— Poxa, Jenkins, você parece um eco. As *histórias*. Você já deve ter ouvido algumas delas. Dez anos atrás, um bolsista morreu durante uma espécie de trote. O caso foi abafado, é claro. Alegaram que ele tinha saído por aí e fora atropelado por um trem. Mas dizem que já estava morto antes que o trem saísse da estação.

A expressão de Smethwick mesclava terror e fascínio. Eu não sabia o que sentir. Já estava sendo bastante difícil me adequar à rotina da escola e não precisava de histórias de mortes misteriosas para aumentar minhas preocupações. Já tinham me contado sobre os espíritos errantes que vagavam pelo colégio e os monstros que moravam no beiral dos telhados. Além disso, no segundo dia letivo, cobriram minha cabeça com uma fronha e me deixaram trancado no armário escuro embaixo da escada até que o diretor ouviu meus gritos e me soltou.

— Não se preocupe — disse Smethwick, dando uma palmadinha em meu ombro. — Vai dar tudo certo.

Mas nada daria certo para nós. Nada mesmo.

Nas semanas seguintes, estreitei meus laços de amizade com Smethwick, embora tivéssemos pouca coisa em comum. Era de esperar, pois eu não tinha aliados nem apoio naquele lugar, e Smethwick me dava as duas coisas. Mesmo assim, acabei me distanciando um pouco dele por causa dos garotos mais velhos. Era como se o protegessem. Ele não sofria as mesmas pequenas humilhações e agressões que marcaram meus primeiros meses no colégio. Em vez disso, apenas zombavam dele e o encarregavam de executar pequenos serviços. Em troca, ele podia viver em paz, sem medo de sofrer qualquer tipo de retaliação. Era como se o tivessem adotado como mascote, como uma espécie de totem. Voltei a me aproximar dele, na esperança de que um pouco da boa vontade que demonstravam ao meu colega se estendesse a mim. É preciso reconhecer que Smethwick fez tudo o que pôde para me proteger, até mesmo se meter entre mim e quem tivesse intenção de me machucar. Em uma dessas ocasiões, ele acabou com um arranhão na testa e precisou ser tratado pela enfermeira da escola. O diretor foi chamado. Embora tenha passado um bom tempo comigo e Smethwick para tentar descobrir os culpados, nós ficamos de boca fechada. Apesar disso, os veteranos que nos atacaram foram rapidamente encontrados. O castigo que sofreram foi público e brutal, para servir de exemplo aos outros alunos. O resultado é que, aos poucos, os valentões passaram a me deixar em paz. Não porque se preocupassem com o meu bem-estar, mas por relutância em causar algum dano a Smethwick.

A situação permaneceu assim por alguns meses. Eu não entendia o que levara os garotos mais velhos a proteger Smethwick, e duvidava que fosse por algum bom motivo, mas meu amigo estava grato demais para agir com desconfiança.

Quando por fim foram buscá-lo, acho que ele chorou tanto de pavor quanto de tristeza.

Na noite do ritual, lembro-me de ser acordado pela invasão de um grupo de alunos do último ano em nosso dormitório. Formavam uma fila comprida e alguns carregavam velas, mas todos tinham sua caixa revestida de veludo na mão. Andavam em silêncio, e nenhum dos meus colegas parecia estar acordado para vê-los ou, se estivessem, acharam melhor fingir que não. Alguns dos veteranos taparam a boca de Smethwick para que ele não gritasse enquanto quatro ou cinco deles o tiravam da cama. Vi meu amigo se debater dentro do pijama, com os olhos cheios de medo e pânico. Talvez eu devesse ter gritado, mas sabia que seria em vão. Ou, talvez, devesse ter abandonado Smethwick à própria sorte e me contentado em permanecer na ignorância, mas não consegui. Estava ansioso para saber o que fariam com ele. Custa-me admitir, mas fiquei feliz que o escolhido fosse ele, e não eu.

Acompanhei-os furtivamente, seguindo-os por corredores e escadas, até eles pararem diante de uma porta de carvalho reforçada com faixas de metal, que ficava ao lado da sala dos professores. Não me lembrava de ter visto aquela porta antes. Talvez ficasse escondida por uma tapeçaria ou uma armadura, pois não faltavam relíquias como essas no colégio Montague.

Os veteranos fecharam a porta atrás de si, mas não a trancaram. Eu a abri com cautela e senti um vento frio no rosto. Vi degraus de pedra à minha frente. À luz mortiça das velas que rapidamente se afastavam, desci a escada até chegar em um recinto enorme e gelado, com paredes de pedra e teto abobadado. Havia mais velas ao redor e mais vultos aguardando os veteranos. Escondi-me atrás de uma coluna de pedra e fiquei de olho.

Em uma plataforma elevada, abaixo de onde eu estava, vi o corpo docente do colégio. Lá estavam Bierce, o instrutor de educação física, e James, que ensinava latim e grego, além dos professores Dickens, Burrage e Poe. Diante deles, encontrava-se o sr. Lovecraft, o diretor, trajando um roupão axadrezado vermelho e calçando chinelos da mesma cor.

— Tragam-no aqui, rapazes — disse ele. — Devagar, assim. Amarre-o bem, Hyde, não queremos que ele saia correndo, queremos? Ah, pare de choramingar, Smethwick. Seu sofrimento já vai terminar.

Amarraram Smethwick sobre a laje, atando seus braços e pernas com cordas resistentes a quatro argolas de ferro. Ele começou a gemer, mas ninguém lhe deu atenção, e seus gritos simplesmente ecoaram nas paredes de pedra.

— Agora vocês, os mais velhos — disse o diretor, chamando-os com o dedo —, subam aqui, um de cada vez. Já sabem o que fazer.

Os estudantes do último ano se postaram em fila diante da plataforma. No chão, ao lado de Smethwick, havia uma pedra mais escura e mais antiga que as outras, na qual discerni um arranjo com cerca de trinta centímetros de comprimento por quinze de largura. Parecia um fóssil, mas era côncavo, como se a criatura petrificada houvesse sido retirada do lugar, deixando sua impressão na pedra.

Um a um, os alunos subiram na plataforma, abriram sua caixa revestida de veludo e depositaram o osso na cavidade correspondente do arranjo, enchendo-o aos poucos, até que o esqueleto de algo que se assemelhava a um inseto se formasse no chão, embora eu nunca tivesse visto um inseto daqueles. Tinha oito patas, como uma aranha, mas o esqueleto era interno, e não externo. Dava para ver sua caixa torácica, o crânio minúsculo e pontudo, e uma espécie de cauda curta e farpada que se encaixava perfeitamente no sulco deixado na pedra.

O diretor sorriu quando o último osso foi colocado e tirou uma pequena faca com cabo de marfim do bolso do roupão.

— Hyde, como monitor dos alunos, cabe a você a honra de sangrar Smethwick.

Hyde, um jovem de cabelos pretos e ar presunçoso, trajando uma túnica brocada, deu um passo à frente. Recebeu a faca com uma pequena mesura e se voltou para Smethwick. Os gritos do menino, deitado de pernas e braços estendidos, aumentou uma oitava.

— Por favor, deixe-me ir — implorou Smethwick. — Por favor, senhor diretor. Por favor, por favor, Hyde, não me machuque.

O diretor balançou a cabeça, irritado.

— Pelo amor de Deus, Smethwick, pare de se lamentar. Seja homem. Não é à toa que sua família nunca serviu para nada. O irmão do Hyde morreu na Batalha do Somme, liderando a investida de um batalhão de duzentos homens. Todos morreram com ele, gratos pela oportunidade de dar a vida como soldados comandados por seu querido capitão. Não é verdade, Hyde?

— Sim, senhor diretor — respondeu Hyde, com o orgulho inapropriado que apenas o parente de um lunático sanguinário poderia demonstrar.

— Viu só, Smethwick? Hyde é o tipo de sujeito que outros homens seguiriam até a morte. Quem seguiria um chorão como você, Smethwick? Ninguém, essa é a verdade. Quantos votos você receberia caso se candidatasse ao que quer que fosse, Smethwick? Nenhum. Alguma tribo selvagem abandonaria o posto e recuaria de medo ao vislumbrar a sua espada? Não, Smethwick. Fariam pouco caso de você, depois cortariam sua cabeça e a espetariam em uma estaca. Na atual conjuntura, você não serve para nada, nem serviria no futuro. No entanto, depois do ritual, você será responsável pela união de uma nova geração de alunos do colégio Montague. Esse será o seu legado. Hyde, tenha a bondade de prosseguir.

Hyde se debruçou e fez um corte longo e profundo no braço esquerdo de Smethwick, que gritou de dor. O sangue escorreu da ferida e pingou no esqueleto do inseto.

Uma membrana vermelha foi se formando sobre a criatura. Vi o surgimento de veias e artérias quando seu coraçãozinho negro começou a bombear o sangue. Os ossos das patas, que antes jaziam dobradas sobre o que fora seu abdome, passaram a se mexer, como se farejassem o ar. Uma substância amarela fluiu sobre o crânio minúsculo enquanto a cauda espinhenta arranhava a pedra, gerando um ruído agudo e irritante.

A criatura girou no lugar, enroscando-se, até se esticar de supetão, saltando do leito e caindo de pé sobre as patas compridas e cheias de articulações. Tinha cerca de vinte e cinco centímetros de altura. A carne semitransparente de suas costas era de um amarelo-esbranquiçado e dividida em partes, como a de uma lagarta. Seis olhos negros e redondos, de tamanhos diferentes, reluziam à luz das velas. A criatura ergueu a cabeça, permitindo-me vislumbrar sua boca larga, com quatro ou cinco centímetros de diâmetro, ladeada por palpos pequenos e grossos.

Por cautela, o diretor deu um passo para trás antes de levantar a mão esquerda, como um mágico exibindo um novo truque.

— Cavalheiros — disse ele, com a voz trêmula de orgulho —, tenho a honra de lhes apresentar... *a mascote do colégio!*

Os estudantes reunidos aplaudiram. O corpo de Smethwick se retorceu na laje quando ele tentou se libertar.

— Não, por favooooooor — suplicou ele. — Deixem-me ir embora! Peço desculpas por qualquer erro que eu tenha cometido. Sinto muito. O que foi que eu fiz? Digam! O que foi que eu fiz?

O diretor olhou para ele com uma expressão que era quase de pena.

— Você, Smethwick, nasceu na classe errada.

Naquele instante, a criatura descobriu a origem do sangue. Abriu as mandíbulas. Sua boca se contraía e se estendia enquanto engolia as gotas. Retesou mais uma vez o corpo e se abaixou até a barriga quase tocar no chão. Com um salto, foi parar sobre a laje. Ouvi Smethwick gritar quando ela subiu em seu peito, arqueou as costas e, com uma única picada, enfiou a ponta de sua cauda de escorpião no pescoço do menino. O jorro de sangue foi logo impedido pela boca da criatura, que começou a sugar, lentamente, a vida de meu amigo. Tapei os ouvidos para tentar não escutar o ruído estridente que ela fazia e senti ânsia de vômito ao ver seu corpo horroroso se expandir para conter o sangue do pobre garoto que morria embaixo dela.

Depois de um tempo, a criatura se deu por saciada e desceu a passos trôpegos para a laje. Smethwick jazia imóvel, de olhos abertos e feições pálidas. Havia um buraco redondo e ensanguentado em seu pescoço. Sua mão esquerda estremeceu uma, duas vezes, e depois ficou inerte.

Com cuidado, o diretor apanhou o monstro pelas laterais e o ergueu bem alto. As patas da criatura se moviam com lentidão e o sangue gotejava de suas mandíbulas.

— Graças ao ritual dos ossos, nós nos unimos uns aos outros, todos cúmplices, todos juntos na grande família que é a nossa classe — anunciou o diretor. — Gerações de homens aprenderam suas lições mais valiosas com esta pequena criatura. O sangue das classes inferiores é o que nos sustenta: sem ele, não seríamos grandes e, se não formos grandes, nosso país também não o será. Três vivas para o colégio Montague.

Todos os alunos deram vivas enquanto o diretor guardava a criatura em uma pequena jaula, antes de entregá-la ao sr. Dickens.

— Você sabe o que fazer, Dickens — disse ele, e sua voz ecoou no recinto. — Daqui a alguns dias, só restarão os ossos. Quando isso acontecer, pode guardá-los de volta nas caixas.

O sr. Dickens manteve a jaula afastada do corpo e ficou olhando para sua ocupante, sonolenta e empanturrada de sangue.

— É um troço infernal, não é mesmo, diretor?

Pela primeira vez, surgiu no rosto do diretor uma expressão que poderia ser de repulsa.

— De fato, é realmente *infernal*. Hyde, você e mais dois rapazes se encarreguem de dar um fim no corpo do Smethwick. Sugiro um passeio pelo penhasco, mas assegurem-se de amarrar alguns pesos nele antes de jogá-lo. E agora, o sr. Bierce conduzirá o restante de vocês no coro do hino da escola.

Mas não fiquei para ouvir o hino. Voltei correndo para o quarto e fiz as malas. Quando amanheceu, eu já estava longe dali. Meus pais se surpreenderam em me ver e quiseram me levar de volta. Meu pai ficou mais zangado que minha mãe, ciente, acho eu, da oportunidade que eu estava desperdiçando e das privações que eu sofreria no futuro. Chorei e gritei — cheguei a vomitar de nervosismo — até eles ficarem com pena de mim. É possível que minha mãe tenha pressentido que havia algo errado, embora não tocasse no assunto e eu nunca tenha dito a ela o que testemunhei. Afinal de contas, quem acreditaria em mim?

Assim, uma carta foi enviada ao sr. Lovecraft, anunciando que eu abandonara o colégio. Fui matriculado em uma escola local, onde os alunos levavam suas merendas e havia rumores de uma epidemia de piolhos. Fui cercado por pessoas como eu e logo encontrei meu lugar entre elas.

Uma semana depois de ter ido embora do colégio Montague, o diretor nos fez uma visita. Meu pai estava no trabalho. Minha mãe ofereceu chá e bolinhos ao diretor, mas se recusou, com toda a educação, a me mandar de volta.

— Vamos sentir falta dele, sra. Jenkins — disse ele enquanto vestia seu sobretudo azul. — Seu filho teria dado uma contribuição excelente para o colégio. Novos alunos são a vida de nossa instituição, sabia? A senhora permite que o menino me acompanhe até o portão? Gostaria de me despedir dele.

Minha mãe me deu um empurrãozinho e fui obrigado a seguir a figura escura do sr. Lovecraft. Ele parou no jardim e me olhou com atenção.

— Como eu disse para sua mãe, Jenkins, vamos sentir sua falta.

Ele me segurou pelos ombros e, mais uma vez, senti seus dedos em minha carne.

— Mas ouça bem o que digo, Jenkins: no fim das contas, você não tem como escapar do seu destino. De um modo ou de outro, você será nosso.

Ele se inclinou e chegou tão perto de mim que pude ver os rios de sangue em seus olhos.

— Porque, Jenkins, como todos os membros da sua classe robusta e leal, você está repleto daquilo que faz a grandeza da Grã-Bretanha.

A sala da caldeira

Antigamente, a companhia Thibault fabricava vagões e locomotivas. A renomada marca podia ser vista percorrendo estradas de ferro por todo o nordeste: veículos verdes para Wicasset e Quebec; verdes e vermelhos para Sandy River; amarelos e verdes para Bridgton e Saco. Até as ferrovias serem fechadas — primeiro as de bitola estreita, nos anos 40, depois as de bitola padrão, na década de 50 — e os trens de Boston pararem de viajar rumo ao norte. Union Station, antes o centro da malha ferroviária daquela parte do mundo, sumiu do mapa, dando lugar a um feio shopping mall. Os únicos vestígios dos grandes trens que outrora saíam com altivez das estações eram trilhos abandonados com dormentes apodrecidos e cobertos por uma vegetação escura. A companhia Thibault fechou suas portas, e os prédios que a compunham entraram em ruínas. As vidraças das janelas se quebraram e o teto esburacou. O mato tomou conta do pátio de manobras, irrompendo pelas rachaduras no concreto, enquanto as calhas se enchiam de sujeira e a água da chuva manchava as paredes. Vez por outra, falava-se em demolir tudo e construir algo novo e imponente no local, mas a cidade estava em declínio e era impossível encontrar um investidor disposto a empregar seu capital no que equivalia, financeiramente falando, a uma cova aberta. Afinal de contas, devido à construção de shopping centers na periferia, os comerciantes haviam trocado o Centro da cidade pelas ruas dos shoppings, banhadas por iluminação artificial para que os transeuntes idosos pudessem fingir que se esquivavam da mortalidade sem serem incomodados por fenômenos atmosféricos ou até mesmo pelo ar fresco.

Entretanto, na década passada, a cidade parou de agonizar. Alguém com um pingo de inteligência e imaginação se deu conta de que o porto, com seus belos prédios antigos e suas ruas calçadas de pedra que levavam às docas, ainda em funcionamento, merecia ser preservado. É verdade que nem todos os estabelecimentos comerciais haviam se mudado para o subúrbio. Ainda restavam alguns velhos bares e armazéns, além de um ou dois restaurantes, que logo se viram cercados por lojas de souvenires, cervejarias artesanais e pizzarias que ofereciam mais de um tipo de queijo. Houve reclamações, é claro, e alegações de que a cor local do porto tinha sido sacrificada em nome dos dólares dos turistas, mas, verdade seja dita, a cor local antiga nunca fora algo digno de se gabar. Esse tipo de nostalgia geralmente afeta quem nunca teve de economizar cada centavo para pagar o aluguel de um bar ou nunca foi obrigado a passar o dia inteiro sentado em sua loja torcendo para que seus possíveis clientes queiram mais do que apenas jogar conversa fora.

Não demorou para que as ruas se enchessem de visitantes durante mais da metade do ano. O velho porto se tornou uma mistura curiosa de pescadores em atividade e turistas boquiabertos, de quem se lembrava dos maus tempos e de quem só pensava na promessa de tempos melhores. O crescimento logo se expandiu para além dos limites naturais do porto, e ficou decidido que a companhia Thibault seria reaberta como centro empresarial. Os prédios antigos de tijolos vermelhos foram convertidos em estações de engenharia, estaleiros e um museu ferroviário. Uma ferrovia de bitola estreita atravessava a zona portuária, funcionando do começo do verão até perto do Natal, quando os últimos turistas voltavam para casa depois de admirar a iluminação natalina. Não se pode dizer que o local fervilhava. Os negócios que atraía eram do tipo discreto, conduzidos a portas fechadas, muitas vezes por baixo dos panos. Era bem silencioso durante o dia, e mais silencioso ainda de noite, a não ser pelo vento que uivava na baía, trazendo consigo o som de rebentação das ondas e de navios em trânsito, cujas sirenes ecoavam nas trevas. Um som que dava uma sensação de conforto ou solidão, dependendo do humor de quem o escutava.

Não lembro muito bem como cheguei à cidade. Eu estava passando por tempos difíceis. Não me interessava onde estava nem para onde ia. Cometera erros dos quais me arrependi. Acho que todo mundo passa por isso, mais cedo ou mais tarde. É difícil viver, da forma que for, sem acumular arrependimentos. O importante, para mim, era seguir em frente. Achava que, se continuasse pulando de cidade em cidade, conseguiria deixar meu passado para trás. Quando me dei conta de que levava meu passado comigo, era tarde demais.

Havia poucas ofertas de trabalho quando cheguei. A alta temporada se encontrava no fim, e os empregados temporários já estavam a caminho da Flórida ou da Califórnia, ou de resorts de inverno em New Hampshire e Vermont. Aluguei um quarto barato em uma casa caindo aos pedaços e passava as noites procurando bares que ofereciam dois drinques pelo preço de um, perguntando a quem se demorava um pouco mais no balcão se conhecia algum lugar onde eu pudesse conseguir emprego. Mas os frequentadores dessas casas noturnas não estavam interessados em trabalhar ou, se estivessem, aproveitariam a oportunidade eles mesmos; portanto, não tive muita sorte. Depois de uma semana, comecei a entrar em desespero.

Acho que nem teria ficado sabendo da oferta de emprego se não estivesse caminhando pela zona portuária, fumando um cigarro e pensando se não cometera um erro ao ter ido parar ali, nos confins do Norte. Dei de cara com o anúncio, escrito à mão e plastificado para protegê-lo da chuva:

PRECISA-SE DE GUARDA NOTURNO. INFORME-SE AQUI.

Sem outro trabalho à vista, entrei no escritório para saber mais sobre o emprego. Um sujeito que varria o chão perguntou meu nome e me disse para voltar na manhã seguinte, quando o funcionário responsável por contratações estaria disponível para me entrevistar. Avisou-me que trouxesse o currículo. Agradeci, mas ele permaneceu de costas para mim durante toda a conversa. Não cheguei a ver seu rosto.

Na manhã seguinte, fiquei sentado no escritório da administração da companhia Thibault escutando um homem que trajava um elegante terno cinza explicar no que consistia a função. Seu nome era sr. Rone, mas ele me disse que todos o chamavam de Charlie. Contou que sempre trabalhara com serviços navais e ainda gostava de praticar o ofício. Transporte, explicou: de animais, às vezes, e de pessoas. Principalmente de pessoas.

Minha obrigação como guarda noturno seria a de patrulhar o complexo, certificando-me de que os prédios vazios não se tornassem lares para vagabundos e viciados, porque nem todo o centro empresarial já estava em funcionamento. Eu não seria pago para ficar sentado em uma cadeira, lendo o caderno de esportes ou tirando uma soneca. Não havia relógios de ponto nem qualquer outro mecanismo que monitorasse minha atividade, ou a falta de atividade, mas, se qualquer coisa desse errado, era o meu que estaria na reta, poderia apostar.

— Alguma dúvida? — perguntou Charles.

Fiquei confuso.

— Quer dizer que o emprego é meu, assim, sem mais nem menos?

Charles me deu um sorriso apagado de quarenta watts.

— Claro, você parece ser justamente quem esperávamos.

Ele nem pediu para ver meu currículo. Eu gastara mais do que podia para datilografá-lo em uma loja de serviços de impressão na noite anterior e fiquei um pouco chateado por ter perdido meu tempo. É verdade que o CV não teria resistido a um exame minucioso e que as pessoas listadas para dar referência seriam tão difíceis de encontrar quanto um dodô, mas, pelo menos, eu me esforçara.

— Trouxe meu currículo — informei, e me surpreendi ao perceber a mágoa em minha voz. Diacho, quem me ouvisse acharia que o sujeito tinha se recusado a me contratar.

O sorriso de Charles aumentou cerca de dois watts.

— Ei, isso é ótimo — disse.

Entreguei-lhe o currículo, que ele nem se deu ao trabalho de olhar. Apenas o depositou em cima de uma pilha de papéis que davam a impressão de não terem sido tocados desde que a última locomotiva saíra da empresa. Na verdade, era difícil precisar a que ramo a empresa se dedicava naquele momento. Pelo visto, éramos as únicas pessoas no prédio.

Seja como for, o emprego era meu.

Recebi um uniforme marrom, uma lanterna e um revólver. Fui informado que o porte de arma seria regularizado depois, e não questionei. De qualquer modo, não esperava ser obrigado a usar o revólver. O pior que poderia acontecer, pensei, era ter de expulsar alguns moleques que tentassem invadir a propriedade. Eu não precisaria de armas para isso. Por via das dúvidas, levei meu cassete retrátil e uma lata de spray de pimenta.

Toda noite, antes de ir trabalhar, eu enchia um pequeno frasco com Wild Turkey, só para afastar o frio. É bom deixar claro que não sou um bebedor contumaz, nunca fui, mas as zonas portuárias do Nordeste ficam geladas no inverno. Quem precisa bater perna pelas docas e examinar prédios sem calefação dá graças a Deus por ter algo à mão para se esquentar.

Nunca me incomodei de trabalhar sozinho. Lia um pouco — contos policiais, sobretudo —, fazia palavras cruzadas ou assistia aos programas que iam ao ar de madrugada na tevê. Não tinha uma esposa com que me preocupar. Já tive uma esposa. Muita gente acha que ela me deixou e foi morar no Oregon, mas eu sei que não.

Foi no começo da segunda semana que os barulhos começaram. Havia dois prédios desocupados no complexo, perto da estrada principal. O maior era um depósito de três andares em péssimo estado de conservação. As janelas eram protegidas por telas de arame, por isso eu me contentava em verificar as fechaduras das portas, para ver se continuavam intactas. Nunca tinha entrado lá. Até então, não precisara.

Certa noite, eu fazia minha ronda costumeira das duas da manhã quando escutei o ruído de portas se abrindo e se fechando dentro do imóvel vazio. Achei, também, ter avistado uma luz bruxuleante. Certifiquei-me de que as portas e as janelas estavam trancadas e não escutei ninguém falando lá dentro. Iluminei o teto com a lanterna. Até onde a vista alcançava, parecia incólume. Não vi telhas quebradas nem algum buraco por onde alguém pudesse ter entrado. Mas fiquei preocupado com aquela luz trêmula. Se algum mendigo tivesse dado um jeito de entrar no prédio, acendido uma fogueira e caído no sono, o centro empresarial inteiro poderia acabar pegando fogo.

Apanhei o chaveiro que trazia preso ao cinto e achei a chave da porta da frente. Eu havia marcado todas as chaves com fitas isolantes coloridas e decorado onde se encaixavam. A porta se abriu com facilidade. Entrei no prédio e me vi em um recinto de teto baixo que ocupava toda a extensão do térreo.

Na outra extremidade, havia uma porta aberta que dava para a escada que levava aos andares superiores. Outro lance de escadas descia até a sala da caldeira. A luz vinha de lá. Saquei o Taurus do coldre. Empunhando o revólver com a mão direita, e segurando a lanterna por baixo dele com a esquerda, fui até a porta. Estava na metade do caminho quando ouvi passos.

Meus sentidos me alertaram para o perigo. Desliguei a lanterna e aguardei, em silêncio, na penumbra.

Duas pessoas surgiram no vão da porta. Usavam casacos pretos compridos, calças da mesma cor e botas de solas grossas. Só vi suas feições quando cruzaram a soleira. Uma lâmpada empoeirada, acesa sobre o vão, iluminou-os com sua luz mortiça. Era um casal, mas um casal todo errado. Ambos eram carecas, com a cabeça pálida, quase cinzenta, cruzada por veias grossas e salientes. O homem era maior, com olhos vermelhos incrustados no rosto sem pelos, mas sem nenhuma outra feição. Não tinha nariz nem boca, apenas uma extensão de pele embaixo dos olhos. O formato dos seios da mulher ao seu lado era visível sob o casaco. Ela tinha boca e um narizinho de batata, mas não olhos. Da testa ao nariz, estendia-se apenas sua pele lisa.

Ouvi um ruído à direita do casal, e outros dois vultos se aproximaram. O primeiro era um homem alto, também vestido de preto. Não pude ver seu rosto, mas a parte de trás de sua cabeça era arredondada e pálida. Ele não tinha orelhas. Uma de suas mãos repousava sobre o ombro de um homem baixo e magro, trajando camiseta e calça marrons, também de costas para mim. Havia uma ferida no lado direito de sua cabeça e, do esquerdo, escorria sangue, empapando a camisa, como se uma bala houvesse entrado por uma têmpora e saído pela outra.

Eu deveria ter tomado uma atitude, mas não consegui me mexer. Estava tão apavorado que me esqueci de respirar. Quando notei que prendia a respiração, arfei tão alto que achei que eles escutariam e viriam atrás de mim. Por um instante, a mulher pareceu perscrutar a penumbra. Seu olhar sem olhos se deteve por um momento no lugar onde eu me escondia. Depois, seus dedos sondaram a escuridão em busca do homenzinho ensanguentado. Seu companheiro sem boca fez o mesmo. Os três puseram as mãos nele, guiaram-no de mansinho em direção à escada e fecharam a porta. Esperei um pouco antes de segui-los.

A porta estava destrancada. A caldeira não deveria estar acesa, mas estava. Senti seu cheiro. Seu calor.

Desci a escada até chegar a uma porta de ferro com as dobradiças enferrujadas. Estava aberta, e vi as chamas tremularem dentro da sala, pintando as paredes e o chão com um laranja-avermelhado. Escutei o rugido do fogo. Minhas costas estavam encharcadas pela transpiração. O revólver e a lanterna escorregavam em minhas mãos suadas. Já estava quase cruzando a soleira quando o fogo se extinguiu. Contando apenas com o facho da lanterna, respirei fundo e entrei.

— Quem está...?

Estaquei. O recinto estava vazio. Vi a enorme caldeira, mas estava desligada. Fui até ela e, bem devagar, estendi a mão. Parei antes de tocá-la, ciente de que, se eu estivesse errado, minha mão jamais seria a mesma.

A caldeira estava fria.

Passei a vista no aposento, mas não havia nada fora do comum. Não estava mobiliado, e o único acesso era pela porta. Recuei pela escada, apontando a arma para a sala da caldeira, até chegar ao térreo do depósito. Depois, saí correndo com tanta pressa que levantei poeira. Passei o resto da noite no escritório, com o revólver ao alcance das mãos e os sentidos tão aguçados que meus ouvidos zuniam.

Não disse nada a ninguém sobre o que eu achava ter visto. Aliás, quando acordei à tarde e me preparei para mais uma noite de trabalho, pensei que pudesse ter imaginado tudo aquilo. Talvez tivesse cochilado na cadeira, depois de tomar umas doses a mais de Bourbon, e sonhara que tinha ido até o depósito e voltado para o escritório, onde acordei com a lembrança de vultos mutilados escoltando um homenzinho com um buraco na cabeça até a sala da caldeira, que gerava calor mesmo sem estar acesa.

Quer dizer, que outra explicação haveria?

Nada mais ocorreu durante o resto da semana. Não voltei a escutar ruídos no depósito, mas me dei ao trabalho de passar uma corrente com cadeado na porta levadiça. Duas vezes por noite, ia até lá para averiguar se a porta continuava trancada. No entanto, eu continuava a sentir aquele cheiro, o odor de pólvora queimada. Impregnara meus cabelos e meu uniforme, e de nada adiantava lavá-los.

Até que, em uma noite de domingo, quando fazia minha ronda de sempre, entrei no depósito e descobri que a porta que dava para a escada estava aberta. A da frente continuava trancada quando cheguei. Ninguém havia entrado ou saído dali na última semana. Mesmo assim, a porta de dentro estava aberta e, mais uma vez, vi as chamas dançando nas paredes. Saquei a arma e gritei:

— Olá, tem alguém aí?

Não houve resposta.

— Saia já daí — gritei, aparentando mais coragem do que sentia. — Saia agora mesmo ou juro que vou trancá-lo aí dentro e chamar a polícia.

Ninguém respondeu, mas na penumbra, à minha direita, vislumbrei um vulto se mexendo por trás de engradados velhos perto da porta. Virei a lanterna e seu facho iluminou a ponta de alguma coisa azul, que logo desapareceu na escuridão.

— Droga, eu sei onde você está. Saia daí agora mesmo, está ouvindo?

Engoli em seco, fazendo um barulho que ecoou na minha cabeça. Embora a noite estivesse fria, o suor cobria a minha testa e a minha camisa estava empapada. O calor vinha não sei de onde, um calor intenso e abrasador, como se o depósito estivesse se incendiando com um fogo invisível.

Foi então que ouvi o rugido da caldeira.

Mantive o revólver na mesma altura que a lanterna e fui andando de mansinho até os engradados. Ao me aproximar, o facho iluminou um pé descalço, com unhas tortas e imundas. O tornozelo inchado era coberto de veias azuis. Dava para ver a bainha de um vestido azul encardido, que se estendia até um pouco abaixo do joelho. Era uma mulher. Uma sem-teto que buscara abrigo no depósito. Talvez estivesse lá aquele tempo todo e eu não percebera. Deveria haver outra entrada que eu desconhecia: uma janela quebrada ou uma porta escondida. Eu a encontraria depois, assim que expulsasse a mendiga.

— Muito bem, madame — disse eu, agachando-me. — Está na hora de...

Mas não era uma mendiga. Nem uma mulher qualquer.

Era a minha mulher.

Parece piada, mas eu não estava achando graça.

Seus cabelos escuros haviam crescido, cobrindo quase todo o rosto, e sua pele sardenta parecia ter se apertado em volta dos ossos, repuxando os lábios e deixando à mostra dentes compridos e amarelados. Estava de cabeça baixa, com o queixo quase encostado ao peito, e olhava para o ferimento em sua barriga, onde a faca penetrara, o ferimento que eu fizera na noite em que a matara. Ela ergueu a cabeça, e pude ver seus olhos: o azul desvanecera e estavam quase totalmente brancos. O ricto que era sua boca se alargou, e percebi que ela estava sorrindo.

— Oi, querido — disse ela.

Ouvi a terra se mexer em sua garganta. A mesma terra que se incrustara sob suas unhas quebradas quando ela cavou para sair da cova rasa onde eu a enterrara, lá longe, no sul, onde as folhas secas cobririam sua sepultura e animais selvagens espalhariam sua ossada. Ela avançou, arrastando os pés, e eu recuei: um passo, dois, até esbarrar em um obstáculo atrás de mim.

Virei de costas para ela e dei de cara com o rosto pálido de um homem sem orelhas vestido de preto.

— Você deve ir com ele — disse minha esposa no momento em que o homem de preto pôs a mão em mim.

Fui obrigado a levantar a cabeça para encará-lo porque ele era, pelo menos, trinta centímetros mais alto que eu. De fato, era o homem mais alto que eu já vira.

— Para onde você vai me levar? — perguntei, antes de lembrar que ele não podia me ouvir.

Tive vontade de sair correndo, mas a pressão de sua mão me manteve cravado no lugar. Olhei para minha mulher por cima do ombro. Aquilo devia ser um sonho, pensei, um sonho ruim, o pior pesadelo que um dia eu poderia ter. Mas, em vez de me debater, ou gritar, ou me beliscar para acordar, escutei apenas o som de minha própria voz, falando calmamente.

— Diga — pedi. — Diga para onde estou indo.

A terra na garganta dela se agitou de novo.

— Lá para baixo — respondeu.

Tentei me mexer, mas toda a força parecia ter sido drenada do meu corpo. Não consegui nem erguer a arma. No vão da porta, avistei o vulto da mulher sem olhos e do homem sem boca, que deu um aceno de cabeça para o homem que me segurava. Ele começou a me conduzir em direção à escada, sem dar atenção às minhas palavras.

— Não — exclamei. — Isto não é justo.

É claro que ele não respondeu, e foi então que finalmente compreendi tudo.

Sem orelhas, para que ele não pudesse ouvir as súplicas de quem viera buscar.

Sem olhos, para que ela não pudesse ver quem ofertaria às chamas.

E o juiz mudo, o repositório dos pecados, incapaz de contar o que via e ouvia, precisando apenas assentir quando era dado o veredicto.

Três demônios, cada um deles perfeito em sua mutilação.

Escorreguei no chão empoeirado enquanto era arrastado pelo colarinho para as chamas que me aguardavam. Olhei para a porta da frente do depósito e vi um homem de terno cinza me observando. Era o sr. Rone. Chamei por ele, que se limitou a dar um sorrisinho antes de sair e fechar a porta. Ouvi o ruído da chave girando na fechadura. Lembrei-me dos papéis em sua mesa, antigos e empoeirados. Recordei ter achado estranho ele não ter uma secretária e pensei no homem que varria o chão, cuja voz, em retrospecto, parecia a do próprio sr. Rone.

Eu estava quase na porta da escadaria quando falei pela última vez:

— Mas não estou morto.

Naquele instante, senti minha mão direita começar a se erguer para encostar o cano do revólver em minha têmpora. Vi, em pensamento, o homenzinho magro, com sangue na camisa, indo em direção à escada. Ao meu lado, escutei a voz de minha falecida esposa, bem perto do meu ouvido. Ela não respirava, apenas falava.

— Deixe-me ajudá-lo — sussurrou.

Sua mão se fechou sobre a minha, apertando meu dedo contra o gatilho à medida que a arma se erguia.

— Perdão — pedi.

O ruído da caldeira enchia minha cabeça. O calor aumentou, atravessando o chão e derretendo a sola dos meus sapatos. Já sentia o cheiro dos meus cabelos chamuscados.

— Tarde demais — retrucou ela.

O revólver detonou, e o mundo se amortalhou de vermelho enquanto eu me preparava para descer.

As bruxas de Underbury

Fumaça e Neblina se misturavam na plataforma da estação, transformando homens e mulheres em espectros cinzentos e fazendo com que malas e baús mal posicionados se tornassem verdadeiras armadilhas para os incautos. A noite esfriava cada vez mais. A geada formara uma fina camada reluzente no teto da bilheteria. Pela vidraça embaçada da sala de espera, discerniam-se vultos indistintos aglomerados ao redor de aquecedores barulhentos, que cheiravam a óleo escaldante. Alguns tomavam chá em canecas baratas e cheias de rachaduras, bebericando rapidamente, como se receassem que a louça se desintegrasse em suas mãos e os encharcasse com o líquido morno. Crianças cansadas choravam no colo de pais exaustos. Um major reformado tentava trocar ideias com dois soldados, mas os recrutas, recém-alistados e já mortos de medo das trincheiras, não estavam dispostos a jogar conversa fora.

O apito do chefe da estação soou, desafiante, na penumbra. A lamparina em sua mão balançava suavemente, bem no alto sobre sua cabeça, enquanto o trem se afastava, deixando apenas dois outros homens na plataforma subitamente deserta. Se houvesse alguém para testemunhar o fato e desse alguma importância para isso, perceberia no mesmo instante que os recém-chegados não eram de Underbury. Carregavam malas pesadas e trajavam roupas de cidade grande. Um deles, o mais corpulento e mais velho, usava chapéu-coco e um cachecol que lhe cobria a boca e o queixo. Seu casaco marrom estava puído nas mangas e seus sapatos haviam sido fabricados levando-se em conta conforto e longevidade, com poucas concessões à moda ou à estética.

Seu companheiro era quase tão alto quanto ele, porém mais magro e mais bem vestido. Seu casaco preto era curto e ele não usava chapéu, deixando à mostra uma cabeleira negra, bem mais comprida do que geralmente seria considerado aceitável em sua profissão. Tinha olhos azuis-escuros e quase poderia ser considerado um homem bonito, não fosse pelo estranho formato da boca, que se dobrava para baixo nos cantos e lhe dava um aspecto de perpétua insatisfação.

— Nada de comitê de boas-vindas, chefe — disse o mais velho. Chamava-se Arthur Stokes e se orgulhava de ser sargento de detetives na força policial que considerava, sem sombra de dúvida, a maior do mundo.

— Os moradores de cidadezinhas nunca ficam satisfeitos quando são forçados a aceitar ajuda de Londres — disse o outro policial. Chamava-se Burke e desfrutava o cargo de inspetor na Scotland Yard, se é que "desfrutava" fosse a palavra certa. Julgando por sua fisionomia naquele momento, "tolerava" seria o termo mais adequado. — Chegarmos em dupla dificilmente fará com que fiquem duplamente agradecidos.

Saíram da estação e se depararam com um homem aguardando ao lado de um surrado carro preto.

— Os senhores devem ser os cavalheiros que vieram de Londres — disse ele.

— Os próprios — respondeu Burke. — E o senhor, quem é?

— Meu nome é Croft. O guarda mandou que eu viesse buscá-los. Está ocupado no momento. Com repórteres locais. Alguns jornalistas de Londres também vieram nos importunar.

Burke ficou surpreso.

— Ele recebeu ordens de não fazer nenhum comentário antes da nossa chegada.

Croft apanhou as malas.

— Mas como é que os repórteres vão ficar sabendo disso se ele não disser que não pode fazer nenhum comentário? — perguntou, piscando para Burke.

O sargento Stokes nunca vira alguém piscar para o inspetor e tinha certeza de que Croft não era o candidato ideal para ser o primeiro.

— Faz sentido, chefe — apressou-se em dizer o sargento. Depois acrescentou, para manter as aparências: — O senhor não acha?

Burke lançou um olhar para o sargento que indicava as mais diversas coisas, poucas das quais lisonjeiras ao seu companheiro de viagem.

— De que lado o senhor está, sargento?
— Do lado da lei e da ordem, chefe — respondeu Stokes alegremente. — Do lado da lei e da ordem.

A caça às bruxas que se espalhou pela Europa por mais de três séculos, começando em meados do século XV e terminando com a morte na Suíça, em 1782, de Anna Goldi, a última mulher na Europa Ocidental a ser executada por bruxaria, custou a vida de algo entre cinquenta e cem mil pessoas, das quais oitenta por cento eram mulheres. Idosas e pobres, em sua maioria. A caça foi mais predominante em terras germânicas, que respondem por cerca de metade das mortes. Menos de quinhentas pessoas foram executadas na Inglaterra, mas esse número dobra na Escócia, em boa parte devido à maior tolerância das cortes escocesas em relação à tortura como meio de extrair confissões e à paranoia de seu jovem monarca, James VI.

O guia mais completo para a identificação, o interrogatório e, por fim, a imolação de bruxas foi o Malleus Maleficarum, *o "martelo das feiticeiras", atribuído ao monge dominicano alemão Heinrich Kramer e ao padre James Sprenger, este último reitor da universidade de Colônia. Kramer e Sprenger identificaram o germe da bruxaria na própria natureza feminina. As mulheres eram espiritual, intelectual e emocionalmente fracas, motivadas, sobretudo, por seus desejos carnais. Essas falhas inerentes encontravam sua mais poderosa expressão na bruxaria.*

O advento da Reforma pouco adiantou para desfazer tais crenças. De fato, qualquer tolerância ainda existente com as chamadas "mulheres sábias" dos vilarejos deveria ser extinta. O próprio Martinho Lutero declarou que todas deveriam arder na fogueira como bruxas.

O crime de bruxaria só foi oficialmente revogado na Inglaterra em 1736, quase cento e vinte anos depois da prisão, do julgamento e da execução das três mulheres conhecidas como as Bruxas de Underbury.

Croft levou os detetives ao centro do vilarejo, onde se instalaram em quartos pequenos, porém bem aquecidos, na hospedaria Vintage. Depois de se refrescarem e lancharem sanduíches, foram levados até o necrotério.

Esperavam por eles o doutor Allinson, médico local, e o guarda Waters, único representante das forças da lei em Underbury. Allinson era jovem e chegara lá havia pouco tempo com a família, depois da morte do tio, responsável antes dele em lidar com os nascimentos, as doenças e as diversas formas de mortalidade na região. O médico mancava um pouco, vestígio da poliomielite que o livrara do serviço militar na França. Waters, na opinião de Burke, era o típico policial de cidade pequena: precavido em vez de cauteloso e dono de uma inteligência moderada que ainda não tivera tempo de se tornar sapiência. Os quatro aguardaram enquanto o agente funerário, um homem inteiramente composto de pregas e rugas, demorava-se em desvelar o cadáver que jazia na laje.

— Ainda não fizemos um exame demorado porque estávamos esperando sua chegada — explicou o agente. — Ainda bem que o clima está frio, senão ele estaria em condições ainda piores.

O corpo era de um homem de quarenta e poucos anos, com o físico de quem não poupava esforços na lavoura durante o dia, à mesa do jantar no fim da tarde e no bar durante a noite. Suas feições, ou o que restara delas, haviam perdido a cor. Dava para sentir o cheiro de putrefação no interior do cadáver, que apresentava longos cortes verticais no rosto e ferimentos semelhantes no peito e na barriga. As feridas eram tão profundas que deixaram suas entranhas à mostra. Pedaços do intestino saíam por dois cortes, como larvas de algum parasita monstruoso.

— Ele se chamava Malcolm Trevors, ou simplesmente "Mal", como era mais conhecido — disse Waters. — Solteiro, sem família.

— Meu Deus! — disse Stokes. — Parece que foi atacado por uma fera.

Burke fez um aceno de cabeça para o agente funerário e pediu que ele se retirasse. Caso precisassem dele, mandariam chamá-lo. O homenzinho saiu em silêncio do recinto. Se ficou magoado de alguma forma por ter sido excluído, era bem escolado no ofício para demonstrar qualquer emoção.

Assim que a porta se fechou, Burke voltou sua atenção para o médico.

— O senhor o examinou?

Allinson balançou a cabeça.

— Não a fundo. Não quis interferir com a sua investigação. Mas dei uma boa olhada nas feridas.

— E?

— Se foram causadas por um animal, não é nenhum que eu conheça.

— Pedimos informações para os circos e as quermesses montados nas redondezas — disse Waters. — Logo descobriremos se existe algum animal selvagem à solta.

Burke assentiu, mas ficou claro que não estava muito interessado no que Waters dissera. Sua atenção continuava voltada para o médico.

— O que o leva a pensar assim?

O médico se debruçou sobre o cadáver e apontou para pequenas escoriações à direita e à esquerda dos cortes.

— Está vendo isto? Na falta de outras evidências, eu diria que essas feridas foram causadas por dedos polegares. Polegares com unhas compridas.

Ele ergueu a mão e curvou os dedos como se estivesse segurando uma bola, depois os remexeu lentamente no ar.

— As feridas mais profundas foram feitas por estes quatro dedos. As outras, menores e angulares, pelo polegar.

— O assassino não poderia ter usado algum tipo de instrumento agrícola? — perguntou o sargento.

O sargento era um londrino nato, e sua experiência com agricultura não passava de lavar as verduras antes de cozinhá-las. Mesmo assim, seria capaz de apostar que, se alguém se desse ao trabalho de investigar todos os celeiros que havia entre Underbury e a Escócia, encontraria um número suficiente de objetos afiados para fazer picadinho de uma tribo inteira de homens como Trevors.

— É possível — disse Allinson. — Não sou especialista em ferramentas agrícolas. Talvez fiquemos sabendo um pouco mais depois da autópsia. Com sua permissão, inspetor, eu gostaria de abrir o cadáver. Um exame mais detalhado das feridas deve confirmar a minha hipótese.

Mas Burke estava novamente debruçado sobre o corpo, dessa vez olhando para as mãos do morto.

— Pode me passar um instrumento de lâmina fina? — pediu.

Allinson tirou um bisturi da maleta e o entregou para o inspetor. Burke enfiou a lâmina com cuidado sob a unha do indicador direito do cadáver.

— Arranje algo que eu possa usar para guardar uma amostra.

O médico lhe passou uma placa de Petri, e o inspetor depositou nela os resíduos que tirara da unha. Repetiu o processo com cada uma das unhas da mão direita da vítima, até acumular uma pequena quantidade de material.

— O que é isso? — perguntou Waters.

— Tecido celular — respondeu Allinson. — Pele, não pelos. Muito pouco sangue. Quase nada, aliás.

— Ele revidou — disse Burke. — Quem quer que seja o culpado deve estar com uma cicatriz.

— Já deve estar longe, então — disse Waters. — Um homem com uma cicatriz dessas não iria esperar para ser encontrado.

— Não, é provável que não — retrucou o inspetor. — Mesmo assim, já fizemos algum avanço. O senhor pode nos acompanhar ao local onde o corpo foi encontrado?

— Agora? — perguntou Waters.

— Não, de manhã está bom. Com essa neblina, corremos o risco de pisar em provas que ainda estejam intactas. Doutor, quando o senhor acha que terminará a autópsia?

Allinson tirou o paletó e arregaçou as mangas da camisa.

— Posso começar agora mesmo, se o senhor quiser. Pela manhã, já deverei ter mais resultados.

Burke olhou para o sargento.

— Então, está combinado. Vamos indo agora e nos encontraremos de novo às nove da manhã. Obrigado, cavalheiros.

E assim os homens partiram.

Underbury possuía pouco mais de quinhentos habitantes, metade dos quais morava em pequenas fazendas nos arredores. Havia uma igreja, uma hospedaria e um punhado de lojas, todas localizadas perto da encruzilhada que assinalava o centro do vilarejo. Um visitante talvez percebesse que a área central, onde as duas estradas se cruzavam, era maior do que se esperava em um povoado tão pequeno. Tinha cerca de vinte metros quadrados, e era dominada por um relvado alto e circular em que não cresciam flores. Para mitigar seu aspecto monótono, ergueram uma estátua do duque de Wellington, embora a pedra de baixa qualidade usada na fabricação já tivesse começado a se desintegrar, dando ao duque a aparência de quem sucumbia aos poucos à lepra ou a alguma doença venérea que não seria de bom tom mencionar.

Para compreender a origem do círculo na encruzilhada era preciso conhecer um pouco a história local, proeza da qual poucos forasteiros poderiam se gabar. Antigamente, Underbury era bem mais próspera. De fato, fora o centro comercial daquela parte da região. Um vestígio dessa época era a feira agrícola realizada aos sábados no campo a leste do vilarejo, embora no passado (e, aliás, também no presente, em outras cidadezinhas) essas feiras fossem tradicionalmente montadas no centro do povoado. A prática foi interrompida na segunda metade do século XVII, quando Underbury se tornou o foco da maior investigação de crimes por bruxaria conduzida até então nas Ilhas Britânicas.

As razões para a chegada dos caçadores de bruxas permanecem obscuras, embora um surto de doenças entre as crianças do vilarejo possa ter sido o estopim. Cinco bebês haviam morrido em uma semana, todos primogênitos do sexo masculino, e a suspeita recaiu em um trio de mulheres recém-chegadas a Underbury, vindas não se sabe de onde. Elas alegavam serem irmãs, com posses que lhes asseguravam independência financeira, e terem morado antes em Cheapside. A mais velha, Ellen Drury, era parteira, e passou a exercer o ofício no vilarejo quando sua predecessora, Grace Polley, morreu afogada em circunstâncias misteriosas. Foi Ellen Drury quem fez o parto dos bebês do sexo masculino que morreram logo depois. Não demorou a circularem rumores de que ela os amaldiçoara ao trazê-los do útero para o mundo. O clamor para que as três fossem presas e interrogadas aumentava a cada dia. No entanto, mesmo estando há pouco tempo em Underbury, as irmãs eram benquistas por muitas das mulheres do vilarejo, graças à habilidade que tinham em manipular ervas e remédios. Na verdade, elas poderiam ser consideradas protofeministas por encorajarem as vítimas de agressões rotineiras por parte do marido ou de parentes do sexo masculino a se revoltarem. Diversos homens se viram cercados em casa por grupos ruidosos de mulheres, sempre liderados por Ellen Drury e uma ou ambas de suas irmãs. De fato, um fazendeiro chamado Brodie, conhecido pela violência que praticava contra a esposa e as filhas, foi espancado com tal brutalidade ao passear certa noite por suas terras que houve dúvidas de que sobrevivesse ao ataque. Brodie se recusou a identificar os responsáveis, mas corria solto no vilarejo o boato de que as irmãs Drury haviam saído de casa naquela noite e que seus cajados estavam manchados com o sangue do fazendeiro. Embora poucos derramassem lágrimas pela vítima, que perdeu o uso da mão direita e ficou com problema na fala após a agressão, a situação estava obviamente fugindo de controle. A morte das crianças deu aos homens do vilarejo a desculpa que esperavam, e caçadores de bruxas foram enviados de Londres a mando do rei para investigar os incidentes.

Não é necessário entrar em detalhes sobre o modo como os caçadores de bruxas conduziram seus inquéritos, pois seus métodos estão bem documentados. Basta lembrar que as irmãs foram julgadas com severidade, junto a dez moradoras do vilarejo, das quais duas eram casadas, três, muito idosas, e uma delas mal tinha completado doze anos. Marcas encontradas em seus corpos — verrugas dispostas em arranjos suspeitos, pregas inexplicáveis em suas partes pudendas — foram consideradas provas da natureza diabólica das acusadas. Sob ameaça de tortura, a menina admitiu que praticava bruxaria e alegou estar presente quando Ellen Drury preparou a poção usada para matar os recém-nascidos. Contou aos inquisidores que as três forasteiras não eram irmãs, embora não soubesse seus nomes verdadeiros. Por fim, mencionou orgias realizadas no chalé das Drury, das quais fora obrigada a participar, e de blasfêmias proferidas contra a Igreja Anglicana, e até mesmo contra o próprio rei. Obtida a confissão, as mulheres foram levadas ao tribunal e sentenciadas.

No dia 18 de novembro de 1628, Ellen Drury e suas irmãs foram enforcadas na praça central de Underbury, e seus restos mortais depositados em sepulturas sem nome ao norte do cemitério, logo atrás do muro. As outras rés foram condenadas à mesma pena. Entretanto, por intervenção de Sir William Harvey, médico do rei — que ficou intrigado com os sinais de bruxaria encontrados em seus corpos —, elas foram enviadas para Londres e lá reexaminadas pelo Conselho Privado do Reino Unido, cujos membros debateram sem pressa seu destino. Cinco delas morreram na prisão. Dez anos depois, as sobreviventes foram soltas sem estardalhaço para passarem o resto de seus dias na pobreza e na infâmia.

Ellen Drury foi a última a morrer no cadafalso. Dizem que, mesmo agonizante, ela manteve os olhos fixos em seus carrascos, sem piscar, até que um parente do infeliz Brodie jogou piche nela e a incendiou, fazendo com que seus olhos explodissem e seu mundo escurecesse.

O doutor Allinson trabalhou até altas horas da noite, examinando as lesões no corpo de Mal Trevors. Mais tarde, ao tomar o café da manhã com Burke e Stokes na hospedaria, disse a eles que o maior dos ferimentos era interno. Ia da barriga ao coração, que apresentava cinco perfurações, causadas por garras ou unhas. Nesse ponto do relato, o sargento Stokes perdeu temporariamente o apetite e deixou o bacon de lado.

— O senhor está dizendo que alguém enfiou a mão por dentro do corpo dele? — perguntou Burke.

— É o que parece — respondeu o médico. — Examinei detalhadamente o cadáver na esperança de encontrar um fragmento de unha, mas foi em vão, o que me surpreendeu, dadas as circunstâncias. Não é fácil rasgar as entranhas de alguém daquele jeito. Uma unha, pelo menos, acabaria se quebrando. Isso me leva a crer que as unhas do assassino possuem uma resistência fora do comum ou que ele usou garras artificiais de metal.

O médico não tinha mais nada a acrescentar ao que os detetives já sabiam e foi descansar a pedido da esposa, que acabara de chegar ao vilarejo para fazer compras e encorajara o marido exausto a voltar para casa. Ela chamava atenção. Era uma loura alta, de olhos verdes mosqueados, que refletiam a luz como esmeraldas incrustadas com gemas de diamantes. Chamava-se Emily, e trocara apenas algumas palavras com Burke antes de sair com o marido da hospedaria.

— Obrigado por sua ajuda — disse o inspetor para Allinson, que parou na porta para abotoar o casaco enquanto a esposa trocava gentilezas com a filha do estalajadeiro.

— Lamento não ter sido mais útil — disse o médico. — No entanto, apesar de mórbido, é um caso intrigante, e gostaria de dar mais uma olhada no cadáver antes de deixá-lo aos cuidados do agente funerário. Pode ser que eu tenha deixado passar algum detalhe importante devido ao cansaço.

Burke assentiu e se afastou para dar passagem à senhora Allinson.

Foi então que algo estranho ocorreu.

Na parede diante de Burke, havia o anúncio espelhado de uma marca de uísque que o policial não conhecia. Ele se viu refletido na superfície polida, assim como viu Emily Allinson quando ela passou por ele. Devido a alguma distorção, contudo, ela parecia se mover mais lentamente no espelho, e Burke quase pôde jurar que o reflexo se voltara um instante para ele, embora ela continuasse olhando para a frente. Mas o rosto que o encarara não era o de Emily Allinson. Comprido e deformado, com cicatrizes grotescas causadas por queimaduras, tinha a boca arreganhada e olhos que brilhavam como carvão em brasa. Assim que a sra. Allinson saiu da hospedaria com o marido, a visão desvaneceu. Burke aproximou-se do anúncio e constatou que estava muito deteriorado, como se espera que aconteça mais cedo ou mais tarde com o material barato usado em peças publicitárias. A superfície do vidro era tão irregular que o reflexo do inspetor tremulava e se curvava como em espelhos de parques de diversão. Mesmo assim, ele permaneceu inquieto enquanto observava a sra. Allinson acompanhar o marido pela rua. O médico parecia usar o braço dela como apoio. Havia poucos homens com menos de cinquenta anos zanzando por Underbury naquela manhã, embora isso não fosse nem um pouco incomum. Andava faltando homens no estoque da maior parte de cidadezinhas como aquela, e Burke tinha certeza de que, quando a guerra acabasse, ainda levaria anos até que vilarejos como Underbury voltassem a ter algum equilíbrio entre os sexos.

Ele sentou-se novamente à mesa com o sargento, mas não tocou no resto do café.

— Algum problema, chefe? — perguntou Stokes, que não demorara a reencontrar o apetite depois da saída do médico.

— Só cansaço — respondeu Burke.

Stokes assentiu e, com um passar da torrada, deu cabo dos restos de gema mole em seu prato. Foi um bom desjejum, pensou. Não tão bom quanto os que a sra. Stokes preparava para ele, mas bastante satisfatório, de qualquer modo. Sua patroa costumava dizer que o inspetor precisava engordar um pouquinho, mas Burke não era do tipo que aceitava convites para jantar. Além do quê, Stokes sabia que, por "engordar", a sra. Stokes queria dizer que o inspetor deveria se casar e descansar os pés embaixo da mesa enquanto a esposa lhe preparava as refeições. Mas Burke parecia não dispor de muito tempo para as mulheres. Morava sozinho, cercado de livros e gatos. Embora fosse sempre cortês com as damas — inclusive com aquelas a quem o termo "damas" geralmente vem acompanhado por "da noite" —, permanecia distante, quase desconfortável, em companhia feminina. Tal solidão seria insuportável para Stokes, que se sentia à vontade com representantes de ambos os sexos. Sua profissão, porém, deixara-o mais atento às diferenças entre as pessoas e à complexidade que jazia mesmo sob as vidas aparentemente mais mundanas. Além disso, tinha grande admiração, quem sabe até um pouco de ternura, pelo inspetor, que era, em sua opinião, um homem da lei de primeira categoria. Stokes se orgulhava de trabalhar com Burke e achava que a vida privada do inspetor só dizia respeito ao próprio e a ninguém mais.

Burke se levantou e pegou o casaco pendurado em um gancho na parede.

— Acho que precisamos de um pouco de ar fresco — disse. — Está na hora de visitar o local onde Mal Trevors morreu.

Burke e Stokes posicionaram-se de um lado do poste, e o guarda Waters, do outro. Ainda era possível discernir vestígios de sangue da vítima na madeira. Retalhos das mangas do casaco de Trevors ficaram presos no arame farpado da cerca que delimitava o terreno. À distância, avistava-se o muro baixo que cercava a igreja e o cemitério do vilarejo.

— Ele estava encostado no poste, com as mangas do casaco presas na cerca — explicou Waters.— Pobre coitado.

— Quem o encontrou? — perguntou Stokes.

— Fred Paxton. Trevors saiu do pub um pouco antes das dez da noite e Paxton, uma hora depois.

— Ele mexeu no corpo?

— Não viu razão para isso. Não precisou de um diploma de medicina para perceber que Trevors estava morto.

— Precisamos interrogá-lo.

Waters estufou ligeiramente o peito, orgulhoso.

— Achei que fossem dizer isso. Ele e a mulher moram a menos de um quilômetro daqui. Pedi para nos esperarem em casa pela manhã.

Burke teria alegremente dado uma surra em Waters com o arame farpado se ele não tivesse tomado uma providência tão básica, mas se forçou a cumprimentar sem muito entusiasmo o policial, que pareceu se contentar com isso.

— Você examinou a área? — perguntou Burke.

— Sim, senhor.

O inspetor aguardou que ele continuasse. Era óbvio que Trevors atravessava o descampado entre o terreno cercado e o vilarejo quando foi agredido. Fizera frio naquela noite, e a temperatura não aumentara muito desde então. Na verdade, talvez tivesse até esfriado mais. Burke viu as pegadas deixadas por ele mesmo e por seus companheiros quando saíram da estrada. Quem quer que tivesse atacado Trevors deveria ter deixado um rastro na grama.

— E então? — insistiu o inspetor.

— Só encontrei pegadas de duas pessoas: Mal Trevors e Fred Paxton. Assim que percebi a extensão dos ferimentos, tentei manter os curiosos longe do corpo, por isso a cena do crime talvez continue mais ou menos intacta.

— Quem sabe ele foi atacado na estrada — sugeriu Stokes —, depois tentou fugir pelo campo e morreu quando não conseguiu pular a cerca.

— Acho que não — disse Waters. — Não havia sangue entre a estrada e a cerca. Eu verifiquei.

Burke se ajoelhou para examinar o solo na base do poste. Ainda havia muito sangue coagulado à mostra no gramado. Se Waters estivesse correto — e o próprio inspetor era obrigado a admitir que o policial de província se mostrara bastante competente —, Trevors havia sido agredido e morrera, naquele lugar.

— O senhor deve ter deixado passar alguma coisa — disse Burke, depois de algum tempo. — Sem querer ofendê-lo, quem matou Trevors não pode simplesmente ter se materializado aqui. Vamos vasculhar o terreno nos dois lados da cerca, centímetro por centímetro. Deve haver algum rastro.

Waters anuiu com um aceno de cabeça, e os três se espalharam a partir do poste fatal. Burke seguiu em direção ao cemitério; Stokes, à estrada; e Waters, a um casebre não muito distante dali, onde morava o casal Paxton, segundo informou aos detetives. A busca durou uma hora, até o frio congelar as mãos e os pés dos policiais, que não encontraram nada. Parecia que o ataque a Mal Trevors partira, literalmente, de lugar nenhum.

Burke foi o primeiro a desistir. Sentou-se no muro baixo do cemitério e ficou olhando os colegas se moverem pelo campo. Stokes andava encurvado, com as mãos nos bolsos. Waters era menos minucioso, mas estava dando o melhor de si. No fundo, o inspetor sabia que a tarefa era inútil, mas necessária. Para conduzir uma busca adequada, precisaria de mais homens, e havia poucos disponíveis. Mesmo assim, ele tinha dúvidas de que encontrassem alguma coisa. Mas não fazia sentido que um sujeito forte como Trevors pudesse ser brutalmente assassinado sem deixar qualquer sinal de luta.

O inspetor tirou o lenço do bolso e enxugou o rosto. Suava copiosamente, sua testa estava pegando fogo e começava a se sentir mal. É este lugar, pensou: exaure a nossa energia. Lembrou-se do dr. Allinson, praticamente pendurado na esposa ao saírem da hospedaria, e da fadiga de Waters quando os recebera, embora ele tivesse recuperado um pouco de energia com a chegada de sangue novo na forma dos detetives londrinos. Underbury havia sido privada de seus homens mais viris, que tinham ido lutar em terras estrangeiras. Os que ficaram deviam estar cientes de sua invalidez, inadequados para o combate ou o sacrifício, e esse fato pairava como uma emanação maléfica sobre suas vidas. Burke também começara a se sentir assim. Se passasse muito tempo no vilarejo, talvez terminasse como Allinson, exausto após algumas horas de trabalho. O médico lhe contou que voltara para casa pouco depois de uma da manhã; portanto, descansara cerca de seis horas, mas quando foi encontrá-los no desjejum parecia ter passado meses sem dormir.

Burke desceu do muro e foi ao encontro dos colegas. No caminho, esbarrou em uma pedra. Deu um passo para trás, ajoelhou-se e tateou o solo com a ponta dos dedos. Encontrou uma laje, quase toda coberta de grama e erva daninha. Arrancou a vegetação com facilidade e se deu conta de que parte dela não crescera no local. Ou caíra ali por acaso ou alguém tentara esconder a laje. Não havia inscrição, mas Burke sabia do que se tratava. Underbury era uma comunidade antiga, e ele não tinha dúvida de que, antigamente, os corpos de suicidas, de crianças que não haviam sido batizadas e da corja do cadafalso tinham sido enterrados atrás do muro do cemitério. Era uma prática comum, embora essas covas raramente fossem assinaladas.

Ao observar o solo do ângulo em que se encontrava, ele avistou duas outras lajes perto. Ao examiná-las, descobriu que uma delas tinha sido quebrada havia pouco tempo. Alguém usara martelo e cinzel para escavar o centro, deixando um buraco do tamanho do punho fechado do inspetor. Ele se debruçou e enfiou dois dedos no orifício, achando que tocaria na terra lá embaixo. Mas seus dedos se mexeram no vazio. Fez nova tentativa, dessa vez usando uma caneta, presa a um fio que tirou do casaco. O objeto também ficou dependurado no vazio, sob a laje.

Estranho, pensou.

Levantou-se e viu que Stokes e Waters olhavam para ele, parados na estrada. Não havia mais o que fazer perto do muro do cemitério, por isso se juntou aos dois e não discordou quando Waters sugeriu que fizessem uma visita aos Paxton. Quem sabe até lhes oferecessem uma xícara de chá depois daquela canseira.

— Que tipo de homem era o Trevors? — perguntou Burke enquanto caminhavam.

O policial emitiu um ruído que parecia uma mistura de tosse e suspiro.

— Eu não gostava muito dele — disse. — Cumpriu pena em uma prisão no Norte por lesão corporal. Depois, voltou para cá e morou com o pai até o velho morrer. Desde então, vivia sozinho na fazenda.

— E a mãe?

— Morreu quando ele era garoto. Ela apanhava do marido, mas nunca prestou queixa. O guarda Stewart, meu predecessor, tentou argumentar com ela, e com o marido, mas de nada adiantou. Acho que Mal herdou alguns vícios do pai, porque foi para a cadeia por bater, com o perdão da palavra, em uma prostituta, lá em Manchester. Quase a matou, pelo que ouvi falar. Quando voltou para o vilarejo, ele se engraçou com uma mulher chamada Elsie Warden. Mas ela deu o fora assim que ele começou a se comportar como antigamente. Na semana passada, ele foi até a casa dela e mandou que a chamassem, mas o pai e os irmãos mais novos da Elsie botaram-no para correr. Já tinham feito Mal provar um pouco do seu próprio remédio antes, e ele não estava disposto a tomar outra colherada.

Burke e Stokes se entreolharam.

— Os Warden estão entre os suspeitos?

— Estavam todos no bar quando Trevors saiu, e continuavam lá quando Fred Paxton voltou para dar a notícia do que tinha encontrado. Não saíram de lá nem uma vez antes disso. Até Elsie estava com eles. Desse crime, pelo menos, eles não têm culpa.

Waters tirou um papel dobrado do bolso e o entregou ao inspetor.

— Achei que isso poderia lhe ser útil. É uma lista de todas as pessoas que estavam no bar naquela noite. As que ficaram lá desde que Trevors saiu até a volta de Paxton estão marcadas com uma estrela.

Burke leu os nomes escritos no papel. Um deles lhe chamou atenção.

— A sra. Allinson estava no bar naquela noite?

— Ela e o marido. As noites de sábado são concorridas. A maior parte dos moradores acaba passando por lá, mais cedo ou mais tarde.

O nome de Emily Allinson estava assinalado com uma estrela.

— E ela não saiu nem uma vez — disse o inspetor, em voz tão baixa que ninguém ouviu.

Os Paxton eram um casal sem filhos que se mudara havia pouco tempo para a região. Fred nasceu cerca de trinta quilômetros a oeste de Underbury e, depois de uma temporada na cidade, achou que chegara a hora de voltar para o campo com a esposa. O sítio que compraram não saiu muito caro. Começaram a criar gado e torciam para ter um bom lucro com a safra de verduras no ano seguinte. Ofereceram pão e queijo aos policiais, e puseram para ferver chá suficiente para alimentar um grupo de agricultores.

— Eu estava distraído, com vontade de chegar logo em casa, quando olhei, por acaso, para a direita — disse Fred Paxton.

Seu olho esquerdo era de um branco amarelado e rajado. O defeito trouxe a Burke uma recordação da infância. Em uma visita à fazenda de seu tio nos arrabaldes da cidade, seu pai bebera leite ordenhado na hora, e o menino vira sangue misturado ao líquido cremoso.

— Notei um vulto dobrado sobre a cerca — continuou Paxton. — Parecia um espantalho, mas eu sabia que não tinha espantalho nenhum naquele terreno. Pulei a porteira e fui dar uma olhada. Nunca tinha visto tanto sangue assim na minha vida. Minhas botas escorregavam. Acho que Mal tinha morrido havia poucos minutos quando o encontrei.

— O que o fez pensar assim? — perguntou Stokes.

— As entranhas ainda estavam fumegantes — respondeu Paxton, sem rodeios.

— O que o senhor fez depois? — indagou Burke.

— Voltei para o vilarejo o mais rápido que pude. Entrei correndo no pub e pedi para o velho Ken, o barman, chamar Waters. Acho que alguns frequentadores do bar resolveram não esperar e já estavam a caminho para ver o corpo quando deram de cara com o guarda, que os acompanhou até o local.

— Presumo que o senhor tenha ido junto — disse o sargento.

— Fui, sim. Depois voltei para casa e contei tudo para a patroa.

Burke voltou sua atenção para a jovem sentada à sua esquerda. A sra. Paxton mal abrira a boca desde que os policiais chegaram. Era pequenina, de cabelos pretos e grandes olhos azuis. Talvez pudesse até ser considerada uma bela mulher, cogitou o inspetor.

— A senhora tem algo a acrescentar ao relato de seu marido? Viu ou escutou alguma coisa suspeita naquela noite?

Ela respondeu em voz tão baixa que Burke precisou se debruçar na mesa para ouvi-la.

— Eu estava dormindo quando Fred voltou — disse ela. — Quando ele me contou que a vítima era Mal Trevors, bom, eu senti um nó no estômago. Foi terrível.

Ela pediu licença e se levantou. Burke se deu conta de que não tirara os olhos dela e voltou sua atenção para os homens que o cercavam.

— O senhor se lembra de como os frequentadores do bar reagiram à notícia? — perguntou a Paxton.

— Ficaram abalados, imagino.

— A srta. Elsie Warden também se abalou?

— Acho que sim, mas só depois, quando ficou sabendo.

— Depois?

— O dr. Allinson disse que ela passou mal um pouco antes de eu voltar. Sua esposa tinha ido tomar conta dela na cozinha do bar.

Burke pediu para usar o banheiro. Assim teria um pouco de privacidade para pensar nas informações que recebera. Fred Paxton disse que o sanitário ficava no quintal e se ofereceu para acompanhá-lo, mas o inspetor lhe assegurou que não teria problema de encontrá-lo. Atravessou a cozinha, encontrou o anexo e fez suas necessidades enquanto refletia. Quando saiu, avistou a senhora Paxton pela janela da cozinha. Ela estava lavando o torso nu com um pano molhado. Parou quando o viu, depois abaixou a mão direita, deixando os seios à mostra. Tinha a pele alvíssima. Burke continuou a olhar por mais alguns segundos, até que ela lhe deu as costas, ainda mais brancas em contraste com a escuridão, e sumiu de vista. O inspetor deu a volta na casa e entrou pela porta da frente. Assim que voltou, os outros se levantaram e o acompanharam até o jardim. Paxton ficou conversando com Waters sobre assuntos locais, e Stokes caminhou lentamente até a estrada, respirando o ar fresco. De repente, Burke percebeu a sra. Paxton ao seu lado.

— Desculpe — disse ele. — Não quis envergonhá-la.

Ela enrubesceu um pouco, mas o inspetor sentiu que quem estava envergonhado de verdade era ele.

— Não foi culpa sua — disse ela.

— Gostaria de fazer apenas mais uma pergunta.

Ela aguardou.

— A senhora gostava de Mal Trevors?

A resposta demorou a vir.

— Não, senhor — disse ela, por fim. — Não gostava.

— Posso saber por quê?

— Ele era um selvagem. Vi o modo como olhava para mim. Éramos vizinhos, mas eu evitava ficar sozinha no campo quando ele estava por perto.

— A senhora contou isso para o seu marido?

— Não, mas ele sabia muito bem o que eu pensava.

Ela se interrompeu, ciente de que poderia ter dito algo que incriminasse seu Fred, mas Burke a reconfortou.

— Está tudo bem, sra. Paxton. Nem a senhora nem o seu marido estão entre os suspeitos.

Mas ela continuou desconfiada.

— Se o senhor está dizendo.

— Veja bem, quem matou Mal Trevors teria se encharcado de sangue. Acho que isso não se aplica ao modo como seu marido voltou para casa, correto?

— Não — respondeu ela. — Entendo o que o senhor quer dizer. Acho que Fred não seria capaz de matar Mal Trevors, nem qualquer outra pessoa, aliás. É um bom homem.

— Mas a senhora ficou angustiada com a notícia, apesar do que sentia pelo morto — afirmou Burke.

Novamente, ela fez uma pausa antes de responder. Por trás dela, Burke percebeu que Fred Paxton deixara Waters de lado e vinha em socorro da esposa. O tempo era curto.

— Eu desejei que ele morresse — murmurou a sra. Paxton. — Na véspera de sua morte, ele se esfregou em mim na loja do sr. Little. Foi de propósito. Senti a... *coisa* dele. Era um porco, e eu estava cansada de sentir medo de caminhar em minhas próprias terras. Por isso, naquele instante, desejei que morresse. E, no dia seguinte, ele morreu. Acho que fiquei pensando...

— Que teria, de algum modo, causado a morte dele?

— Foi.

Fred Paxton chegou e passou o braço nos ombros da esposa em um gesto protetor.

— Está tudo bem, amor?

— Agora, sim, está tudo bem — respondeu ela.

O sorriso que deu para o marido era mais para reconfortá-lo e não traía qualquer emoção. Burke descobriu quem mandava na casa. Vislumbrou a força que existia naquela mulher pequena e bonita.

E sentiu um súbito desconforto.

Está tudo bem.

Está tudo bem agora que Mal Trevors morreu.

Às vezes, nossos desejos se tornam realidade, não é, meu amor?

Àquela altura, começara a escurecer. Stokes comentou que o inverno parecia ter se estendido para além de janeiro. Já estavam em meados de fevereiro e o solstício de inverno passara havia muito tempo, mas o dia continuava curto em Underbury e nos arredores. O guarda Waters aconselhou os detetives a não visitarem a família Warden depois do pôr do sol.

— São bichos do mato, e é bem possível que, a uma hora dessas, o velho receba visitas com uma escopeta nas mãos.

Os detetives aceitaram o conselho e voltaram a Underbury. Jantaram guisado em uma mesa dos fundos, sem que ninguém os incomodasse. Burke avisou que pretendia fazer uma visita ao dr. Allinson e recusou educadamente quando o sargento se ofereceu para acompanhá-lo. Queria passar um tempo sozinho. Em geral, Stokes sabia quando se calar na presença do inspetor, mas Burke não gostava da companhia de ninguém quando queria raciocinar. Emprestou um lampião do estalajadeiro e, assim que memorizou o caminho, dirigiu-se pela estrada até a casa dos Allinson, que ficava cerca de um quilômetro e meio ao norte do vilarejo. Não se viam estrelas, e o inspetor sentia-se oprimido por nuvens invisíveis.

A única janela iluminada na casa era a do sótão. Ele bateu à porta com força e aguardou. Achou que seria recebido pela governanta, mas, para sua surpresa, quem abriu a porta foi a dona da casa em pessoa.

A sra. Allinson trajava um vestido azul, que se estendia dos tornozelos ao pescoço, com pequenos babados na gola. Aos olhos de Burke, parecia antiquado, mas ela se portava com tamanha desenvoltura que lhe caía bem. Sua altura e suas feições refinadas também ajudavam. Principalmente os olhos verdes mosqueados, que miravam o inspetor com curiosidade e, assim lhe pareceu, certa malícia.

— Inspetor Burke, que surpresa — disse ela. — Meu marido não me avisou de sua visita.

— Desculpe o incômodo. Quer dizer que ele não está em casa?

A sra. Allinson deu um passo para trás e convidou-o a entrar. Após uma pausa quase imperceptível, Burke aceitou o convite e, assim que ela acendeu as lâmpadas, seguiu-a até a sala de estar.

— Infelizmente, ele foi chamado às pressas. São os deveres de um médico de província. Não deve demorar. Aceita uma xícara de chá?

Burke agradeceu, mas recusou.

— Pensei que seria recebido por uma governanta ou algum outro empregado — disse ele, enquanto a sra. Allinson sentava-se no sofá e lhe indicava uma poltrona.

— Dei a noite de folga para ela. Chama-se Elsie Warden. É uma jovem do vilarejo. O senhor a conhece?

Burke respondeu que ainda não havia tido esse prazer.

— O senhor vai gostar dela — disse a sra. Allinson. — Os homens geralmente gostam de Elsie.

O inspetor sentiu mais uma vez aquele ar de malícia, como se ela estivesse fazendo pouco dele, embora Burke não soubesse o motivo.

— Soube que a senhora esteve com ela na noite em que Mal Trevors morreu.

A sra. Allinson ergueu lentamente a sobrancelha esquerda, gesto que foi seguido pela sombra de um sorriso no canto esquerdo da boca, como se um arame estendido entre o olho e a mandíbula coordenasse os movimentos.

— Eu estava "com" o meu marido, inspetor.

— A senhora costuma frequentar o pub da hospedaria nas noites de sábado?

— Percebi um tom de reprovação, inspetor. O senhor não acha que uma mulher deve participar da vida social do marido? Sua esposa não o acompanha nessas ocasiões?

— Não sou casado.

— Que pena. Acho que uma esposa é essencial para domesticar um homem. Uma boa mulher, assim como os alquimistas de antigamente, pode transformar em ouro o chumbo de que é feita a maioria dos homens.

— Só que os alquimistas fracassaram em seus experimentos — disse Burke. — O chumbo permaneceu chumbo. Imagino que o falecido Mal Trevors pudesse ser considerado um homem de chumbo, não acha?

— Ele era feito de metal corrompido — retrucou, com desprezo, a sra. Allinson. — Em minha opinião, ele faz mais bem ao planeta agora que jaz sob a terra do que quando andava sobre ela. Pelo menos, vai servir de alimento para os vermes e de sustento para as plantas. Alimento de baixa qualidade, sem dúvida, mas nutritivo, de qualquer modo.

Burke não teceu nenhum comentário a respeito daquela demonstração de sentimento.

— Pelo visto, pouca gente tem algo de bom a dizer sobre o falecido sr. Trevors — disse ele. — Aposto que o discurso fúnebre será curto.

— "Sucinto" me parece o termo correto. E uma homenagem de qualquer duração já seria mais do que ele merece. O senhor tem alguma teoria sobre o modo como ele morreu? Há rumores de que tenha sido vítima de um animal selvagem, mas meu marido descarta essa hipótese.

— Não queremos chegar a soluções apressadas — disse Burke. — No entanto, parece que nos desviamos do assunto. Estávamos falando da srta. Elsie Warden. Fiquei sabendo que ela passou mal na noite em que Mal Trevors morreu.

— Ela ficou indisposta — admitiu a sra. Allinson. — Tomei conta dela da melhor forma possível.

— Posso saber o que causou a indisposição?

— Pode perguntar para ela, se quiser. Não cabe a mim entrar em detalhes.

— Pensei que apenas os médicos fizessem o juramento hipocrático.

— As mulheres também têm seus juramentos, inspetor, e duvido que o próprio Hipócrates fosse tão zeloso quanto uma de nós quando quer guardar segredo. Mas fiquei curiosa. Quem lhe disse que Elsie ficou doente?

— Lamento, mas não posso contar. Nós, homens da lei, também temos nossos segredos.

— Não importa — disse a sra. Allinson. — Vou acabar descobrindo, mais cedo ou mais tarde.

— É estranho que a srta. Elsie confie tanto na senhora. Afinal, faz pouco tempo que vieram residir no vilarejo.

A sra. Allinson inclinou ligeiramente a cabeça para o lado e encarou o inspetor com interesse renovado, como um gato ao perceber que o rato com o qual está brincando acaba de fazer uma tentativa desesperada de se libertar, mas sem conseguir livrar a cauda presa pela pata do felino.

— Ela é uma mulher de fibra — respondeu, com uma cautela que não havia aparentado até então. — E este vilarejo não é conhecido por ser tolerante com mulheres de fibra.

— Desculpe, mas não entendi.

— Eles enforcavam bruxas por aqui, muito tempo atrás — explicou a sra. Allinson. — Três mulheres morreram no centro do vilarejo, e outras apodreceram até a morte na cadeia. O povo ainda se refere às três como as Bruxas de Underbury. Seus corpos estão enterrados perto do muro do cemitério.

— As três lajes — disse Burke.

— O senhor as viu?

— Eu não sabia o que eram, mas desconfiava que assinalassem algum tipo de sepultura. Fiquei surpreso ao descobrir lápides comemorando quem foi enterrado fora do cemitério.

— As pedras não foram postas lá em comemoração às enforcadas — disse a sra. Allinson. — Há uma cruz entalhada sob cada laje, voltada para baixo. A superstição que as levou à morte continua a persegui-las na tumba.

— Como a senhora ficou sabendo das cruzes?

— Pelos registros do vilarejo. Em um lugar pequeno como este, a gente se distrai como pode.

— Mas vivemos em uma época mais esclarecida. Underbury não continua igual ao que era antes.

— O senhor diria que Mal Trevors era um homem esclarecido, inspetor?

— Não cheguei a conhecê-lo, a não ser pelos restos mortais. Só posso me basear no que os outros falam a seu respeito.

— Por que o senhor não é casado, inspetor? — perguntou a sra. Allinson, de supetão. — Por que não há uma mulher em sua vida?

Foi a vez de Burke ser cauteloso ao responder.

— Minha profissão ocupa quase todo o meu tempo — disse ele, sem saber exatamente por que tentava se explicar para aquela mulher, a não ser que fosse para obrigá-la a se abrir mais. — Ou, quem sabe, não encontrei a mulher certa.

A sra. Allinson inclinou-se alguns centímetros para a frente.

— Desconfio que não exista uma mulher "certa" para o senhor. Acho até que o senhor não gosta de mulheres, inspetor. Não falo no sentido físico — ela acrescentou rapidamente. — Com certeza, o senhor tem seus desejos, como todo homem. Quis dizer que o senhor não gosta do que elas pensam. Pode ser que não confie nelas, ou até mesmo que as despreze. Certamente, não as compreende, e por isso as teme. Seus desejos, suas emoções, o modo como o corpo e a mente delas funciona, tudo isso é desconhecido para o senhor. E é por isso que tem medo, assim como os homens de Underbury tinham medo das mulheres que rotularam de bruxas e enforcaram em meio à neve.

— Não tenho medo de mulheres, sra. Allinson — disse Burke, porém de maneira mais defensiva do que pretendia.

Ela sorriu antes de voltar a falar, e o inspetor se lembrou do sorriso discreto da sra. Paxton ao consolar o marido naquela tarde. Ouviu passos se aproximarem da casa, em um ritmo levemente irregular, e se deu conta de que o dr. Allinson estava de volta, mas mesmo assim não conseguiu parar de olhar para a sra. Allinson, hipnotizado por aqueles olhos verdes.

— Sério, inspetor, não sei se isso é verdade — disse ela, sem se preocupar com o fato de que poderia ofendê-lo. — De fato, acho que é uma grande mentira.

...

O dr. Allinson juntou-se a eles e, depois de fazer mais um pouco de sala, sua esposa anunciou que iria se recolher.

— Sei que vamos nos ver de novo, inspetor — disse ela. — Espero que seja em breve.

Burke conversou durante uma hora com o dr. Allinson. Não descobriu nada de novo, mas achou proveitoso discutir o caso com alguém que possuía um conhecimento tão profundo de fisiologia. O médico ofereceu-se para levá-lo de volta ao vilarejo, mas o inspetor recusou, aceitando apenas um cálice de conhaque para esquentá-lo na jornada.

Assim que saiu da casa, Burke se arrependeu de ter tomado o conhaque. A bebida o esquentara, sem dúvida, mas embotara seus sentidos, e nem o frio abrandara o efeito. Escorregou duas vezes antes mesmo de chegar à estrada, onde se manteve bem no meio, temendo por sua segurança se chegasse perto demais das valas que a ladeavam. Andara apenas por alguns minutos quando escutou um barulho nas moitas, à direita. Parou e aguçou o ouvido, mas a criatura atrás da moita também deixou de se mexer. Assim como seu sargento, o inspetor era citadino por natureza, e julgou que haveria diversos animais noturnos por aquelas bandas, embora, pelo barulho, devesse se tratar de um animal bem grande. Talvez fosse um texugo, pensou, ou uma raposa. Seguiu em frente, com o lampião erguido, e sentiu alguma coisa roçar seu casaco. Voltou-se a tempo de vislumbrar o vulto da criatura, que se embrenhou nas moitas à esquerda. Cruzara a estrada por trás dele, tão perto do inspetor que chegara a tocá-lo.

Burke passou a mão nas costas do casaco. Seus dedos ficaram cobertos de fragmentos pretos, como pedaços de papel queimados. Examinou-os à luz do lampião e aproximou os dedos do nariz.

Tinham mesmo cheiro de queimado, mas não se tratava de papel. O inspetor lembrou-se de um incidente que ocorrera alguns anos antes, quando fora obrigado a entrar em uma casa em chamas para salvar possíveis sobreviventes antes que o prédio desabasse. Encontrara apenas uma mulher, com o corpo já bastante carbonizado, que morrera logo depois que ele a tirara da casa. Mas Burke não conseguia se esquecer do modo como fragmentos de pele da vítima ficaram grudados em suas mãos nem do cheiro que ela exalava. Por isso, ele evitava comer porco assado. O cheiro se assemelhava muito ao de carne humana queimada. E foi esse cheiro que ele acabara de sentir nos dedos.

Limpou a mão no casaco e saiu correndo em direção ao vilarejo, escutando seus próprios passos ecoarem na escuridão. Tinha certeza de estar sendo seguido pela criatura nas moitas, que só parou quando o inspetor chegou à periferia de Underbury. Sem fôlego, ele passou a vista na vegetação que cercava a estrada. Por um instante, achou ter avistado um vulto na escuridão, que desapareceu no mesmo segundo. Mas a silhueta ficou registrada em sua memória, e ele sonhou com isso naquela noite: com o formato dos quadris e o volume dos seios.

Era o vulto de uma mulher.

Na manhã seguinte, Stokes e Burke, acompanhados por Waters, foram de carro até a fazenda onde moravam Elsie Warden e sua família. O inspetor passou a viagem em silêncio. Não contou o que acontecera na véspera, no caminho de volta ao vilarejo. Dormira mal, e o cheiro de carne queimada parecia ter impregnado o travesseiro. A certa altura, fora acordado por batidas à janela, mas, quando fora ver do que se tratava, só encontrara a escuridão lá fora. Podia jurar, no entanto, que o cheiro de queimado estava mais forte no peitoril. Sonhara com a sra. Paxton, com os seios de fora, olhando para ele pela janela, mas o rosto dela fora substituído pelo da sra. Allinson, e os olhos verdes da esposa do médico tornaram-se negros como carvão.

Os irmãos de Elsie Warden, jovens demais para se alistar, estavam trabalhando na lavoura, e seu pai tinha viajado a serviço para um vilarejo vizinho, deixando a moça e sua mãe sozinhas na casa. Receberam os policiais na cozinha. Ofereceram chá, mas eles recusaram.

Na verdade, Burke não sabia ao certo o que tinham ido fazer lá. Só sabia que ocorrera uma desavença entre a família Warden e o falecido Mal Trevors. A sra. Warden passou o tempo todo taciturna e indiferente às perguntas. O inspetor percebeu que, de vez em quando, ela olhava para a horta da família pela janela, na esperança de avistar os filhos voltando para casa. Por outro lado, Burke se surpreendeu com a segurança demonstrada pela jovem Elsie, criada em um ambiente quase exclusivamente masculino.

— Estávamos no pub naquela noite — disse ela. — Eu, a mamãe, o papai e os meus irmãos. Todos nós. Por aqui, as noites de sábado são especiais.

— Mas a senhorita conhecia Mal Trevors?

— Ele tentou me cortejar.

Os olhos da moça desafiaram Burke a encontrar uma razão qualquer para que um homem não se interessasse por ela. O inspetor não encontrou nenhuma. Elsie Warden tinha cabelos negros exuberantes, feições delicadas e um corpo que o sargento Stokes fazia o possível para não notar.

— E como a senhorita reagiu às propostas amorosas dele?

Ela franziu os lábios, recatada.

— O que o senhor quer dizer com isso? — perguntou.

Burke enrubesceu, e Stokes foi afligido por um súbito acesso de tosse.

— Eu quis dizer... — Mas Burke não sabia realmente o que estava *querendo* dizer.

O sargento veio em seu auxílio.

— Acho que o inspetor quer saber se a senhorita gostava de Mal Trevors ou se ele estava batendo na porta errada, por assim dizer.

— Ah! — disse Elsie, como se apenas naquele instante tivesse compreendido o rumo da conversa. — Eu gostava um bocado dele. No começo.

— Ela sempre teve um fraco por maus elementos — disse a mãe, pela primeira vez completando uma oração desde que os policiais chegaram.

Manteve a cabeça baixa ao falar, sem olhar para a filha. Era como se tivesse medo dela, pensou Burke. Elsie Warden irradiava vida e energia, e ninguém duvidava que fosse capaz de despertar emoções fortes nos homens. Seu fascínio era exacerbado naquele ambiente, sentada ao lado da figura apagada da mãe na penumbra da cozinha.

— Mal Trevors era um mau elemento? - perguntou Burke.

Elsie tentou novamente assumir uma expressão recatada, mas dessa vez teve menos sucesso.

— Acho que o senhor sabe muito bem que tipo de homem ele era — disse.

— Ele bateu em você?
— Tentou.
— O que aconteceu depois?
— Dei um soco nele e saí correndo.
— E aí?
— Ele veio atrás de mim.
— E levou uma surra pela ousadia — afirmou Burke.
— Não sei de nada disso — retrucou a moça.

O inspetor assentiu, tirou um bloco do bolso e o folheou, embora não precisasse consultá-lo para organizar seus pensamentos. Descobrira que, às vezes, o simples ato de consultar suas anotações era o suficiente para desconcertar quem estava sento interrogado. Ficou contente ao perceber que Elsie espichara o pescoço para ver o que estava escrito.

— Soube que a senhorita passou mal na noite em que Mal Trevors morreu — disse ele.

Elsie Warden se retraiu. A reação foi quase imperceptível, mas significativa para Burke. Ele a observou analisar as possíveis respostas que daria. Sentiu uma mudança nela. Era como se o charme da jovem estivesse sendo drenado, sumindo por entre as frestas do chão, e, em seu lugar, houvesse surgido o que ele só conseguia descrever como uma ferocidade controlada.

— É verdade — respondeu ela, por fim.
— Antes ou depois de ficar sabendo a respeito de Mal Trevors?
— Antes.
— Posso indagar a causa da indisposição?
— Pode, se não tiver medo de passar vergonha.
— Vou correr o risco — disse Burke.
— Recebi minha visita — ela disse. — Minha visita mensal. Está feliz, agora?

O inspetor não deu sinal de estar feliz ou infeliz. No pouco tempo que passara em Underbury, aprendera lições muito úteis de como esconder seu embaraço.

— E foi a sra. Allinson quem a ajudou?

— Foi. Ela me levou para casa e tomou conta de mim.

— Deve ter sido uma crise muito grave para que a senhorita precisasse dos cuidados dela.

Burke ouviu Stokes prender a respiração. Waters sentiu-se compelido a intervir.

— O senhor não acha que já foi longe demais?

O inspetor se levantou.

— Por enquanto — disse ele.

De repente, suas pernas fraquejaram e ele se sentiu prestes a desmaiar. Tropeçou e esbarrou em Elsie Warden, antes de conseguir se amparar na cornija da lareira.

— O senhor está bem? — perguntou Stokes, indo ajudá-lo.

O inspetor o afastou com um gesto.

— Estou ótimo. Foi só uma tontura.

Elsie Warden estava de costas para ele.

— Desculpe, senhorita. Espero não tê-la machucado — disse Burke.

Ela balançou a cabeça e se voltou para ele, com as mãos cruzadas sobre o peito. O inspetor achou que estava mais pálida do que antes.

— Não — disse ela. — Não me machucou.

Ele respirou fundo, agradeceu às mulheres e se preparou para sair. A sra. Warden o acompanhou até a porta.

— O senhor é grosseiro — disse ela. — Meu marido vai ficar sabendo o que aconteceu.

— Não duvido — retrucou ele. — Em seu lugar, eu tomaria conta da sua filha. Ela parece estar doente.

Na volta para o vilarejo, o inspetor não disse nada a Stokes nem a Waters, que continuava fazendo cara de reprovação. Em vez disso, pensou na careta de dor que Elsie Warden fez quando esbarrou nela.

E nas gotas frescas de sangue na blusa, que ela falhara em esconder completamente ao cruzar os braços.

Mal Trevors foi enterrado no cemitério adjacente à igreja no dia seguinte. Muita gente compareceu ao funeral, apesar do caráter duvidoso do falecido.

Em um vilarejo como Underbury, funerais são ocasiões que cumprem uma função social mais importante do que a de simplesmente testemunhar o enterro de um cadáver. Dão oportunidade para que os moradores se juntem no intuito de compartilhar informações e especulações. Apesar do pouco tempo que passara no vilarejo, Burke reconheceu várias pessoas. A família Warden, por exemplo, havia comparecido. Não partiram para a violência, mas seus olhares hostis deixaram clara a aversão que sentiam pelo inspetor. Os Allinson também estavam presentes, assim como os Paxton. Ao final da cerimônia, Burke viu Emily Allinson se afastar do marido, que se dirigiu ao inspetor e ao sargento. A sra. Allinson caminhou ao longo do muro do cemitério, olhando para o campo, em direção ao local onde o corpo de Mal Trevors fora encontrado. Trocou algumas palavras com Elsie Warden ao passar pela jovem. Por um instante, as duas olharam para o inspetor e acharam graça, depois se separaram. A sra. Paxton parecia estar mantendo distância de ambas, mas Emily Allinson a encurralou e pôs a mão em seu braço, um gesto tão íntimo quanto ameaçador, que obrigou a sra. Paxton a ficar imóvel enquanto a alta e elegante sra. Allinson se debruçava para dizer algo em seu ouvido.

— O que o senhor acha disso? — perguntou Stokes.

— Talvez estejam tendo uma conversa amigável.

— Daqui, não me parece nada amigável.

— Não parece mesmo. Quem sabe fosse bom termos outra conversinha com a sra. Paxton.

Àquela altura, o dr. Allinson já chegara até eles.

— Como vai a investigação? — perguntou.

— Devagar e sempre — respondeu Burke, sentindo uma pontada de culpa ao recordar o modo como a esposa do médico surgira em seus sonhos.

— Soube que vocês deixaram os Warden em ponto de bala.

— Eles mencionaram nossa visita?

— A mãe não fala de outra coisa. Deu a entender que o senhor não se comportou de forma digna. Anda sugerindo que alguém deveria lhe dar uma lição.

— Alguém já se candidatou?

— Pelo visto, não faltam candidatos. A família Warden é grande, e a parentada é quase toda do sexo masculino. No seu lugar, eu ficaria de olho nessas ameaças, inspetor.

— O sargento Stokes fica de olho em ameaças por mim — retrucou Burke. — Assim eu tenho tempo para ficar de olho em outras pessoas.

Allinson sorriu.

— Ótimo. Torço para que o senhor não se torne meu paciente.

— Também torço para que isso não aconteça. Por falar nisso, sua esposa entende de medicina?

— Muitas esposas de médicos entendem. A sra. Allinson recebeu treinamento como parteira, mas suas habilidades vão muito além disso. Não está habilitada para exercer a medicina, é claro, mas sabe como agir em uma emergência.

— Então, as mulheres de Underbury têm sorte de tê-la por perto — disse Burke. — Muita sorte mesmo.

O resto do dia pouco acrescentou à investigação. Com o auxílio de Waters, os detetives londrinos completaram o interrogatório de todos os que estavam no pub na noite em que Mal Trevors morreu e começaram a tomar depoimentos de quem não esteve presente. Embora poucos tivessem algo de bom a dizer sobre o falecido, não havia nada que os ligasse ao que ocorrera naquela noite. Ao pôr do sol, o costumeiro silêncio de Burke virara mau humor. Foi curto e grosso ao se despedir de Waters, trocou algumas palavras com seu sargento antes de subir para o quarto e passou as primeiras horas da noite sentado na cama, levantando-se apenas para receber a bandeja com a ceia.

Depois de algum tempo, deve ter adormecido, porque o quarto escurecera quando abriu os olhos e a hospedaria estava em silêncio. Só se deu conta do que o acordara quando escutou alguém falando baixinho embaixo da janela. Levantou-se da cama e olhou pela vidraça, tomando cuidado para que não o vissem. Duas mulheres conversavam no quintal. À luz mortiça que emanava da hospedaria, reconheceu Emily Allinson e a sra. Paxton. Pareciam estar discutindo. A sra. Allinson mexia o dedo em riste na frente de sua pequena interlocutora. Burke não conseguiu ouvir o que diziam. De repente, a sra. Allinson foi embora. Segundos depois, a sra. Paxton a seguiu. Àquela altura, porém, o inspetor já descia correndo a escada.

Saiu da hospedaria, atravessou o quintal e logo estava no encalço das duas mulheres, que seguiam pela estrada para fora do vilarejo. Iam em direção à casa dos Paxtons, mas, assim que a sra. Paxton alcançou a sra. Allinson, as duas deixaram a estrada e avançaram pelo campo. Pareciam estar a caminho do local em que o corpo de Mal Trevors fora encontrado. Ao passarem perto da igreja, contudo, abriram a cancela e entraram no cemitério. Burke as seguiu, agachado, aproveitando-se das nuvens que cobriam a lua. Estava próximo à cancela quando as mulheres se voltaram para enfrentá-lo.

— Bem-vindo, inspetor — disse a sra. Allinson.

Ela não pareceu surpresa em vê-lo. De fato, pensou Burke, parecia bem satisfeita, e ele se deu conta de que caíra como um patinho na armadilha que elas armaram. A sra. Paxton não disse nada e manteve a cabeça baixa, relutando até mesmo em olhar na direção do inspetor.

Burke escutou passos se aproximando por trás. Voltou-se e avistou Elsie Warden caminhando lentamente pela relva, suas mãos roçando o caule das ervas daninhas enquanto andava. Ela parou a cerca de seis metros de onde ele estava. A sra. Paxton, por sua vez, afastou-se da sra. Allinson, e o inspetor se viu no centro de um triângulo formado pelas três mulheres.

— Foi assim que deram cabo em Mal Trevors? — perguntou.

— Nunca encostamos a mão nele — retrucou a sra. Allinson.

— Não foi preciso — disse Elsie.

Burke não parava de girar, sempre tentando manter duas das mulheres em seu campo de visão e torcendo para ser rápido o bastante para se defender de um ataque da terceira.

— Imagino que esteja com o peito ferido, srta. Warden.

— A cabeça também — respondeu ela. — Ele reagiu. Sempre foi ligeiro com as mãos, o Mal.

— Então admitem que o atacaram?

— De certo modo — disse a sra. Allinson.

— Não compreendo.

— Não se preocupe — disse Emily Allinson. — Já vai compreender.

Burke sentiu um tremor sob os pés. Deu um salto, com medo de que a terra se abrisse e ele despencasse em algum abismo terrível. Fragmentos de pedra saltaram do muro do cemitério. O inspetor ouviu um uivo, que se assemelhava ao causado pelo vento quando atravessa um túnel, e algo arranhou seu rosto, criando ferimentos paralelos na bochecha e no nariz. Ele cambaleou para trás, erguendo os braços para se defender, e viu a frente de seu casaco ser rasgada por garras invisíveis. Sentiu um hálito asqueroso e, por um instante, achou ter percebido um distúrbio no ar, como o efeito gerado pelo calor ao irradiar do solo no verão. Aos poucos, distinguiu o vago contorno de seios e quadris.

Com um alvo em vista, Burke reagiu. Deu um soco na figura indistinta à sua frente. Seu punho encontrou uma leve resistência antes de atravessá-la, mas ele viu a cabeça de Emily Allinson se mexer bruscamente para trás e sangue escorrer de seu nariz. Ele tentou dar outro soco, mas foi agredido por trás. Seu couro cabeludo foi despedaçado, e ele sentiu um líquido morno escorrer pela nuca. Tentou se levantar, mas sua mão direita foi puxada para cima. Uma dor lancinante percorreu três de seus dedos, e a impressão de dentes surgiu nas articulações. Avistou Elsie Warden, ao lado da cancela, cerrar os dentes.

Ela sacudiu furiosamente a cabeça, a dor aumentou, e os dedos foram arrancados da mão do inspetor. Ele fechou os olhos e se preparou para morrer. Naquele instante, vindo de algum lugar na escuridão, ouviu um estrondo, seguido por uma voz familiar.

— Já chega.

As pálpebras de Burke estavam pesadas, e o sangue escorria de seus cílios, mas ele conseguiu abrir os olhos. O sargento Stokes estava parado diante do muro do cemitério, empunhando uma escopeta.

Já não era sem tempo, pensou o inspetor.

Percebeu outro distúrbio no ar, indo rapidamente em direção ao sargento. Mais uma vez, achou que o contorno se assemelhava ao de uma mulher. Tinha o corpo imaculado e cabelos compridos, que se agitavam enquanto o vulto se preparava para atacar Stokes. Ele tentou alertar o sargento, mas as palavras não saíram. Sentiu sua cabeça ser puxada pelos cabelos e dentes encostando-se ao seu pescoço.

Stokes notou a aparição quando ela já estava quase sobre ele. Por instinto, apontou a arma e atirou.

Por um momento, nada aconteceu, até que a boca de Emily Allinson se abriu, emitindo um grande jorro de sangue. Ela cambaleou, e a frente de seu vestido verde escureceu. Burke ouviu um grito, que parecia vir do solo embaixo dele e foi ecoado por Elsie Warden. Os cabelos do inspetor se soltaram, e ele caiu no chão. Sentiu um peso nas costas quando a aparição que o segurara usou-o como trampolim para se lançar em direção ao sargento. Tateando com a mão esquerda, Burke achou uma pedra. Reunindo suas últimas energias, levantou-se e derrubou o vulto, sentando-se em suas costas. Sentiu o ser se debatendo, embora visse apenas o ar tremulando. Usando toda a força que lhe restava, bateu com a pedra na cabeça da aparição.

Atrás dele, à distância, o crânio de Elsie Warden se rachou. Seus olhos se reviraram nas órbitas, e ela caiu morta no chão.

Stokes correu para ajudar o inspetor, recarregando a escopeta. Não tirava o olho da sra. Paxton, que recuava com uma expressão de horror e repulsa. Ela se virou e correu pelo campo, indo em direção ao chalé que dividia com o marido. Stokes gritou, ordenando que parasse.

— Deixe-a ir — disse Burke. — Sabemos onde encontrá-la.

Foram suas últimas palavras antes de desmaiar.

O verão chegou, e as ruas se alegraram com a plumagem das mulheres.

Os dois se encontraram em um bar perto de Paddington. Estava sossegado, depois que os frequentadores da hora do almoço tinham ido embora e antes que chegassem os da noite. Um dos homens era mais magro e, talvez, mais jovem que o outro. Usava luva na mão direita. Seu companheiro depositou duas canecas de cerveja na mesa e sentou-se na cadeira próxima à parede.

— Como vai a sua mão, chefe? — perguntou Stokes.

— Ainda dói um pouquinho — respondeu Burke. — É esquisito. Ainda sinto a ponta dos dedos que perdi. Estranho, não acha?

Stokes deu de ombros.

— Para dizer a verdade, chefe, não sei mais o que é estranho e o que não é.

Ele ergueu a caneca e deu uma golada.

— Não precisa mais me chamar de "chefe", sabia?

— Não me sentiria bem tratando o senhor de outro modo, chefe. Também sinto falta de ser chamado de "sargento". Estou tentando fazer com que a patroa me chame assim, mas ela não concorda.

— Como vai o trabalho no banco?

— Tranquilo. Não é muito do meu agrado, para falar a verdade, mas, pelo menos, tenho alguma coisa para fazer. O salário também ajuda.

— Não tenho dúvida.

Ficaram em silêncio até Stokes perguntar:

— O senhor acha que agimos bem em não contar o que vimos?

Era a primeira vez que se viam em muitos meses, mas nunca foram de fazer rodeios quando o assunto lhes dizia respeito.

— Acho — disse Burke. — Ninguém acreditaria se tivéssemos contado. Encontraram sangue e pele da sra. Allinson embaixo das minhas unhas, e as marcas de mordida na minha mão correspondiam à arcada dentária de Elsie Warden. Elas me atacaram. As evidências deixaram isso claro, e quem somos nós para discordar das evidências?

— Matadores de mulheres — disse Stokes. — Acho que não tiveram escolha a não ser nos dispensar.

— Não, acho que não tiveram.

Burke encarou seu antigo sargento e pôs a mão no braço do homem mais velho.

— Mas nunca se esqueça: não matamos mulheres. Você não atirou em uma delas, e eu não encostei um dedo na outra. Não fique com peso na consciência por causa disso.

Stokes assentiu.

— Ouvi falar que não vão processar a sra. Paxton — disse ele.

— Ela corroborou a nossa versão. Sem o testemunho dela, teria sido bem mais difícil para nós.

— Mesmo assim, não me parece justo.

— Ela desejou a morte de um homem, mas duvido que esperasse que o desejo virasse realidade. E creio que não aceitou fazer parte do que as outras lhe ofereceram. Era uma mulher fraca, mas não fez nada de errado. Nada que possamos provar, pelo menos.

Stokes deu mais um gole na cerveja.

— E aquele pobre coitado, o Allinson.

— É — disse Burke. — Pobre Allinson.

O médico se suicidou algumas semanas depois do incidente em Underbury. Nunca culpou Stokes ou Burke pelos papéis que tiveram na morte da esposa.

Burke passava grande parte do tempo pensando naquela noite, pesando fatos e suspeitas, sem conseguir fazer com que se encaixassem a contento em uma hipótese plausível. Um vilarejo exaurido de homens; a chegada de uma mulher de fibra, a sra. Allinson; a ameaça que Mal Trevors representava a Elsie Warden e, quem sabe, à sra. Paxton; e a reação a essa ameaça, que levou à morte de Trevors e ao ataque a Burke e Stokes. Burke ainda não se sentia capaz, nem disposto, a dar um nome àquela reação. Aprendera mais coisas a respeito das bruxas de Underbury e de sua líder, Ellen Drury, queimada viva ao ser enforcada. Possessão, o termo usado por Stokes quando tudo acabou, era uma possibilidade, mas parecia inadequado. Para Burke, tratava-se de algo mais complexo. Ele tinha a profunda convicção de que o fenômeno estava relacionado à natureza das três mulheres e não se devia apenas a forças externas, mas nunca fora um grande conhecedor do sexo frágil.

Terminaram suas bebidas e se despediram na rua, com vagas promessas de se encontrarem de novo, embora soubessem que isso não aconteceria. Burke seguiu em direção ao Hyde Park, enquanto Stokes entrou em uma floricultura para comprar cravos para a esposa. Nenhum dos dois viu uma mulher pequena, de cabelos pretos, que os observava escondida nas sombras de um beco. O ar tremulava ao seu redor, como se fosse distorcido pelo calor do verão, e os transeuntes que se aproximavam dela sentiam um cheiro indistinto de carne assada.

A sra. Paxton fez sua escolha e começou a seguir Burke até o parque.

O macaco do tinteiro

O sr. Edgerton andava sofrendo de bloqueio criativo. Uma enfermidade deveras alarmante, como ele logo descobriu. Um resfriado poderia deixá-lo de cama por um ou dois dias, mas não impedia que sua mente continuasse ruminando. Suas crises de gota eram um suplício, mas não evitavam que seus dedos apanhassem a caneta para transformar a dor em dinheiro. Aquele bloqueio, no entanto, aquela barreira contra qualquer avanço, praticamente incapacitara o sr. Edgerton. Sua mente não funcionava, suas mãos não escreviam e suas contas não seriam pagas.

Em duas décadas de carreira, nunca encontrara um obstáculo tão grande ao seu ofício. Nesse período, escrevera cinco romances de algum sucesso, embora medíocres; um livro de memórias que, na verdade, devia mais à invenção do que à experiência; e uma coletânea de poemas da qual se poderia dizer, com benevolência, que forçara a capacidade do verso livre até os limites do aceitável.

O sr. Edgerton tirava seu sustento modesto escrevendo por metro, amparado na crença firme, porém nunca formulada de que, se produzisse um material abundante, algo de boa qualidade acabaria surgindo, nem que fosse pela lei das médias. Jornalismo, ghostwriting, poemas, editoriais: nada estava além de seu talento limitado. Mesmo assim, o máximo que produzira nos últimos seis meses fora a lista de compras semanal. Uma verdadeira tundra de páginas em branco se estendia à sua frente, com a ponta reluzente da caneta pairando sobre elas como um explorador relutante. Sua mente era um espaço vazio. Sua fonte de inspiração secara, deixando apenas uma casca de frustração e perplexidade. Ele começou a temer sua escrivaninha, antes sua adorada companheira, agora reduzida ao status de amante infiel. Era doloroso olhar para ela. O papel, a tinta, a imaginação: todos o haviam traído, deixando-o perdido e sozinho.

A princípio, o sr. Edgerton até acolhera a oportunidade de dar um descanso aos músculos criativos. Saía para tomar café com os colegas menos afortunados, ciente de que um breve hiato produtivo não seria suficiente para manchar sua reputação como criador prolífico de material satisfatório. Assistia às melhores produções teatrais, adiando o instante de tomar assento para assegurar que sua presença fosse notada. Quando indagado a respeito do que andava fazendo, dava apenas um sorriso misterioso e batia no lado do nariz com o indicador, gesto usado para sugerir que estava às voltas com um projeto literário importante, mas que, infelizmente, dava apenas a deplorável impressão de que um fragmento irritante de rapé se alojara em sua narina.

Passado algum tempo, o sr. Edgerton parou de comparecer a espetáculos musicais, e seus pares foram obrigados a procurar novas fontes de diversão nas cafeterias da cidade. Conversas a respeito de seu ofício começaram a atormentá-lo, e bastava avistar alguém cuja fonte de inspiração transbordava para que sua agonia aumentasse. Descobriu-se incapaz de esconder a amargura na voz ao falar dessas almas abençoadas, o que logo despertou suspeitas entre escribas menos prolíficos do que ele, pois, embora estivessem sempre dispostos a alfinetar os outros com um gracejo maldoso ou uma piada pouco lisonjeira, evitavam o uso de insultos grosseiros ou, de fato, tomar qualquer atitude que pudesse levar um desavisado a desconfiar que não eram superiores ao rival em talento, sucesso e aprovação por parte da crítica. O sr. Edgerton começou a recear que até mesmo seus silêncios o desmascaravam, prenhes como estavam de ressentimento e decepção, por isso passou a aparecer cada vez menos em público, até parar de vez. Para falar a verdade, seus colegas não se incomodaram muito com sua ausência. Haviam tolerado, com relutância, seu sucesso modesto. Com o estigma do fracasso pairando sobre ele, passaram a saborear seu desconforto.

Para piorar, sua carteira andava cada vez mais leve, e não há nada mais desanimador do que uma carteira vazia. Como um roedor preso no abraço constritor de uma serpente, ele se deu conta de que, quanto mais se revoltava contra a situação, maior era o aperto. A necessidade, escreveu Ovídio, é a mãe da invenção. Para o sr. Edgerton, o infortúnio tornara-se o pai do desespero.

E assim, uma vez mais, ele se viu perambulando pelas ruas da cidade, jogando sua rede mental nos grandes rios de gente, na expectativa de pescar uma ideia qualquer. Acabou indo parar em Charing Cross Road, mas os quilômetros de livros nas prateleiras das livrarias deixaram-no ainda mais deprimido, principalmente porque não achou nenhum de sua autoria entre eles. Cabisbaixo, atravessou Cecil Court e se dirigiu ao Convent Garden, com a vaga esperança de que a vibração da feira incitasse seu moroso subconsciente. Estava quase em Magistrates Court quando algo chamou sua atenção na vitrine de uma pequena loja de antiguidades. Parcialmente escondido por um retrato emoldurado do general Gordon e uma pega-rabuda empalhada, encontrava-se um tinteiro fora do comum.

O objeto era prateado e tinha cerca de trinta centímetros de altura. Sua base laqueada era decorada com caracteres chineses. Mas o que possuía de mais notável era o macaquinho embalsamado empoleirado na tampa, seguro à borda do tinteiro por suas patas de unhas afiadas, com os olhos negros reluzindo à luz do sol de verão. Sem dúvida, tratava-se de um filhote, talvez até mesmo de um feto, pois não tinha mais de três centímetros de altura. Era quase todo cinzento, a não ser pela cara, escurecida ao redor da boca, como se o macaco costumasse beber sua própria tinta. Em suma, era uma criatura realmente horripilante, mas o sr. Edgerton adquirira o gosto do homem civilizado pelo grotesco e não pensou duas vezes antes de entrar na loja para indagar sobre a origem do item em questão.

O antiquário era quase tão repugnante quanto o animal que chamara a atenção do sr. Edgerton, como se o homem fosse o pai do macaco. Tinha dentes demais para o tamanho da boca, a boca era larga demais para o rosto e a cabeça, grande demais para o corpo. Além disso, era corcunda e dava a impressão de que estava sempre prestes a cair de cara no chão. E tinha um cheiro esquisito. O sr. Edgerton logo chegou à conclusão de que o antiquário costumava dormir sem trocar de roupa. Essa dedução levou o escriba atormentado a especular, contra sua vontade, sobre o aspecto do corpo escondido pelas diversas camadas de roupas sujas.

No entanto, o dono da loja era uma verdadeira fonte de informações a respeito dos objetos que punha à venda, dentre os quais o item que levara o sr. Edgerton até lá. Segundo ele, o primata embalsamado era um macaco de tinteiro, um ser mitológico chinês. De acordo com a lenda, o macaco fornecia inspiração em troca dos restos de tinta deixados no fundo do objeto. Enquanto falava, o antiquário depositou o tinteiro no balcão, como um pescador usando com habilidade sua isca diante de um peixe esfomeado na esperança de fisgá-lo.

O talento limitado do sr. Edgerton, como acontece com muitos em seu ofício, era inversamente proporcional à sua autoestima, por isso ele sempre relutara em considerar a possibilidade de que seu gênio pudesse ser atribuído a forças externas. Por outro lado, precisava desesperadamente de inspiração, não importava de onde viesse, e havia até levado em conta usar ópio ou gim barato como possíveis catalisadores. Deixou-se convencer pela história do tinteiro e pagou pelo objeto uma soma proibitiva, torcendo, ainda que sem muito ânimo, para ser agraciado com a redenção prometida pela raridade. Voltou ao seu pequeno apartamento com o tinteiro e o macaco debaixo do braço, embrulhados em papel marrom.

Desde que sua situação financeira se apertara, o sr. Edgerton passara a ocupar um modesto conjunto de aposentos sobre uma tabacaria em Marylebone High Street. Embora ele não fosse fumante, as paredes do apartamento eram amareladas pela fumaça que entrava pelas frestas do assoalho. Os móveis e as roupas fediam a cigarro, a fumo de cachimbos e charutos de diversas marcas, e até mesmo aos tipos mais lacrimejantes de rapé. Sua habitação, portanto, era mais que deprimente, e é bem provável que lhe desse o incentivo necessário para melhorar suas finanças se ele não andasse tão preocupado com o sumiço de sua musa.

Naquela noite, como sempre, o sr. Edgerton sentou-se à escrivaninha e fitou o papel em branco à sua frente.

E fitou.

E fitou.

O macaco do tinteiro permanecia agachado, indiferente a tudo, seus olhos refletindo a luz da lamparina e dando à sua figura embalsamada um inquietante aspecto de vida. O sr. Edgerton experimentou cutucá-lo com a caneta, deixando uma pequena marca negra no peito da criatura. Em comum com a maior parte dos escritores, ele possuía um conhecimento superficial dos mais diversos assuntos, quase sempre irrelevantes. Dentre eles, estava a antropologia, graças a um de seus primeiros trabalhos: uma alegoria evolucionária intitulada *O tio do macaco*. (Um jornal a descreveu como "bastante aceitável, ainda que frívola". O sr. Edgerton, grato por ser alvo de atenção, de que forma fosse, ficou muito satisfeito.) Entretanto, mesmo depois de pesquisar três livros de referência, ele não encontrou nenhuma menção ao macaco do tinteiro e achou que isso era um mau sinal.

Após mais uma hora improdutiva, com o tédio interrompido apenas por ocasionais manchas de tinta no papel, o sr. Edgerton se levantou e resolveu se divertir esvaziando e enchendo sua caneta. Ainda desprovido de inspiração, cogitou a possibilidade de ter omitido alguma parte do misterioso ritual de encher a caneta no tinteiro. Debruçou-se sobre a escrivaninha e, ao segurar com delicadeza o macaco para erguer a tampa, sentiu uma pontada no dedo indicador. Recolheu a mão no mesmo instante e examinou o dedo ferido. Um corte fundo se estendia pela ponta. Os filetes de sangue escorriam pela caneta e se juntavam no bico, pingando em intervalos regulares no tinteiro. O sr. Edgerton começou a chupar o dedo enquanto voltava sua atenção para o macaco, no intuito de descobrir o que ocasionara a ferida. À luz da lamparina, notou uma pequena saliência na nuca da criatura, onde uma parte da espinha dorsal rompera a pele esfarrapada. Uma gotinha de sangue era visível na palidez amarelada do osso.

O escritor machucado apanhou uma pequena atadura no armário de remédios e fez um curativo no dedo antes de sentar-se de novo à escrivaninha. Olhou com desconfiança para o macaco enquanto enchia a caneta no tinteiro, depois começou a escrever. A princípio, a familiaridade do ato sobrepujou sua surpresa, tanto assim que o sr. Edgerton encheu duas páginas com sua caligrafia apertada e estava prestes a embarcar em uma terceira quando se interrompeu, perplexo, olhando primeiro para a caneta e depois para o papel. Leu o que havia escrito, o começo de uma história a respeito de um homem que sacrificava o amor e a felicidade em nome da riqueza e do sucesso, e achou o resultado mais do que satisfatório. De fato, era tão bom quanto qualquer coisa que ele já produzira, embora nesse caso não compreendesse de onde viera a inspiração. De qualquer modo, deu de ombros e continuou a escrever, grato por sua imaginação ter aparentemente saído do torpor. Escreveu noite adentro, enchendo a caneta quando precisava, tão absorto no trabalho que não percebeu quando sua ferida reabriu. O sangue começou a pingar no papel. E dentro do tinteiro chinês, sempre que ele reabastecia a caneta.

O sr. Edgerton dormiu até mais tarde na manhã seguinte e acordou debilitado pelo esforço da noite anterior. Atribuiu o cansaço aos meses de inatividade e, depois de um chá com torradas, sentiu-se renovado. Ao voltar à escrivaninha, descobriu que o macaco caíra do tinteiro e jazia de costas em meio a lápis e canetas. Com cuidado, o sr. Edgerton o levantou e percebeu que o animal estava pesando mais que o próprio tinteiro. Constatou que a queda do macaco não se dera por algum defeito no objeto, e sim pela força da gravidade. Também notou que o pelo da criatura estava mais lustroso do que antes e cintilava saudavelmente à luz do sol da manhã.

De repente, o sr. Edgerton sentiu o macaco se mexer. A criatura se espreguiçou, esticando as patas, como se acordasse após uma longa hibernação. Escancarou a boca em um bocejo, deixando os dentinhos à mostra. Alarmado, o sr. Edgerton largou o macaco e escutou-o gritar de susto ao cair na mesa. Depois de alguns segundos, o animal se levantou e ficou encarando o escritor com uma expressão magoada. Depois, foi andando devagar pela escrivaninha e se acocorou ao lado do tinteiro. Com a mão esquerda, ergueu a tampa do objeto e esperou pacientemente que o sr. Edgerton enchesse sua caneta. O escritor passou um bom tempo sem conseguir se mexer, de tão surpreso que ficara com aquele acontecimento imprevisto. Quando se deu conta de que suas opções eram escrever ou enlouquecer, apanhou a caneta e encheu-a de tinta. O macaco observava-o sem demonstrar nenhum sentimento e, assim que o sr. Edgerton voltou a escrever, caiu no sono de novo.

Apesar de seu encontro desconcertante com o macaco reanimado, o sr. Edgerton teve um dia produtivo e descobriu que terminara cinco capítulos, nenhum dos quais exigia mais do que uma revisão superficial.

Foi apenas quando a luz do dia começou a esmorecer e o braço do escritor a doer, que o macaco acordou. A passos lentos, dirigiu-se à folha de papel em branco sobre a qual, caneta em punho, repousava a mão do sr. Edgerton. Segurou o dedo do escriba com suas patinhas minúsculas, levou-o à boca e começou a sugar a ferida. O sr. Edgerton levou alguns momentos para se dar conta do que estava acontecendo. Deu um grito e sacudiu o dedo, arremessando o animal contra o tinteiro. O macaco bateu com a cabeça na base do objeto e ficou caído, imóvel, sobre uma folha de papel.

No mesmo instante, o sr. Edgerton apanhou a criatura, depositando-a na palma da mão esquerda. O macaco, aturdido e com os olhos semiabertos, mexia a cabeça de um lado para o outro. O escritor logo se arrependeu de seu gesto brusco. Pusera em perigo o macaco, que passara a reconhecer como fonte de sua rediviva inspiração. Sem ele, estaria perdido. Oscilando entre o medo e a repugnância, tomou uma decisão. Apertou o indicador com o polegar, fazendo com que uma gota de sangue brotasse da ferida. Com engulho, deixou que a gota pingasse na boca do animal.

O efeito foi imediato. Os olhos do pequeno primata se arregalaram. O macaco se acocorou e estendeu as patas para o dedo ferido. Sugou à vontade, sem ser molestado pelo enojado escritor, até se dar por satisfeito. Deu um arroto de contentamento e voltou a dormir. O sr. Edgerton o depositou com cuidado ao lado do tinteiro e, apanhando a caneta, escreveu mais dois capítulos antes de se recolher.

Estabeleceu-se uma nova rotina. Todo dia, ao acordar, o sr. Edgerton dava um pouco de sangue ao macaco, escrevia, alimentava o macaco de novo quando caía a noite, escrevia mais um pouco e voltava para a cama. Dormia como um cadáver. Seu sono era agitado apenas pelas lembranças que o trabalho trazia à tona, misturando amores antigos e amizades esquecidas à narrativa que se formava sobre a escrivaninha. O macaco não exigia muito em termos de atenção e afeto. Só fazia questão de suas doses regulares de sangue e, de vez em quando, de uma banana madura. O sr. Edgerton, por sua vez, achou melhor fingir que não notava o crescimento alarmante do animal, que passou a sentar-se em uma cadeira ao lado da escrivaninha enquanto o escritor trabalhava e a tirar cochilos no sofá depois das refeições. O sr. Edgerton começou até a cogitar a hipótese de treinar o macaco para executar certas tarefas domésticas, o que lhe daria mais tempo para escrever. Mas quando sugeriu isso ao animal, recorrendo à linguagem de sinais, o macaco ficou enfezado e passou a tarde inteira trancado no banheiro.

Certo dia, ao voltar para casa depois de fazer uma visita ao seu editor, o sr. Edgerton apanhou em flagrante o macaco experimentando um de seus ternos. Foi quando começou a ter sérias dúvidas a respeito do relacionamento entre eles. Já havia percebido mudanças preocupantes no companheiro. A criatura começara a trocar de pele, largando tufos de pelos cinzentos no tapete e deixando à mostra pedaços de carne rosada. Seu rosto também emagrecera, ou então sua estrutura óssea se modificara, porque apresentava um aspecto mais angular do que antes. Além disso, o macaco ultrapassara um metro e vinte de altura, e o sr. Edgerton se viu forçado a abrir veias nos pulsos e nas pernas para alimentá-lo. Quanto mais pensava no assunto, mais convencido ficava de que a criatura passava por uma transformação importante. Mas o romance ainda não estava pronto, e o escritor receava se indispor com o mascote. Por isso, sofria em silêncio, dormindo quase o dia inteiro e acordando apenas para escrever, por períodos cada vez mais curtos, antes de voltar para a cama e desmaiar em um sono sem sonhos.

No dia 29 de agosto, ele entregou o manuscrito completo. No quarto dia de setembro, data de seu aniversário, o sr. Edgerton alegrou-se ao receber uma carta do editor, que o chamou de gênio e lhe prometeu que seu tão esperado romance o elevaria ao panteão dos mestres da literatura e lhe asseguraria uma velhice honrosa e confortável.

Naquela noite, quando se preparava para dormir o sono dos justos, o sr. Edgerton sentiu uma pontada no pulso e viu o macaco do tinteiro agarrado ao seu braço, com as bochechas inchadas enquanto sugava a ferida. Amanhã, pensou o sr. Edgerton. Amanhã, darei um jeito nisso. Amanhã, vou levá-lo a um zoológico e nosso acordo estará concluído para sempre. Porém, enquanto perdia as forças e seus olhos se fechavam, viu o macaco erguer a cabeça e compreendeu que nenhum zoológico o aceitaria, porque o macaco do tinteiro se tornara um animal diferente, bem diferente mesmo.

O romance do sr. Edgerton foi publicado no ano seguinte e aclamado por todos. Seus editores promoveram uma festa em sua homenagem, à qual compareceram os mais ilustres representantes da comunidade literária de Londres. Foi a última aparição pública do sr. Edgerton. Daquele dia em diante, ele nunca mais foi visto em Londres. Mudou-se para o modesto sítio que adquirira com os direitos autorais de sua derradeira obra-prima.

Na festa, vários discursos foram feitos, e um dos novos admiradores do sr. Edgerton recitou um poema medíocre, mas o grande homem passou a noite em silêncio. Quando lhe pediram que discursasse, ele se recusou com uma mesura cortês e se limitou a aceitar os aplausos com um sorriso afável.

Enquanto os convivas bebiam champanha da melhor qualidade e se regalavam com codorna recheada e salmão defumado, o sr. Edgerton permanecia sentado em um canto, enroscando os pelos rebeldes do peito e comendo, satisfeito, uma banana madura.

Redemoinhos de areia

A decisão de reabrir a residência paroquial em Black Sands foi fruto de muita reflexão. Sabia-se que a Igreja Anglicana não era bem-vinda na localidade, embora a antipatia dos habitantes não se restringisse à religião do rei. O vilarejo resistira a religiões institucionalizadas desde sua fundação, centenas de anos antes. É verdade que capelas haviam sido erguidas, tanto católicas quanto protestantes, mas sem fiéis, de que vale uma capela? Seria mais útil construir uma barraca na praia para que os banhistas tivessem onde trocar de roupa.

A pequena igreja católica fora desconsagrada na virada do século e mais tarde demolida, depois que um incêndio consumira o teto e tornara as paredes tão escuras quanto os grãos de areia que davam nome ao vilarejo. O templo protestante continuava de pé, mas totalmente abandonado. Os sacerdotes não tinham o que fazer em Black Sands. Os moradores alegavam não precisar de clérigos e ressaltavam que tinham sobrevivido e prosperado graças aos seus próprios esforços. Havia um fundo de verdade nisso. A faixa litorânea em que o vilarejo se localizava era traiçoeira, com marés altas e correntes submersas perigosas. No entanto, desde o estabelecimento de Black Sands, nenhum morador perdera sua vida no mar e nenhuma embarcação de suas pequenas frotas pesqueiras naufragara nas profundezas.

Sem aprovação dos habitantes, a capela do vilarejo era custeada pelo fundo diocesano, e apenas os piores e mais desesperados dos clérigos eram enviados para lá. A maior parte deles bebia para esquecer a vida miserável que levavam à beira-mar, incomodando os moradores apenas quando eram encontrados sem sentidos na sarjeta e tinham de ser carregados de volta para casa. Houve exceções, é claro. O reverendo Rhodes, último pároco designado para o local, aceitou sua missão com um zelo missionário que se estendeu pelos seis primeiros meses. Aos poucos, contudo, passou a se comunicar cada vez menos com a diocese. Aludiu à dificuldade que tinha para dormir e, embora não tivesse sofrido nenhum tipo de agressão, o descaso de seus possíveis paroquianos começara a desanimá-lo. Em sua última carta, admitiu crer que a solidão e o isolamento estavam afetando sua sanidade, pois havia começado a sofrer alucinações.

"Vejo figuras na areia", escreveu nessa derradeira correspondência. "Ouço vozes sussurrando, convidando-me a passear no litoral, como se o próprio mar me chamasse pelo nome. Se permanecer mais tempo aqui, receio que aceitarei o convite. Darei o passeio, e nunca mais voltarei."

Mesmo assim, ele não abandonou sua missão de converter os moradores. Começou a se interessar pela história do vilarejo, a indagar sobre seu passado. Recebia embrulhos de livrarias, abarrotados de tomos obscuros. Foram encontrados em seu gabinete depois que ele morreu, com uma infinidade de passagens sublinhadas e anotações nas margens.

O corpo do reverendo Rhodes foi parar na praia de Black Sands uma semana depois de sua última carta ter sido recebida, mas as circunstâncias de sua morte nunca foram devidamente esclarecidas. Ele não morreu afogado, e sim sufocado. Durante a autópsia, descobriram que seus pulmões estavam cheios de terra, e não de água.

Décadas mais tarde, a diocese resolveu reabrir a capela em Black Sands. É dever da Igreja não permitir que povoados existam sem a luz da fé para guiá-los. Mesmo que os moradores do vilarejo decidissem dar às costas para ela, continuaria a brilhar sobre eles, e coube a mim carregar a tocha.

A capela se erguia em um promontório rochoso. Espalhados ao redor, encontravam-se os túmulos desgastados dos clérigos que me precederam nos séculos anteriores e que deram seu último suspiro ao som das ondas se quebrando na praia. O reverendo Rhodes estava enterrado a oeste da capela, perto da parede. Uma pequena cruz de granito assinalava a sepultura. Uma trilha levava dos fundos da capela à residência paroquial, um prédio modesto, de dois andares, construído com pedras do local. Da minha janela, eu avistava os fantasmas das ondas se quebrarem na praia escura, branco no preto. Era como se a areia devorasse as ondas.

O vilarejo em si não passava de um punhado de casebres que se alastravam por cinco ou seis ruas estreitas. Havia um armazém que vendia tudo o que os moradores precisavam, de pregadores de roupa a carrinhos de mão. Era vizinho de uma pequena estalagem. Tornei-me cliente de ambos na primeira semana que passei lá. Fui tratado com respeito, nem de braços abertos nem de braços fechados. O sr. Webster, prefeito extraoficial de Black Sands e dono dos dois estabelecimentos, era um homem alto e cadavérico, que se comportava como um agente funerário medindo um cliente pobre para encomendar um caixão barato. Recusou-se, com educação, a me deixar pendurar o cronograma das missas, tanto na estalagem quanto no armazém.

— Como informei ao seu predecessor, sr. Benson, não necessitamos de sua presença por aqui — disse ele, com um sorrisinho, enquanto me acompanhava pela rua principal do vilarejo.

Webster era cumprimentado calorosamente por todos que encontrávamos pelo caminho. Eu, por outro lado, recebia apenas acenos de cabeça superficiais. De vez em quando, ao olhar de relance para trás, via as pessoas com quem cruzávamos me observando, aos cochichos.

— Discordo — retruquei. — Quem existe sem Deus em sua vida está sempre necessitado, mesmo que não saiba.

— Não sou teólogo — disse Webster —, mas me parece que há muitas religiões e muitos deuses por aí.

Estaquei. Afinal, aquilo era uma blasfêmia.

— Tem razão, sr. Webster, existem muitos deuses, mas apenas um Deus de verdade. O resto não passa de superstições e crenças equivocadas de pessoas ignorantes.

— Sério? — perguntou ele. — O senhor me considera um homem ignorante?

— Eu... Eu não sei ao certo — gaguejei. — Em relação a outros assuntos, o senhor me parece muito culto, mas demonstra uma cegueira deliberada quando se trata de religião. Os moradores deste vilarejo se miram no senhor. Se estivesse disposto a usar sua influência para...

— Para o quê? — atalhou Webster, e pela primeira vez vi seus olhos se encherem de raiva, embora seu tom voz permanecesse assustadoramente calmo. — Para encorajá-los a seguir um deus que não podem ver, que não promete nada nesta vida além de dor, em troca da esperança de algo idílico na próxima? Como eu disse, talvez existam outros deuses que não os seus, sr. Benson. Deuses *mais antigos*.

Engoli em seco.

— O senhor quer dizer que os moradores adoram deuses pagãos? — perguntei.

A raiva deixou seus olhos e foi substituída pela placidez de sempre.

— Não sugeri nada disso. Quis apenas dizer que o senhor tem a sua crença e outros têm as deles. Cada um de nós tem seu lugar no universo, disso eu não tenho dúvida. Infelizmente, o seu não é aqui.

— Pois escolho ficar — retruquei.

Ele deu de ombros.

— Então, quem sabe, o senhor possa acabar vindo a nos ser útil.

— É a minha maior esperança.

O sorriso de Webster se alargou, mas ele não voltou a tocar no assunto.

Naquele domingo, rezei a missa em uma igreja vazia, como era meu dever, e cantei "O Senhor é meu Pastor" acompanhado apenas pelos gritos das gaivotas. À noite, sentado à janela do gabinete, fiquei olhando para a estranha areia negra que dava nome ao vilarejo, cercado pelos poucos bens deixados por meu predecessor, cobertos pela poeira dos anos. Sem sono, passei uma hora improdutiva folheando histórias de navegações, mapas topográficos e antologias de casos supostamente verdadeiros de encontros sobrenaturais, mais adequadas a acervos de revistas sensacionalistas do que à biblioteca de um clérigo.

Foi só quando comecei a vasculhar a escrivaninha que me deparei com o caderno escondido no fundo de uma das gavetas, entre carcaças de insetos. Não tinha mais que vinte páginas escritas, mas a caligrafia elegante era a mesma que o sr. Rhodes usara ao preencher os vários documentos eclesiásticos que me foram legados.

O caderno detalhava as investigações que ele conduzira sobre a história da área. A maior parte era de pouca relevância: contos sobre a fundação do vilarejo, feudos e lendas. Rhodes descobrira que Black Sands era mais antiga do que um exame menos minucioso do passado poderia indicar. É verdade que o povoado em si existia apenas desde o começo do século XVII, mas o terreno já estivera em uso bem antes disso. Rhodes acreditava ter encontrado as coordenadas de um círculo de pedras que outrora se erguia perto da praia e cuja localização era assinalada por uma laje que podia ter servido de altar. A questão era: para que servira o altar? O reverendo estava disposto a oferecer uma resposta.

O que Rhodes descobrira fora que, a cada vinte anos, no intervalo de uma semana antes ou depois da data de aniversário da fundação do vilarejo — nove de novembro de 1603 —, alguém se afogara nas águas costeiras de Black Sands. Os registros estavam incompletos, com alguns anos faltando, mas o cronograma era claro. A cada duas décadas, um forasteiro, alguém que não fazia parte do povoado, morria em Black Sands. Rhodes encontrou casos de afogamento e incidentes fatais em outros anos, mas as mortes de novembro ocorriam sempre no mesmo período. A última que registrou no caderno foi a de uma mulher chamada Edith Adams, no dia vinte e dois de novembro de 1899, mas não foi a última morte desse tipo em Black Sands. Essa honra cabia ao próprio Rhodes.

Passei a noite em claro. Fiquei prestando atenção ao barulho das ondas que, em outra ocasião, teria me dado sono. Mas não naquele momento, não naquele lugar.

Os sussurros começaram na noite de primeiro de novembro, Dia de Todos-os-Santos. A princípio, soavam como o vento soprando a grama, mas, quando olhei pela janela, vi que os galhos das árvores não se mexiam. Mesmo assim, os sussurros continuaram, às vezes baixinhos, outras vezes mais altos, pronunciando palavras que eu não entendia. Voltei para a cama e cobri a cabeça com o travesseiro, mas o ruído só cessou com os primeiros raios de sol.

Em todas as noites depois daquela, escutei as vozes, que pareciam ficar cada vez mais altas e insistentes. Certa vez, na calada da noite, com o cobertor passado nos ombros, olhei para a praia escura e julguei ter visto redemoinhos de areia, que giravam sinuosamente no ar como fantasmas.

Tentei compensar durante o dia o repouso que me era negado à noite, mas encontrei dificuldade de reabastecer minhas reservas de energia, tanto físicas quanto mentais. Vivia atormentado por dores de cabeça. Tinha sonhos lúcidos nos quais me encontrava na praia de areias escuras e sentia uma presença atrás de mim. Quando me voltava para ver o que era, avistava apenas a praia, que se estendia até o mar. Um desses sonhos foi tão impressionante que acordei lutando contra os lençóis e não consegui voltar a dormir. Levantei-me e fui até a cozinha, torcendo para que um copo de leite quente restaurasse meus nervos. Ao sentar-me à mesa, notei uma luz se mexendo no promontório ao norte, onde pedras antigas jaziam como testemunhos de crenças pagãs. Deixei o leite de lado e me vesti rapidamente. Abrigado em meu casaco preto, atravessei o campo em direção à senda que levava ao pontal. Já tinha quase alcançado a trilha quando meus instintos me obrigaram a deitar no chão. Duas sombras me cobriram, geradas pelos homens que caminhavam silenciosamente para o promontório. Eu os segui de longe até avistar o altar. Webster esperava por eles, com uma lamparina sobre a laje. Trajava seu terno de *tweed* de sempre, e as abas de seu casaco estalavam ao vento.

— Trouxeram? — perguntou ele.

Um dos recém-chegados, um fazendeiro circunspecto chamado Prayter, entregou-lhe um saco de papel marrom. Webster tirou algo branco de dentro do saco: uma estola. Uma das minhas havia sumido da cesta de roupa suja no começo da semana e eu quase perdera a cabeça tentando adivinhar aonde fora parar. Naquele instante, descobri.

Webster apanhou sua lamparina. Só então pude ver seu rosto e achei que havia um traço de arrependimento em sua expressão, pelo menos gosto de pensar assim, tendo em vista o que aconteceria depois.

— Não podemos evitar — disse Prayter. — É assim que as coisas funcionam.

Webster assentiu.

— Logo vai chegar o dia em que isso se tornará impossível — disse ele.

— Correremos riscos demais.

— O que vai acontecer, então? — perguntou o terceiro homem, cujo nome eu não sabia.

— Talvez seja o fim dos deuses antigos — respondeu Webster, sem rodeios — e o nosso também.

Ele apanhou a estola e seguiu com os companheiros até praia. Lá, enterraram a peça na areia. Depois, retornaram ao vilarejo.

Deixei passarem alguns minutos, até ter certeza de que os três não voltariam, e segui o caminho que haviam tomado até a praia. Levei apenas alguns segundos para encontrar o montinho de areia, sob o qual jazia meu ornamento sacerdotal. Fiquei parado, sem saber o que fazer. Eu acreditava em Deus, no meu Deus, mas mesmo assim fui assaltado por lembranças dos pesadelos que tivera e das mortes relatadas por meu predecessor e mencionadas por Webster. Senti um medo terrível e rezei para que Deus me desse uma luz, mas não recebi nenhuma orientação.

Mesmo com a sensação de que estava traindo a fé que defendera com tanto ardor para Webster, comecei a cavar até encontrar a estola. Retirei-a do buraco e a sacudi para limpá-la dos grãos de areia negra. Estava prestes a voltar à residência paroquial, mas dei meia-volta e tapei o buraco. Ao fazê-lo, notei que a areia começou a se mexer suavemente ao meu redor. Formava arranjos e figuras que, para a minha mente confusa, pareciam quase propositais, e redobrei meus esforços para remover qualquer vestígio de que eu tivesse recuperado a estola.

Não preguei olho pelo resto da noite, ponderando sobre o que vira e escutara.

No dia seguinte, acordei cedo e fui até o vilarejo. Comprei pão e queijo, depois entrei na estalagem de Webster, que estava se preparando para começar o dia. Ele não conseguiu me olhar nos olhos, mas não dei nenhum sinal de que havia percebido seu desconforto.

— Será que eu poderia tomar uma xícara de chá? — perguntei. — Estou me sentindo um pouco fraco esta manhã e preciso de algo que me fortifique antes de voltar para casa.

Webster sorriu.

— Se quiser, posso lhe oferecer algo mais forte do que chá.

Recusei.

— Chá está ótimo — insisti.

Ele entrou na cozinha atrás do bar para esquentar a água. Não demorou mais do que alguns minutos, mas foi o suficiente para mim. Do bolso de seu casaco, sempre pendurado em um gancho atrás da porta, tirei um lenço branco e usado, rogando a Deus que me perdoasse. Quando Webster voltou, sentei-me à mesa e tomei o chá, mantendo as aparências, mas o tempo todo preocupado que ele espirrasse e precisasse do lenço. Assim que terminei, ofereci pagar pela bebida, mas ele recusou.

— É por conta da casa. Para provar que nossas divergências não geraram nenhum rancor.

— Nenhum — concordei.

Saí da estalagem e dei um passeio pela praia. Quando me certifiquei de que não havia ninguém por perto, ajoelhei-me e comecei a cavar um buraco na areia grossa e negra.

Não dormi naquela noite, por isso não me surpreendi quando ouvi chamarem meu nome.

— Sr. Benson! Sr. Benson! Acorde!

Webster estava embaixo da janela do quarto, carregando uma lamparina.

— Venha rápido — gritou. — Tem um corpo na praia.

Saí da cama, vesti a roupa, calcei os sapatos e desci as escadas. Webster não esperou por mim. Ao chegar à porta da frente, avistei a luz de sua lamparina, sacolejando enquanto atravessava o gramado em direção à praia.

— Vamos! — gritou. — Depressa!

Antes de sair, apanhei uma vara de vidoeiro no porta-guarda-chuva. Eu gostava de usá-la em caminhadas, sentindo a textura da casca da árvore na mão. Naquele instante, porém, seu peso e sua resistência me proporcionaram outro tipo de conforto. Segui a luz de Webster até a beira das dunas que margeavam a praia. Na linha de rebentação, jazia uma trouxa preta.

Parecia o corpo de uma criança. Talvez eu não devesse ter duvidado de Webster e alguém estivesse realmente ferido ou morto na praia. Deixando o medo de lado, segui em frente. Meus pés afundaram de maneira desconfortável na areia macia. Mais à frente, Webster acenava para mim, gesticulando que me aproximasse, mas a trouxa aos seus pés permaneceu imóvel, mesmo quando me ajoelhei ao seu lado e a cutuquei com cautela. Devagarinho, com as mãos trêmulas, puxei o pano escuro que a cobria.

Dei de cara com pelos, um focinho e uma língua rosada e comprida. Era um cachorro, o cadáver de um cachorro. Ergui a cabeça e descobri que Webster começara a se afastar para me deixar sozinho na praia.

— Sr. Webster? — chamei. — O que significa isso?

Estava quase em pé quando fui distraído por uma sensação ardente. Passei a mão no rosto e meus dedos se encheram de areia negra. Os grãos se moviam ao meu redor, mudando de lugar. Figuras surgiam e desapareciam, formando colunas que mantinham seus contornos por um instante antes de se desintegrarem em nuvens escuras. Eram quase humanas, a não ser por serem estranhamente encurvadas, com as feições escondidas por cabelos desgrenhados. Julguei ter visto chifres despontarem em suas cabeças, como tumores tortos e deformados que davam a volta no crânio e terminavam perto do pescoço. Os sussurros começaram. Dei-me conta de que não ouvira uma língua desconhecida nas noites anteriores, e sim o ruído causado pelo movimento da areia, pelos grãos roçando uns nos outros, reconstituindo-se em bizarras configurações, unindo-se por alguns instantes para criar formas antigas e perdidas.

Àquela altura, Webster corria em direção às dunas e à laje que se erguia no promontório, com a lamparina erguida para não tropeçar em algas marinhas. Fui atrás dele, pisando com dificuldade no terreno esponjoso. Por trás de mim, senti uma forma se erguer bem alto. A areia entrou em meus olhos e minha boca, como se dedos arenosos cobrissem minha face. Cuspi a areia e limpei o rosto com a manga do casaco, mas não olhei para trás nem parei de correr.

Webster começara a se cansar. Ganhei distância, mas não conseguiria alcançá-lo antes que chegasse às dunas. Aguardei até estar a dois ou três metros dele e atirei a vara com toda a força. Acertei em cheio na nuca. Ele desabou e deixou cair a lamparina, derramando o óleo, que logo pegou fogo, iluminando a praia. À luz das chamas, vi seus olhos se arregalarem, mas ele não olhava para mim, e sim para algo às minhas costas. Tentou se levantar, mas dei um chute que o pegou de raspão. Webster tombou de novo, e eu passei por ele, sentindo os pés deslizarem na areia mais fina das dunas. Agarrei-me na grama na orla da praia e olhei para as areias negras.

— Você não tem para onde fugir — gritou Webster. — Esses são os deuses antigos, os deuses de verdade.

Ele se levantou e tirou a areia das roupas. Parecia preocupado com as figuras que se aproximavam, mas não com medo.

— Aceite — disse ele. — É o seu destino.

— Não — gritei de volta. — Não é o meu destino e esses não são os meus deuses.

Tirei minha estola embrulhada do bolso e a mostrei para ele.

— Verifique os seus bolsos, sr. Webster. Acho que vai sentir falta de alguma coisa.

No momento em que se deu conta do que estava acontecendo, Webster foi cercado por cinco ou seis colunas de grãos em torvelinho. Vi quando tentou se libertar, mas a intensidade dos redemoinhos aumentou e o sobrepujou, enchendo seus olhos de areia. De repente, as colunas desapareceram. O movimento cessou. O vulto esquelético de Webster ficou recortado em silhueta contra a luz das chamas que se apagavam. Ele ergueu a cabeça, hesitante, e olhou para mim. Estendeu a mão. Por instinto, estendi a minha também. Não importa o que tivesse tramado, eu não poderia deixá-lo em perigo.

Nossos dedos estavam quase se tocando quando uma figura surgiu aos seus pés. Uma forma oval se ergueu da areia, com dois buracos no meio, como as órbitas de olhos encovados. Um nariz em decomposição se destacava entre elas, ladeado por zigomas proeminentes. Uma mandíbula se abriu ao redor de Webster. Vislumbrei os lábios que se formaram e o que parecia ser uma espécie de língua, todos formados pela areia escura. Webster olhou para baixo e deu um grito, mas a criatura começou a engoli-lo. Ele bateu na figura e tentou se agarrar ao solo, mas não demorou a submergir até o peito, e depois até o pescoço. Tentou gritar pela última vez, mas qualquer som que tenha emitido foi abafado pelos grãos que lhe invadiram a boca quando sua cabeça desapareceu sob a areia.

Depois disso, o rosto se desmanchou. Deixou apenas uma depressão rasa no local onde o buraco engolira a vida de um homem.

Não há salvação sem sacrifício. O próprio Deus nos enviou Seu filho para nos provar a autenticidade dessa lição, mas muitos só aprendem quando é tarde demais. Uma escavação arqueológica conduzida no sítio onde se erguia o altar revelou uma pilha de ossos que datavam desde antes do nascimento de Jesus Cristo até a fundação do vilarejo. Serviam como oferenda aos deuses exóticos adorados por aqueles ancestrais.

A capela em Black Sands tornou a ficar vazia, e o vilarejo ganhou um novo líder. Uma bomba alemã caiu na praia em 1941, mas não explodiu e foi tragada pela areia. Nunca foi encontrada. Se a areia foi capaz de afundar uma bomba, dizia-se, que dirá uma pessoa? Por isso, uma cerca de arame farpado foi erguida ao redor da praia e sinais de alerta foram plantados para advertir os visitantes a manter distância.

Webster estava errado: deuses antigos não são facilmente esquecidos. Às vezes, o vento sopra na costa desolada e faz com que figuras se ergam na praia, fantasmas de areia que tomam forma por alguns instantes antes de desmoronar no chão. Pode ser que leve anos, até mesmo décadas, para que o processo se complete, mas eles vão ter sucesso.

Porque, de forma lenta mas segura, já começaram a enterrar os sinais de alerta.

Crianças, às vezes, se perdem

Os circos raramente visitavam as cidadezinhas do Norte. Elas eram dispersas demais e seus moradores, pobres demais, para justificar o transporte de pessoas, animais e estandes por estradas malconservadas em troca de espetáculos que mal cobririam os custos. As cores vívidas dos veículos circenses pareciam deslocadas ao se refletirem nas poças cheias de água de chuva desses lugares. A própria lona perdia um pouco de sua força e vitalidade em contraste com as nuvens acinzentadas e a garoa incessante.

De vez em quando, alguma esquecida estrela da televisão passava por lá com um show itinerante de humor. Ou, então, um músico que só conseguira emplacar um sucesso nos anos setenta fazia de tudo para encher uma das sinistras e claustrofóbicas boates que surgiam clandestinamente nas periferias um pouco mais prósperas. Mas circo que é bom, nada. William não se lembrava da passagem de um circo sequer na cidadezinha em que morara durante seus dez longos anos de vida, embora seus pais jurassem que um deles estivera lá no ano de seu nascimento. De fato, sua mãe dizia ter sentido William dar um chute dentro de sua barriga quando os palhaços apareceram, como se ele tivesse consciência do que se passava fora de seu mundinho vermelho. Desde então, nenhuma lona se erguera no grande descampado diante da floresta. Nenhum leão zanzara por lá e nenhum elefante bramira. Nada de trapezistas, nada de mestre de cerimônias.

Nada de palhaços.

William tinha poucos amigos. Havia algo a seu respeito que afastava os colegas. Talvez fosse sua ânsia de agradar, que escondia um aspecto mais sombrio e preocupante. Ele passava quase todo o tempo livre sozinho. A escola era uma corda-bamba entre a vontade de ser notado e o desejo profundo de evitar o bullying que tal atenção despertaria. Pequeno e fraco,

William não era páreo para seus carrascos e desenvolvera estratégias para apaziguá-los. Na maioria das vezes, tentava fazê-los rir.

Na maioria das vezes, falhava.

Ele tinha poucas alegrias na vida, por isso foi com surpresa e deleite que reagiu ao ver os primeiros pôsteres surgirem em vitrines e postes da cidadezinha, com suas cores jorrando pelas ruas cinzentas. Eram alaranjados, amarelos, verdes e azuis. No centro de cada um deles, estampava-se a figura do mestre de cerimônias, de roupa vermelha e cartola, com um bigode que se enrolava nas pontas como a concha de um caracol. Estava cercado de animais — leões, tigres e até ursos, minha nossa! —, equilibristas em pernas de pau e moças de uniforme decorado com lantejoulas que planavam graciosamente no ar. Os palhaços ocupavam os cantos, com o nariz redondo e o sorriso pintado. Os pôsteres prometiam um parquinho de diversões e uma quermesse, além de façanhas nunca vistas em uma lona. "Diretamente da Europa", anunciavam, "Única Apresentação do Circo Caliban!". O espetáculo estava marcado para a noite de nove de dezembro, justamente no dia em que William completaria dez anos.

Em poucos minutos, ele descobriu o paradeiro dos responsáveis pela distribuição dos pôsteres. Encontrou-os em um beco, usando uma escadinha para colar os anúncios do grande espetáculo. As rajadas de vento frio do norte ameaçavam carregar o anão de uniforme amarelo que oscilava no alto da escada enquanto tentava colar dois pôsteres ao redor de um poste. Um Hércules trajando capa de vinil e um homem magro de paletó vermelho seguravam a escada. O menino ficou sentado em sua bicicleta, observando-os em silêncio, até que o homem de paletó vermelho virou o rosto em sua direção. William reconheceu o bigode ondulado sobre os lábios cor-de-rosa.

O mestre de cerimônias sorriu.

— Você gosta de circo? — perguntou, em voz grave e com um sotaque engraçado.

William assentiu, boquiaberto.

— Você é mudo? — insistiu o mestre de cerimônias.

O menino recuperou a fala.

— Gosto de circo. Pelo menos, acho que gosto. Nunca fui.

O mestre de cerimônias recuou, fingindo surpresa. O anão perdeu o equilíbrio e só não se estatelou no chão porque o Hércules segurou com mais força a escada.

— Você nunca foi ao circo? Ah, mas precisa ir. Não pode deixar de ir.

Do bolso do paletó vermelho, ele tirou três ingressos e os entregou a William.

— Um para você, outro para a sua mãe e outro para o seu pai. Única apresentação. Circo Caliban.

William apanhou os ingressos e os segurou com firmeza, indeciso sobre onde guardá-los.

— Obrigado — disse.

— De nada.

— Tem palhaços? — perguntou William. — Vi palhaços no pôster, mas queria ter certeza.

O Hércules ficou olhando em silêncio para ele, e o anão no topo da escada deu um sorriso maroto. O mestre de cerimônias se inclinou para a frente e segurou William pelo ombro. Por um instante, o menino sentiu uma pontada de dor, como se as unhas afiadas do homem fossem agulhas perfurando sua pele e injetassem substâncias tóxicas em seu organismo.

— Sempre tem palhaços — disse o mestre de cerimônias, e William achou que seu hálito era muito cheiroso. Recendia a balas de hortelã, jujubas e bombons sortidos, tudo misturado. — Sem palhaços, não seria um circo.

Largou William e, depois que o anão desceu da escada, os três homens saíram em busca de outros postes em outras ruas. Afinal de contas, fariam uma única apresentação na cidadezinha e ainda tinham muito trabalho pela frente para fazer daquela uma noite muito especial.

A cidadezinha se encheu de artistas circenses durante a semana seguinte. Os estandes da quermesse e os aparelhos do parquinho foram montados. O local cheirava a bicho. Grupos de crianças se aglomeravam à beira do descampado para ver o circo tomar forma, embora não passassem do muro. Tinham sido avisados de que os animais eram perigosos e foram convencidos de que não deveriam estragar a surpresa. William procurou pelos palhaços, mas não avistou nenhum. Imaginou que se parecessem com pessoas comuns até se maquiarem, calçarem aqueles sapatos enormes e vestirem aquelas perucas engraçadas. Antes disso, eram gente como a gente. Antes de se arrumarem e nos matarem de rir, eram apenas homens, e não palhaços.

Na noite do espetáculo, com a barriga ainda cheia de bolo de aniversário e refrigerante, William foi levado pela mãe e o pai à cidadezinha, onde estacionaram diante do grande descampado. Viera gente de toda parte para ver o circo. Ao lado do trailer que servia de bilheteria, dependurava-se uma placa dizendo "lotação esgotada". William observou que os adultos portavam ingressos amarelos, mas os que recebera do mestre de cerimônias eram azuis. Pelo visto, ninguém mais tinha ingressos daquela cor. Vai ver o mestre de cerimônias não podia se dar ao luxo de sair distribuindo ingressos de cortesia para uma única apresentação.

A lona erguia-se no centro do descampado. Era preta, com detalhes vermelhos, e tinha uma bandeira solitária, também vermelha, no mastro. Por trás dela, espalhavam-se os trailers dos artistas, as jaulas dos animais e os veículos usados para transportar o circo de uma cidade para outra. A maioria desses veículos parecia muito antiga, como se o circo tivesse dado um jeito de se transportar do meio de um século para o começo do seguinte, viajando através do tempo e do espaço, com seus animais envelhecendo, mas sem mudar de aparência, e seus trapezistas já muito idosos, mas abençoados com o físico de pessoas mais jovens. William notou a ferrugem nas grades da jaula vazia dos leões e, por uma porta entreaberta, vislumbrou o interior de um dos trailers, todo forrado de veludo vermelho e madeira de lei escura. Uma mulher avistou o menino e fechou a porta, mas não antes que ele visse rapidamente as outras pessoas lá dentro: um gordo carrancudo, cujo corpo nu se refletia em um espelho, estava sendo banhado à luz de velas por uma moça que trajava apenas uma minúscula combinação. Por um instante, o olhar de William e o da moça se cruzaram, enquanto ela corria as mãos pelo corpo do homem mais velho. Quando a porta se fechou, o menino foi invadido por um sentimento de nojo, até então desconhecido, como se tivesse sido cúmplice na execução de algum tipo de crime.

Seguiu os pais em meio aos estandes da quermesse e os aparelhos do parquinho de diversão. Havia barracas de tiro ao alvo e arremesso de argolas, jogos de habilidade e jogos de azar. Os homens e as mulheres nos estandes atraíam os transeuntes com a promessa de prêmios maravilhosos, mas William não viu ninguém carregando um dos elefantes ou ursinhos de pelúcia enfileirados nas prateleiras mais altas das barracas, com os olhos de vidro brilhando sem vida. Na verdade, o menino não viu ninguém ganhar prêmio algum. Mesmo quem se considerava perito em tiro ao alvo sempre errava a mira. Os dardos ricocheteavam no alvo e as argolas se recusavam a se encaixar ao redor dos aquários com peixinhos dourados. Tudo o que William percebia eram decepções e promessas desfeitas. Quase dava para notar os sorrisos murchando e ouvir o choro de crianças infelizes carregado pela brisa. Os feirantes trocavam olhares e sorrisinhos cruéis enquanto chamavam os recém-chegados, aqueles que ainda tinham esperanças de sucesso.

William não se deu conta de ter se afastado dos pais. Um minuto antes, estavam ao lado dele, no seguinte, era como se o circo inteiro tivesse girado, movendo-se silenciosamente em um grande círculo, fazendo com que William não estivesse mais em meio aos estandes e aparelhos, e sim no limite externo do local onde se situavam os trailers dos artistas. Ele conseguiu discernir as luzes da quermesse e escutar o alvoroço das crianças no carrossel, mas sua visão estava bloqueada por veículos e tendas. Pareciam mais sujos e desgastados do que os situados perto da lona. As tendas tinham sido remendadas várias vezes, e as laterais dos trailers começavam a enferrujar. Havia poças de xixi no chão, e um cheiro ruim de fritura empestava o ar.

Hesitante, e com um pouco de medo, William começou a se encaminhar ao encontro dos pais, passando por cima dos cabos de reboque dos trailers, até chegar a uma tenda amarela, erguida longe das outras. Diante dela, havia um calhambeque vermelho decorado com balões, com rodas de tamanhos diferentes e assentos postos sobre molas gigantescas. O menino escutou vozes vindas de dentro da tenda e descobriu que encontrara os palhaços. Aproximou-se na ponta dos pés e se deitou de bruços para olhar por baixo da tenda. Tinha certeza de que seria mandado embora se o vissem, e continuaria sem saber nada sobre eles.

William avistou penteadeiras surradas com espelhos iluminados, cujas lâmpadas eram alimentadas por um gerador barulhento e fora de vista. Quatro homens sentavam-se às penteadeiras, trajando fantasias roxas e verdes, amarelas e alaranjadas. Calçavam sapatos enormes e eram carecas, mas não estavam maquiados. O menino ficou ligeiramente decepcionado. Não passavam de homens comuns. Ainda não eram palhaços.

Sob as vistas do menino, um dos homens apanhou um pano e o embebeu no líquido contido em um frasco preto. De mau humor, olhou-se no espelho e passou o pano no rosto. No mesmo instante, uma linha branca e a borda de uma grande boca vermelha ficaram à mostra. O homem se limpou de novo, com mais força, e bochechas circulares apareceram. Por fim, escondeu o rosto no pano e esfregou-o furiosamente. O pano ficou manchado de tinta cor da pele, e um palhaço se refletiu no espelho. Os outros homens faziam o mesmo, retirando a maquiagem que escondia o rosto de palhaço que tinham por baixo.

Seus rostos, porém, não eram nem um pouco engraçados ou simpáticos. Mas é verdade que se pareciam, sim, com palhaços. Ostentavam a boca larga e sorridente, desenhos ovais ao redor dos olhos e grandes círculos vermelhos nas bochechas, mas tinham os globos oculares amarelos e a pele enrugada e enferma. Suas mãos, muito brancas, fizeram William pensar em salsichas de má qualidade e em massa crua de pão. Os palhaços se moviam com lentidão e falavam em uma língua que o menino nunca ouvira antes, mais para si mesmos do que um para o outro. O dialeto parecia muito antigo e exótico, e William começou a ficar com medo. Uma voz em sua cabeça ecoava o que os palhaços diziam, como se um intérprete cochichasse em seu ouvido.

Crianças, disse a voz. *Nós as detestamos. Serezinhos asquerosos. Acham graça do que não entendem. Acham graça do que deveriam ter medo. Ah, mas nós sabemos. Sabemos o que o circo esconde. Sabemos o que todo circo esconde. Crianças nojentas. Nós as fazemos rir, mas quando podemos...*

Nós as pegamos!

Naquele momento, o palhaço mais próximo se virou para encarar William. O menino sentiu mãos úmidas agarrarem as suas e foi arrastado por baixo da lona para dentro da tenda. Dois palhaços, que até então ele não tinha visto, ajoelharam-se e o seguraram no chão. William tentou gritar por socorro, mas um dos palhaços tapou sua boca com a mão.

— Calma, criança — disse ele, e, embora falasse naquela língua desconhecida, William entendeu cada palavra.

A boca pintada do palhaço sorriu, mas a sua outra boca, a *verdadeira*, continuou séria. Os outros palhaços se aglomeraram ao redor do menino. Alguns ainda estavam com um pouco da maquiagem cor de pele no rosto, fazendo com que parecessem em parte humanos e em parte outra coisa. Suas íris eram completamente negras e tinham as órbitas circundadas por carne vermelha. Um deles, que vestira uma peruca alaranjada, aproximou o rosto do de William e cheirou a pele do menino. Abriu a boca, deixando à mostra dentes muito brancos, muito finos e muito afiados. Curvavam-se para dentro nas pontas, como ganchos, e William viu os grandes espaços de gengiva vermelha entre eles. A língua roxa e comprida do palhaço emergiu, coberta de farpas minúsculas. Desenrolou-se lentamente, como um apito de papel. A língua lambeu William, provando suas lágrimas. Para o menino, foi como se alguém tivesse esfregado um cacto em seu rosto. O palhaço se afastou um pouco, aprontando a língua para lamber de novo, mas um palhaço de peruca azul, mais forte e mais alto que os outros, segurou a língua do colega entre o polegar e o indicador, apertando com tanta força que suas unhas curtas e deformadas perfuraram o músculo e um líquido amarelo pingou da ferida.

— Vejam só! — disse ele.

Os outros palhaços se aproximaram. William vislumbrou uma listra rosada na boca do palhaço alaranjado antes que o colega a soltasse e ela voltasse, com um estalo, para dentro da boca do dono. O palhaço azul levantou o dedo para que o menino visse o que tinha nele.

Parecia algum cosmético cor-de-rosa.

No mesmo instante, William foi erguido do chão e obrigado a sentar-se na cadeira diante de uma das penteadeiras. Alguém enfiou um lenço em sua boca. O menino se debateu e tentou gritar, mas o lenço abafou o som e os palhaços o mantiveram preso no lugar. Ele sentiu mãos nos ombros, nas pernas, em cima da cabeça e por baixo do queixo, fechando sua boca.

Os palhaços caíram sobre William, cada qual desdobrando sua língua comprida para fora. O hálito deles fedia a álcool e tabaco. O menino sentiu as línguas lambendo seu rosto, arranhando as pálpebras e as bochechas com as farpas minúsculas, devassando as orelhas, os lábios e as narinas, deixando suas feições cobertas de saliva. William cerrou os olhos assim que sua pele começou a arder, como se tivesse o rosto friccionado por urtigas. Quando achou que não aguentaria mais, os palhaços pararam. Ficaram olhando para ele, dessa vez com sorrisos de verdade por baixo dos pintados, e recolheram a língua para dentro da boca, como um animal para dentro da jaula. Recuaram para que William se visse no espelho.

No reflexo, outro William retribuiu seu olhar. Era pálido, de olhos amarelados e bochechas rosadas, com um sorriso fixo no rosto. O palhaço azul passou a mão com delicadeza na cabeça do menino, arrancando um tufo de cabelos pretos, que ficara preso em seus dedos. Os outros seguiram seu exemplo, passando as unhas afiadas no couro cabeludo de William, até não restar nada em sua cabeça além de uns fiapos. O menino franziu o rosto e as lágrimas escorreram em abundância por suas faces, fazendo com que ele parecesse estar rindo enquanto chorava. Chorou mais do que jamais chorara antes. Chorou por tudo o que perdera e que nunca mais seria seu.

— Quero a minha mãe — choramingou William. — Quero o meu pai.

— Não precisa — retrucou o palhaço azul. Seu sotaque era carregado e exótico, como o do mestre de cerimônias. Era muito velho. — Não precisa mais de família. Nova família, agora.

— Por que vocês estão fazendo isso comigo? — perguntou William. — Por que fizeram isso com o meu rosto?

— Fizemos? — perguntou o palhaço azul, parecendo realmente surpreso. — O que fizemos? Fizemos nada. Palhaço não se ensina. Palhaço escolhido no útero da mãe. Palhaço não se torna: Palhaço é. Ninguém aprende a ser Palhaço. *Nasce* Palhaço.

. . .

O espetáculo prosseguiu naquela noite, enquanto os pais de William procuravam por ele até a polícia chegar. Gargalhadas foram ouvidas sob a lona quando os palhaços entraram no picadeiro em seu calhambeque animado e distribuíram balões para a criançada, aquela odiosa criançada, e, quando foram embora, deixaram um sorriso no rosto de quase todas as pessoas na plateia, menos no das crianças mais inteligentes. Elas sentiam que os palhaços escondiam alguma coisa por trás das fantasias coloridas, dos carros engraçados e dos pés enormes. Quem fosse esperto não acharia graça deles, não se meteria com eles e jamais tentaria espioná-los, porque palhaços são seres solitários e raivosos, que desejam compartilhar sua miséria. Estão sempre atrás de novos palhaços para juntarem-se a eles.

O circo Caliban partiu no dia seguinte, sem deixar vestígios de que passara pela cidadezinha. A polícia organizou buscas, mas William nunca foi encontrado, e um novo palhaço passou a fazer parte do elenco quando o circo se apresentou à beira da floresta em um país muito distante, muito longe daquele. Ele era menor que os outros e parecia estar sempre procurando pelos pais em meio à plateia risonha, como se ainda tivesse esperança de ser encontrado, mas eles nunca estavam lá.

Com o tempo, seus dentes caíram e foram substituídos por outros mais brancos e afiados, com formato de gancho, que ficavam escondidos por jaquetas de plástico. Suas unhas apodreceram, deixando-o com cotos amarelados e duros na ponta dos dedos pálidos e macios. Ele ficou alto e forte, até que um dia esqueceu seu nome e se tornou apenas "Palhaço", e que grande palhaço ele era. Sua língua cresceu como uma cobra. Quando as crianças achavam graça, ele sentia o gosto delas na língua, pois os palhaços são sempre esfomeados, tristes e sentem inveja dos seres humanos. Viajam de cidade em cidade em busca de vítimas, sempre à espera dos bebês que dão chutes na barriga da mãe e sempre voltando para buscá-los.

Porque ninguém aprende a ser palhaço.

Nasce Palhaço.

Verde escuro e profundo

Nunca deveríamos ter sequer chegado perto de Baal's Pond. Seria melhor termos mantido distância, como nos avisaram, como sempre nos avisaram, mas os rapazes sempre andarão atrás das moças e farão suas vontades. É assim que as coisas funcionam e assim que sempre funcionarão. A compreensão tardia é pior que a cegueira, e o prazer e o pesar caminham de mãos dadas.

Assim fomos até lá, Catherine e eu, cego pela promessa em seus olhos, surdo pelas exigências de meus próprios anseios. Eu era jovem. Não sabia o que esses anseios poderiam gerar. Como poderiam ser transformados, modificados, degradados.

Como poderiam ganhar forma no ser que habitava Baal's Pond.

Penso sempre em Catherine, agora que o dia de minha morte se aproxima. Descubro-me contemplando meu reflexo na superfície do lago que há perto de casa. Jogo uma pedra e observo meu rosto se desfazer em ondas. Meu semblante se multiplica rapidamente enquanto volto aos últimos dias que passei com ela. Anda cada vez mais difícil ir embora. Desde que ela morreu, parte de mim se perdeu para sempre em águas escuras. A dor causada pela doença que me devora as entranhas é implacável, mas não estou disposto a esperar que meu corpo me traia. Em vez disso, vou me juntar a ela nas profundezas, torcendo para que venha me buscar, colando os lábios nos meus enquanto dou meu último suspiro. Passei tantos anos lamentando sua perda, que a ideia de reencontrá-la é quase insuportável.

Relacionei-me com outras mulheres depois de Catherine, embora nenhuma tenha passado muito tempo comigo. Nunca fiquei completamente arrasado quando partiam. Na verdade, descobri que sentia medo delas, por isso nunca consegui me abrir totalmente. Tinha medo de seus desejos, de sua voracidade, da capacidade que tinham de atrair os homens para dentro delas e fazer com que se perdessem na promessa de suas carnes. Não é uma confissão terrível para ser feita por um representante do sexo masculino? Às vezes, acho que é. Outras, contudo, acredito que eu seja apenas mais honesto que os outros. Meus olhos se abriram, e vislumbrei o verme que se enrosca na maçã da tentação.

Por isso estou vivo e Catherine, morta. Seu corpo nunca será encontrado. Jaz no fundo de Baal's Pond, em suas profundezas envenenadas, lá embaixo, onde tudo é verde.

Um verde escuro e profundo.

Sempre houve algo estranho a respeito daquele lugar. Há muito tempo — tanto tempo que nenhum dos responsáveis, nem seus filhos, nem os filhos de seus filhos, continuam vivos para contar a história —, o curso do rio foi desviado para um pequeno vale. De algum modo — alguns dizem que com barris de pólvora roubados —, um trecho da ribanceira foi detonado e as águas correram morro abaixo para dentro do vale, inundando-o completamente antes que o rio retomasse seu curso, cerca de um quilômetro mais à frente. Os moradores de povoados distantes se reuniram para testemunhar o evento. Os únicos sons que se ouviam antes que a pólvora explodisse eram os de preces sussurradas e de contas de rosários, além do ruído abafado de correntes, vindo de uma cabana lá embaixo no vale, onde uma criatura tentava desesperadamente se libertar.

Os que se reuniram ali, escutando e rezando, haviam perdido filhos para o ser que se encontrava preso na cabana. A criatura seduzira crianças com as cores maravilhosas das flores plantadas em seu jardim, que emanavam um perfume incomum e intoxicante. Como moscas atraídas por uma planta carnívora, elas atravessavam o portãozinho de madeira e morriam vitimadas por desejos estranhos que não conseguiam compreender. Depois, seus corpos eram enterrados no jardim, e as flores cresciam com viço redobrado.

Reza a lenda que, quando as preces cessaram, alguém acendeu um pavio e uma grande massa de terra explodiu pelo ar. As águas do rio se lançaram pela brecha na ribanceira e inundaram o vale. O que quer que houvesse lá embaixo — animais, insetos, árvores e plantas, qualquer ser vivo — pereceu naquele dia em uma torrente lamacenta.

Ou assim esperava-se. Hoje, o lugar que batizaram de Baal's Pond é mais profundo do que qualquer outro trecho do rio. Os raios de sol não penetram até o fundo, e nenhum peixe nada em suas águas, tão escuras que chegam quase a ser negras como piche. É diferente até mesmo ao tato, viscosa a ponto de escorrer como mel por entre os dedos. Nada pode sobreviver naquele ambiente. E eu continuo a achar que nada vive lá no fundo.

Pois o que quer que ali habite não está vivo.

Existe, mas não está vivo.

Eu tinha dezesseis anos na manhã em que fomos lá pela última vez, Catherine e eu. Ela também tinha dezesseis, mas era tão mais madura que a diferença entre nós parecia ser de anos. Sentia-me desajeitado e incapaz em sua presença. Agora sei que já estava apaixonado por ela, pelo que era e pela promessa do que viria a ser. Ela ficou parada à margem daquele lugar sinistro e seu brilho parecia zombar da escuridão que a cercava. Seus cabelos louros estavam soltos e caíam sobre os ombros e as costas. Sua pele bronzeada incandescia à luz do sol. Quando olhei para as águas, entretanto, não vi seu reflexo na superfície, como se já tivesse sido devorada pelo negrume.

Voltou-se para mim enquanto se despia.

— Está com medo? — perguntou.

Eu estava, sim. Com medo da placidez das águas. Deveriam acompanhar a velocidade do fluxo que jorrava do terreno elevado logo acima, mas isso não acontecia. Havia algo de preguiçoso no modo que corriam, algo de letárgico. No trecho seguinte, onde o vale inundado terminava e a encosta do morro começava, o rio recuperava um pouco da energia perdida, mas era como se as águas se contaminassem ao passar por Baal's Pond, onde os raios de sol revelavam uma fina película oleosa na superfície.

Eu tinha medo, também, do que nossos pais diriam se soubesse que tínhamos ido até lá, se descobrissem o que tínhamos planejado e meus pensamentos em relação a ela. E isso, por sua vez, estava relacionado ao que mais me amedrontava: a própria Catherine. Eu a desejava muito, loucamente. Sentia um frio na barriga sempre que a via. Naquele instante, vendo-a nua pela primeira vez, precisei me esforçar muito para não tremer. Balancei a cabeça.

— Não estou com medo — respondi.

Em pensamentos, revivi fantasias da vida que poderíamos ter, de casamento e filhos, de amor, do toque de sua pele contra a minha. Já havíamos nos beijado antes, Catherine e eu, e senti seu gosto na boca antes que ela me empurrasse, achando graça. A cada beijo, ela cedia um pouco mais, ria um pouco menos e respirava cada vez mais depressa.

E eu vivia e morria a cada beijo.

— Tem certeza?

Ela me olhou por cima do ombro. Sorria, e seu sorriso transmitia a promessa de sempre. Sabia o que eu estava pensando. Sempre sabia. Deu uma risadinha, prendeu a respiração e pulou. Não houve sequer um respingo. A superfície da lagoa simplesmente se abriu para deixá-la entrar e depois se fechou sobre ela. Nem uma onda se formou, e o fluxo da água permaneceu inalterado.

Não a segui. Olhei para aquela poça negra e perdi a coragem. Fiquei esperando, trêmulo, sentindo a grama espetar meus pés e o vento gelar minha pele. Desejei ardentemente que emergisse logo, com sua risada sedutora e seu olhar irresistível.

Mas ela não voltou. Segundos se passaram, e logo um minuto inteiro. Fiquei olhando para a lagoa, na expectativa de vislumbrar sua silhueta dourada sob a superfície, mas não vi nada. Não se ouvia o canto de pássaros naquele lugar, nem mesmo o zunido de insetos. Lembrei-me das advertências, das lendas antigas. Outras pessoas haviam mergulhado naquelas águas, e algumas nunca mais foram vistas. As margens do rio foram vasculhadas na esperança de que as águas devolvessem os corpos, mas eles nunca foram encontrados. Depois disso, apenas os mais corajosos ou imprudentes iam até lá: rapazes torcendo para que suas demonstrações de vigor juvenil fossem recompensadas com um beijo, quem sabe até mais que isso. E quando chegava a hora de irem embora, de mãos dadas com suas amadas, juravam a si mesmos que nunca mais voltariam. Sabiam que tinham sido sortudos e que outros não deram tanta sorte assim.

Por fim, meu amor sobrepujou o medo. Fechei os olhos e a segui nas profundezas.

A água estava incrivelmente fria — tão fria que pensei que meu coração fosse congelar e parar de bater dentro do peito — e era tão densa que tive dificuldade de nadar. Olhei para cima e não avistei o sol, mas havia uma espécie de iluminação ao meu redor. Conseguia ver minhas mãos, mas estavam iluminadas por baixo, não por cima. Corrigi minha posição, ficando de frente para o leito do rio, e bati as pernas com força em direção à fonte da luz.

Havia uma casa no fundo da lagoa.

Era feita de pedra, tinha duas janelas, uma de cada lado da porta, e um telhado que antigamente devia ter sido coberto de palha, mas que naquele momento não passava de uma série de ripas e vigas. As ruínas de uma parede baixa de pedra circundavam o que deveria ter sido o jardim, com uma lacuna no lugar do portão. Uma chaminé em ruínas apontava para cima como um dedo acusatório contra o mundo claro e azul, que não se avistava dali. A luz provinha de uma das janelas e se movia lentamente de um lado para o outro, como se pertencesse a alguém que estivesse preso e que, como um animal enjaulado, expressasse sua loucura pelo movimento contínuo. Ao redor da casa, cresciam algas compridas e volumosas, com cinco a seis metros de comprimento, que flutuavam suavemente ao sabor da correnteza. Eu nunca vira nada parecido antes. O modo como se mexiam me deixou preocupado. Levei apenas alguns segundos para entender a razão.

Elas não estavam se movendo ao sabor da correnteza. Mexiam-se de forma independente, buscando, sondando, expandindo-se pelas águas escuras como os tentáculos de um grande monstro marinho caçando sua presa. Na ponta de uma dessas plantas, algo dourado se agitava, e um halo de cabelos foi subitamente iluminado por baixo. Catherine olhou para mim. Tinha as bochechas inchadas e prendia a respiração, tentando economizar o pouco de ar que lhe restava. Balançou a cabeça em desespero e me estendeu a mão, abrindo e fechando os dedos. Comecei a nadar até ela, mas a planta deu outra volta em seu corpo, fazendo com que ela rodopiasse e apertando-a ainda mais. Catherine abriu a boca, soltando um jorro de bolhas preciosas. Seus olhos se arregalaram e seus lábios pareceram formar meu nome no momento em que a água verde-escura a penetrou. Ela se debateu com mais intensidade, agarrando a planta em um último esforço para se livrar.

Mas logo seus pulmões se encheram de água, suas forças se exauriram e ela parou de se mexer ao se afogar. Ficou suspensa nas profundezas, com os braços e os olhos abertos, contemplando a eternidade.

Mesmo naquele instante, achei que ainda pudesse salvá-la, que de alguma forma conseguiria levá-la para a superfície e extrairia aquela água imunda de seu organismo, que lhe transmitiria a vida que pulsava em meu corpo e sentiria uma vez mais seu hálito em minha boca. Mas quando estava prestes a alcançá-la, ela começou a se afastar de mim. A princípio, julguei que se tratasse de ilusão de ótica, que a lagoa fosse apenas mais funda do que parecia, mas a casa continuava a aumentar de tamanho à medida que eu me aproximava, ao passo que Catherine se distanciava cada vez mais. Não pude fazer nada enquanto a planta a puxava para o fundo, até que ela entrasse pela porta com um último puxão. Foi então que me dei conta de que as algas não cresciam ao redor, e sim dentro, da casa.

A luz parou de se mexer por trás das janelas. Pelas ruínas do teto, vi Catherine presa ao leito do rio pela planta em volta de sua cintura. Ouvi o som abafado e distorcido de uma velha corrente se arrastando pelo solo pedregoso à medida que a luz se aproximava de Catherine, envolvendo seu corpo em um abraço. A luz começou a tomar forma. Surgiram braços e pernas magros e pálidos, com os músculos deteriorados e a pele solta sobre os ossos. Longos cabelos brancos se agitaram na água. A pele nua estava enrugada pelo fluxo implacável da correnteza e marcada por chagas vermelhas. Seios velhos de mulher, flácidos e sem vida, se espremeram contra a figura imóvel de minha amada Catherine quando a criatura se debruçou para beijá-la.

Eu estava quase alcançando o teto quando, pela primeira vez, o ser notou minha presença. Contorceu o corpo em minha direção, erguendo o rosto, e foi então que vi sua boca. Em lugar de lábios e dentes, encontrava-se o orifício sugador de uma lampreia, vermelho e intumescido de sangue. Abria-se e fechava-se, pulsante, como se a criatura já sentisse o gosto da menina que apanhara. Por cima da boca, olhos sem pálpebras me observaram, impassíveis, antes que o monstro fosse dominado pela fome e voltasse sua atenção para Catherine. Tentei arrancar uma das vigas do telhado para usá-la como arma, mas minhas forças estavam no fim e minha cabeça doía pelo esforço que fazia de prender a respiração. Tive certeza de que me restavam poucos segundos de ar, mas não ia deixar Catherine à mercê daquela criatura.

Assim que toquei a madeira, no entanto, percebi que algo se movia perto de mim. Avistei formas brancas no limite do meu campo de visão. Olhei para a esquerda e vi que a alga mais próxima estava enrolada nas pernas de um menino, como se o impedisse de chegar à superfície, mas ele já estava morto havia muito tempo. Círculos negros sombreavam seus olhos e as pontas dos ossos apareciam sob a pele, como facas. Seus lábios tinham sido feridos e machucados pela boca de lampreia quando a criatura dera seu beijo de despedida.

Por todo canto ao meu redor, meninos e meninas pairavam imóveis na água, ancorados pelas algas que emanavam da casa em ruínas. Alguns estavam nus, outros ainda tinham as roupas em farrapos grudadas no corpo. Seus cabelos flutuavam suavemente ao sabor da correnteza e seus braços se mexiam em uma grotesca imitação da vida. Estavam todos lá: todos os desaparecidos, todos os jovens mortos, suas sombras perdidas nas profundezas, aguardando para receber o próximo a engrossar suas fileiras.

Fui tomado por uma mistura de pena e de medo que me deixou boquiaberto. No mesmo instante, a água invadiu meu nariz e minha boca. Entrei em pânico e bati as pernas. Catherine foi esquecida na tentativa desesperada de salvar minha própria vida. Não queria morrer ali, tocado em meus últimos momentos pela criatura que habitava a casa velha antes de me juntar aos fantasmas de outros jovens nas águas daquele lugar.

Fui salvo pelo pânico. Senti algo rugoso roçar meu calcanhar quando a alga tentou me segurar, mas eu já estava a caminho da superfície. A luz no fundo do rio começou a esmorecer e a água escura invadiu meus pulmões no instante em que a claridade do céu explodiu sobre mim. A doçura do ar quase me fez perder os sentidos.

Por dois dias, dragaram o rio e esquadrinharam com varas o leito de Baal's Pond, mas não a encontraram. Ela estava perdida para nós — para mim. Desde então, mora em um lugar onde correm águas escuras e fantasmas de jovens pairam na correnteza, contemplando-a sem dizer nada. Ela ainda espera por mim, e não demorarei a ir ao seu encontro. Voltei lá diversas vezes, embora o terreno tenha sido cercado e os arredores semeados com urtigas e plantas venenosas para desencorajar os incautos. A superfície da lagoa continua a devorar a luz, e a criatura no fundo continua aguardando, andando de um lado para o outro, esfomeada, um ser de puro desejo, tanto na vida quanto na morte. Em seu mundo, existem apenas duas cores: vermelho, a cor dos lábios e da luxúria.

E verde.

Um verde escuro e profundo.

Srta. Froom, vampira

Para começo de conversa, é notório que a srta. Froom desfrutava uma excelente reputação por seu talento em jardinagem. Suas rosas eram invejadas por muitos oficiais aposentados das Forças Armadas que, depois de passarem a vida causando sofrimento aos outros, julgavam ter encontrado um modo de dar vazão aos seus até então inexplorados impulsos criativos. Por tradição, o ímpeto de cultivar rosas surge em indivíduos do sexo masculino apenas quando chegam ao outono de sua existência. Ímpeto geralmente encorajado por suas fatigadas esposas, já que os mantêm afastados de casa por longos períodos. É pouco conhecido o fato de que diversos senhores aposentados escaparam de mortes sangrentas nas mãos de suas mulheres pelo simples ato de apanhar uma tesoura de poda e sair em busca de solos mais férteis.

Mesmo que a perícia da srta. Froom se limitasse ao cultivo de rosas, ela já teria garantido um posto fixo no "quem é quem" da jardinagem na região. Mas a dama em questão também era responsável por abóboras magníficas, cenouras maravilhosas e repolhos com o esplendor sobrenatural de um pôr do sol extraterrestre. Na exposição anual em Broughton — que está para os entusiastas de jardinagem na comarca como o campeonato de Cruft para os donos de cães paparicados —, a srta. Froom era o parâmetro pelo qual se julgavam os outros concorrentes.

Por incrível que pareça, suas façanhas quase não despertavam inveja entre seus colegas do sexo masculino, o que pode ser atribuído, em boa parte, aos seus outros atrativos. Ninguém sabia ao certo sua idade, mas calculava-se que tivesse cinquenta e poucos anos. Seus cabelos eram nigérrimos, sem vestígios de fios grisalhos, o que levava as mulheres mais maldosas do vilarejo a insinuar que a cor só poderia ser natural se a paleta do bom Deus incluísse tons como Bruma da Meia-Noite ou Noite de Outono. Tinha a tez muito pálida, lábios grossos e olhos que alternavam entre o azul e o verde-escuro, dependendo da iluminação. Seu corpo era voluptuoso, embora costumasse trajar-se com discrição e raramente deixasse à mostra mais que o pescoço ebúrneo e um tiquinho do colo, comedimento que só fazia aumentar seu fascínio. Em suma, a srta. Froom era uma dessas mulheres das quais os homens falavam bem quando não estavam sendo vigiados pelas companheiras ciumentas. E da qual outras mulheres também falavam, nem sempre bem, embora algumas pudessem vir a compartilhar a admiração mais carnal exercida sobre o sexo oposto se fossem capazes de assumir para si mesmas tais sentimentos.

Quem passasse pela alameda situada atrás do chalé da srta. Froom, nos arredores do vilarejo, poderia ter a sorte de avistá-la no jardim, cavando e podando para manter a qualidade e a beleza de tudo o que plantava. Ela sempre recusava as ofertas que os homens faziam para ajudá-la, mesmo nas tarefas mais pesadas, alegando com um sorriso que os prêmios que porventura viesse a receber deveriam advir de seus próprios méritos, e aos de mais ninguém. Os cavalheiros a cumprimentavam com um toque no chapéu e iam cuidar de suas vidas, lamentando que lhes fosse mais uma vez negado o prazer de passar a tarde em companhia da adorabilíssima srta. Froom.

Por isso, eles se surpreenderiam se estivessem presentes quando ela acenou para um jovem que passava de bicicleta pela alameda atrás do jardim em uma tarde clara de primavera. O rapaz, que morava no vilarejo vizinho de Ashburnham e não era familiarizado com assuntos horticulturais — nem, portanto, com a reputação da srta. Froom —, parou e encostou a bicicleta no muro do jardim. O jovem, que se chamava Edward, precisou de alguns instantes para assimilar a aparência da mulher de calça bege e blusa branca que se apoiava em uma pá. Embora o sol brilhasse, o dia continuava frio, mas ela parecia não se importar com isso. Trazia os cabelos presos com displicência e tinha lábios muito vermelhos em contraste com a palidez da cútis. A mulher era simplesmente um nocaute, pensou Edward, levando-se em conta que tinha três décadas a mais que ele. Na verdade, suas feições eram vagamente familiares, e Edward achou que uma de suas fantasias mais íntimas dera um jeito de se materializar à sua frente, pois tinha certeza de que alguém com o rosto igualzinho ao dela ocupara sua imaginação de maneira bastante agradável em alguma ocasião no passado.

— Gostaria de saber se você está muito ocupado — disse ela. — Estou tentando cavar o solo para o plantio, mas acho que continua com um pouco de gelo do inverno.

Edward abriu o portão e entrou no jardim. Ao se aproximar da mulher, sentiu como se a beleza dela aumentasse, e ficou de queixo caído em sua presença. Os lábios da srta. Froom se abriram, permitindo que o rapaz admirasse seus dentes brancos e a pontinha rosada da língua. Ele tentou dizer alguma coisa, mas conseguiu apenas emitir um ruído rouco. Limpou a garganta e conseguiu articular uma frase com alguma coerência.

— Fico feliz em servi-la, madame. O prazer é meu.

Ela quase enrubesceu. Pelo menos, agiu como se estivesse envergonhada, embora apenas uma pitada de sangue tenha corado seu rosto, como se ela precisasse economizá-lo.

— Meu nome é srta. Froom, mas você pode me chamar de Laura. E ninguém me chama de "madame".

Laura era o nome de que Edward mais gostava, embora nunca tivesse se dado conta disso. Apresentou-se, e, cumpridas as formalidades, ela lhe entregou a pá.

— Não deve demorar muito — disse ela. — Espero não ter atrapalhado seus planos.

Edward assegurou-lhe que não. Àquela altura, nem se lembrava mais do que tinha ido fazer no vilarejo. O que quer que fosse ficaria para depois.

Assim, eles trabalharam, lado a lado, no jardim da srta. Froom, volta e meia compartilhando fatos sem importância sobre suas vidas, mas, na maior parte do tempo, calados. Edward não parava de pensar na mulher ali, tão perto dele, e no aroma sutil de lírios que dela emanava.

E quanto à srta. Froom?

Bem, basta dizer que ela também estava pensando em Edward.

Quando o sol começou a se pôr, a srta. Froom sugeriu que dessem o trabalho por encerrado e convidou Edward para tomar chá. Ele aceitou na hora. Estava prestes a se sentar à mesa da cozinha quando ela perguntou se ele não gostaria de lavar as mãos primeiro. Foi a vez de Edward ficar envergonhado, mas ela não lhe deu tempo de se desculpar. Levou-o pela mão até o andar de cima, para seu imaculado banheiro, e lhe entregou duas toalhas, uma de corpo e outra de rosto, além de um sabonete.

— Lembre-se — disse ela. — Lave até os cotovelos, e não se esqueça do rosto e do pescoço. Vai se sentir melhor depois.

Assim que ela saiu, o rapaz tirou a camisa e asseou-se com afinco. O sabonete tinha um cheiro esquisito, pensou, como o do chão de um hospital depois de ser desinfetado. No entanto, sem dúvida, era eficaz, porque, depois de se secar, ele se sentiu mais limpo do que nunca. A srta. Froom bateu à porta e, por estar entreaberta, entregou-lhe uma camisa branca e bem passada.

— Vista isso — disse ela. — Não adianta ficar limpo se a camisa está suja. Vou deixar a outra de molho enquanto lanchamos.

Edward achou o material um tanto desconfortável. Além disso, havia manchas cor de ferrugem nas mangas e na gola, mas, comparada à sua camisa velha, aquela parecia impecável. Verdade seja dita, sua camisa não estava exatamente limpa antes de ele aceitar o pedido de ajuda da srta. Froom, mas o rapaz torcia para que ela não tivesse reparado nisso e que atribuísse a sujeira ao trabalho no jardim, e não a um lapso de higiene de sua parte.

Quando voltou à cozinha, viu um arranjo de queijos e frios sobre a mesa. Também havia doces e biscoitos variados, além de uma grande torta de frutas que ainda fumegava ao sair do forno.

— A senhorita está esperando alguém?

Na verdade, Edward achava que ela deveria estar esperando vários alguéns. Nem os banquetes depois dos jogos de críquete em seu vilarejo eram tão suntuosos.

— Ah! Nunca se sabe quando pode aparecer uma visita.

Ela serviu chá para ele que, esfomeado, não fez cerimônias. Estava terminando seu terceiro sanduíche quando reparou que a mulher do outro lado da mesa não o acompanhava.

— Não está com fome?

— Tenho uma enfermidade que limita meu cardápio — explicou ela.

Edward achou melhor não insistir. Ignorava quase totalmente o funcionamento da anatomia feminina, mas aprendera com o pai que essa ignorância era cavalheiresca. Ficou sabendo que não havia nada pior para um homem do que meter o pé no campo minado conhecido como "problemas femininos". Resolveu seguir por um caminho menos perigoso.

— Linda casa — disse ele.
— Obrigada.

O silêncio voltou a imperar no ambiente. Edward, que não estava acostumado a tomar chá na cozinha de mulheres desconhecidas, ainda por cima usando a camisa dos outros, esforçou-se para não deixar a conversa morrer.

— A senhorita não... Hum... Quer dizer... Não é...
— Não — atalhou ela. — Não sou casada.
— Ah! Certo.

Ela sorriu para ele. O rapaz podia jurar que a temperatura na cozinha aumentara.

— Aceita um bolo? — perguntou ela, estendendo a bandeja de doces.

Edward escolheu uma tortinha de limão, que se desintegrou assim que deu a primeira mordida, enchendo-o de migalhas. A srta. Froom, que se levantara para servir mais chá, deixou a chaleira na mesa e limpou suavemente o peito da camisa do jovem com a palma da mão.

Ele quase engasgou.

— Vou pegar um copo d'água — disse ela, mas cambaleou ao se virar, como se estivesse preste a cair.

Edward se levantou no mesmo instante e a segurou pelos ombros, ajudando-a a sentar-se. Ela está mais pálida que antes, pensou, embora seus lábios estivessem ainda mais vermelhos.

— Desculpe — disse ela. — Venho me sentindo um pouco fraca ultimamente. O inverno foi difícil.

Edward perguntou se queria que ele chamasse um médico, mas ela não aceitou. Em vez disso, pediu que fosse até a geladeira e apanhasse a garrafa que estava ao lado da jarra de leite. O rapaz obedeceu. Ao abrir a porta, notou que a geladeira estava gelada de verdade e retornou à mesa com uma garrafa de vinho tinto.

— Pode me servir um pouco, por favor? — pediu ela.

Ao derramar o líquido na taça, Edward percebeu que era mais viscoso que vinho e que exalava um cheiro fraco, mas francamente desagradável, que o fez pensar no pátio de um açougue.

— O que é isso? — perguntou, enquanto a srta. Froom dava uma longa golada.

— Sangue de rato — respondeu ela, enxugando as gotas que escorreram pelo queixo.

Edward achou que tinha ouvido mal, mas o fedor que vinha da taça o convenceu do contrário.

— Sangue de rato? — disse ele, sem conseguir esconder o nojo. — Por que a senhorita está bebendo sangue de rato?

— Porque não tenho nada melhor no momento — disse ela, como se a resposta fosse óbvia. — Você acha que eu me contentaria com isso se tivesse algo de boa qualidade?

Edward se perguntou que trabalho daria comprar uma bebida mais gostosa do que sangue de roedores e chegou à conclusão de que não daria trabalho algum.

— Por que não toma, digamos, vinho?

— Bem, vinho não é sangue, não é mesmo, meu querido? — disse ela com doçura, no tom que os professores estão acostumados a usar com crianças mais lerdas, dessas que bebem a tinta do tinteiro e sempre calculam mal o tempo que levam para chegar ao banheiro.

— Mas por que precisa ser sangue? — perguntou o rapaz. — Quer dizer, não é o que as pessoas geralmente bebem.

A srta. Froom passara a bebericar delicadamente, mas com óbvio desagrado, o conteúdo da taça.

— Tem razão, mas é só o que *posso* tomar. É a única coisa que me alimenta. Sem isso, eu morreria. Qualquer sangue serve, na verdade, embora eu não seja chegada a sangue de cabra. O gosto é muito forte. E sangue de rato, claro, só em último caso.

Edward desabou na cadeira.

— Muita informação de uma vez só, não é? — disse ela, dando tapinhas nas costas da mão dele.

Sua pele era quase transparente. Edward teve a impressão de que podia ver os ossos através dela.

— Que tipo de pessoa bebe sangue? — perguntou ele, balançando a cabeça em aversão.

— Não uma "pessoa" — respondeu ela. — Acho que não posso mais me chamar assim. Há outra palavra para o que sou, mas não gosto de escutá-la. Tem conotações... *negativas*.

Edward precisou de alguns instantes para adivinhar a palavra. Não era muito esperto, mas fora justamente por isso que a srta. Froom gostara tanto dele.

— A palavra seria...?

Ela o interrompeu antes que ele a dissesse e encolheu-se um pouco na cadeira.

— Sim. Essa mesma.

Edward levantou-se, afastando-se rapidamente. Ficou o mais longe dela que foi possível, até perceber que havia se encurralado em um canto da cozinha.

— Fique longe de mim — disse ele.

Enfiou a mão por baixo da camisa e achou o crucifixo de prata que trazia pendurado em um cordão. Tinha menos de três centímetros, e ele se atrapalhou ao tentar segurá-lo entre o polegar e o indicador sem escondê-lo completamente.

— Ora, não seja tolo — disse a srta. Froom. — Não vou machucá-lo. E guarde essa cruz. Ela não serviria para nada, de qualquer modo.

O rapaz continuou com a mão estendida por alguns segundos. Depois, encabulado, guardou o crucifixo. Mesmo assim, manteve-se afastado da mulher, que se tornara ligeiramente ameaçadora, do outro lado da mesa. Passou a vista ao redor, em busca de algo que pudesse usar como arma caso ela o atacasse, mas o objeto mais pesado que encontrou foi a torta de frutas.

— Quer dizer que não é verdade o que dizem a respeito de cruzes e coisas assim? — perguntou.

— Não — respondeu com veemência a senhorita Froom, como se tivesse ficado ofendida com a pergunta.

— E quanto a só poderem sair à noite?
— Edward — disse ela, com paciência. — Acabamos de passar a tarde trabalhando no jardim.
— Ah, é verdade! Uma estaca no coração?
— Isso daria conta do serviço — disse ela. — Mas funcionaria com qualquer um, não é? Acho que o mesmo se aplica a cortarem fora minha cabeça, mas não posso afirmar que sei disso por experiência própria.
— E água corrente?
— Fui medalhista de natação quando garota.
— Alho?
— Não sou muito chegada. A não ser como tempero.
— Dorme em um caixão?
— Fale sério, Edward.
Ele parou para pensar.
— Olha, a não ser por essa história de beber sangue, a senhorita tem certeza de que é mesmo uma, bom, aquela palavrinha?
— Bem — respondeu ela, — "essa história de beber sangue", como você diz, é boa parte do que consiste a definição daquela palavrinha. Além disso, sou muito velha, mais velha que qualquer morador do vilarejo. Sou o que sou, e tenho sido assim por muito tempo.
— Mas, hum, a "sua espécie" ataca pessoas, não é?
— Eu, não — retrucou a srta. Froom. — Gosto de levar uma vida sossegada. Alguém que comece a morder os outros para chupar sangue não vai passar muito tempo despercebido. É mais fácil caçar animais selvagens, um gato de vez em quando, quem sabe até tomar um gole no pescoço de uma vaca, embora isso não seja muito higiênico.
Ela deu um suspiro.
— Infelizmente — prosseguiu, — por causa dos escrúpulos que tenho em atacar os outros, venho perdendo minhas forças ao longo das últimas décadas. Nem sei se conseguiria segurar uma vaca hoje em dia, por isso sou obrigada a me contentar com ratos. Sabe, são necessários cinquenta ratos para igualar o valor nutricional de meio litro de sangue humano. Você tem ideia de como é difícil apanhar cinquenta ratos?
Edward concordou que devia ser realmente muito difícil.

— Mas consigo viver durante meses com apenas meio litro de sangue humano, se for cuidadosa. Pelo menos, conseguia, antigamente. Hoje, estou mais fraca do que nunca. Logo vou começar a envelhecer, e depois...

Ela se calou. Edward viu uma única lágrima escorrer por seu rosto pálido, deixando um traço de umidade pelo caminho, como um diamante deslizando lentamente por um bloco de gelo.

— Obrigada por sua ajuda no jardim — disse ela em voz baixa. — Acho que chegou a hora de você partir.

Ele ficou olhando para ela, sem saber o que dizer.

— E, Edward — acrescentou a srta. Froom, — peço que guarde segredo do que conversamos. Senti que poderia confiar em você, mas fui injusta em lhe transmitir esse fardo. Só me resta esperar que seja tão confiável quanto bonito e tão honesto quando bondoso.

Dito isso, ela afundou o rosto nas mãos e não falou mais nada.

Edward afastou-se do canto onde estava e pôs a mão no ombro da srta. Froom. Ela estava gelada.

— Meio litro? — disse ele, por fim.

Aos poucos, ela parou de chorar.

— O quê? — perguntou.

— A senhorita disse que meio litro de sangue seria o suficiente para lhe dar forças por vários meses — disse o rapaz em voz muito baixa e com certa hesitação. — Meio litro não é muito, é?

Ela ergueu a cabeça, e Edward se perdeu em seu olhar.

— Não posso pedir que faça isso.

— A senhorita não pediu. Eu ofereci.

Em silêncio, ela passou a mão fria no rosto do jovem, traçando seus lábios com a ponta dos dedos.

— Obrigada — sussurrou. — Quem sabe eu possa lhe oferecer algo em troca.

Ela levou a mão ao peito e abriu um botão da blusa, deixando à mostra um pouco mais do famoso colo que fazia tantos cultivadores de rosas passarem a noite acordados. Edward engoliu em seco. Com delicadeza, ela o conduziu de volta à cadeira.

— Você se importa que eu beba um pouquinho agora? — perguntou ela.

— Não, de forma alguma — respondeu o rapaz, embora sua voz soasse trêmula. — De que parte?

— Tanto faz — explicou ela. — O pescoço é um bom lugar, mas não quero deixar marcas visíveis. Quem sabe... do pulso?

A srta. Froom enrolou a camisa dele, deixando à mostra o braço limpo e sardento do rapaz.

Edward assentiu.

— Vai doer? — perguntou.

— Só uma pontada no começo — explicou ela. — Depois você não vai sentir mais nada.

A boca da srta. Froom se abriu, e ele reparou que seus caninos eram um pouco maiores que o normal. Ela passou a língua neles. Edward sentiu um arrepio de medo. Quando ela começou a beber, foi como se ele recebesse duas agulhadas ao mesmo tempo, e a dor se estendeu ao longo do braço. Ele perdeu o fôlego, mas a dor logo foi passando. Edward sentiu calor e um prazer que lhe deixou mole de sono. Fechou os olhos, e belas imagens surgiram em sua mente. Sonhou que ele e a srta. Froom compartilhavam um momento de gloriosa intimidade, e que ela o amava sem reservas. Pensava nisso enquanto caía em um sono profundo de sombria vermelhidão.

Assim que Edward morreu, a srta. Froom, com as forças renovadas, carregou-o para o porão e retirou seus órgãos vitais antes de enfiar o corpo em uma grande prensa de lagar. Quando não restava uma gota sequer de sangue, ela apanhou a carcaça, separou os ossos e os passou por um moedor de carne. Guardou o pó fininho em jarros, para misturá-lo ao solo nas semanas seguintes, garantindo outra bela colheita de vegetais e rosas para o ano vindouro. Por último, livrou-se da bicicleta de Edward, jogando-a na área pantanosa que ficava perto da casa. Terminado o serviço, ela se permitiu uma pequena dose do estoque novo, acariciando o pescoço ao se lembrar da primeira vez que provara seu jovem convidado.

Os homens, pensou a srta. Froom, são realmente as mais doces das criaturas.

Noturno

Não sei por que sinto necessidade de compartilhar esta história com você. Talvez seja por não nos conhecermos. Você não tem uma opinião formada a meu respeito. Não conversamos antes e é possível que nunca conversemos de novo. Por enquanto, não temos nada em comum, além de palavras e silêncio.

Nos últimos tempos, venho pensando muito sobre o silêncio, sobre as lacunas em minha vida. Sou o que se poderia chamar de um homem contemplativo por natureza. Só consigo escrever no sossego. Qualquer som, mesmo uma melodia, é um transtorno indesejável. E digo isso como alguém que ama a música.

Não, deixe-me reformular essa frase. Digo isso como alguém que amava a música. Não consigo mais apreciá-la, e o silêncio que tomou seu lugar não me traz paz alguma. É um silêncio angustiante, que parece sempre prestes a ser interrompido. Vivo com medo de ouvir aqueles sons de novo: a tampa do teclado do piano sendo aberta, as notas soando pela vibração das cordas, o eco abafado de uma nota em falso. Acordo nas horas mais sombrias da noite, à escuta, mas tudo permanece em intimidante quietude.

Nem sempre foi assim.

Audrey e Jason morreram no dia 25 de agosto. O dia estava ensolarado, por isso a última lembrança que tenho deles é de Audrey trajando um vestido leve de verão, amarelo-claro, e Jason de calção e camiseta. A camiseta também era amarela. Audrey estava levando Jason para a aula de natação. Dei um beijo de despedida nela e fiz um afago na cabeça dele. Audrey prometeu trazer o almoço. Ela tinha 35 anos. Jason tinha oito e era apenas um ano mais velho que o irmão, David. Morreram porque o motorista de um caminhão desviou de uma raposa em uma curva na estrada, a não mais de três quilômetros de casa. Foi uma estupidez da parte dele, mas, em retrospecto, até compreensível. Acertou o carro em cheio, e os dois morreram na hora.

Há cerca de um mês, logo depois de completar dois anos do acidente, recebi uma oferta de trabalho. O conselho municipal de uma cidadezinha tivera um aumento inesperado na verba destinada às artes. Inesperado porque o conselho nunca dispôs verba para isso e passou a ter pelo menos um pouquinho. Receosos de que esse subsídio, por menor que fosse, não se estendesse ao ano seguinte, os sábios conselheiros decidiram gastar tudo na contratação de alguém que ensinasse a seus cidadãos os rudimentos da escrita criativa, desse palestras nas escolas do condado e editasse, ao longo do ano, uma coletânea para exibir os talentos que a presença de um escritor na cidade certamente ajudaria a promover e desenvolver. Candidatei-me à vaga e logo fui aceito. Achei que isso nos ajudaria. Todo dia, a caminho da escola, David era obrigado a passar pelo local onde sua mãe e seu irmão morreram. Eu, também, sempre que precisava sair de casa. Imaginei que nos afastarmos de tudo isso seria bom para ambos.

Mas não foi, é claro.

Nossos problemas começaram cerca de duas semanas depois de chegarmos à casa nova, ou melhor, à casa velha, porque estava um pouco maltratada. O custo do aluguel vinha como adicional em meu salário, e um carpinteiro fora contratado para fazer os reparos. A negociação tinha sido intermediada por um corretor de imóveis da capital. Ele nos assegurou que o imóvel estava em ótimas condições e que o aluguel não excederia o orçamento previsto pelo conselho. O carpinteiro, que se chamava Frank Harris, já havia começado os reparos antes de chegarmos, mas ainda estava longe de terminar. A casa tinha dois andares e era feita de pedra cinzenta. No andar de baixo, ficavam a cozinha, a sala de estar e um lavabo. No de cima, uma suíte, dois quartos e um banheiro. Poucas paredes estavam pintadas, e o piso recém-envernizado era escorregadio em algumas partes. Trouxemos parte da mobília, mas os móveis pareciam perdidos e desconfortáveis naquele ambiente estranho, como convidados que se enganaram de festa.

Mesmo assim, no começo, David se divertiu com a experiência proporcionada pela mudança. Crianças têm facilidade de adaptação. Ele explorou a casa, fez novas amizades, decorou seu quarto com retratos e pôsteres e trepou nas árvores imensas no fundo do quintal. Eu, por outro lado, passei a sentir uma solidão terrível. Descobri que a falta de familiaridade com os arredores exacerbava a saudade de Audrey e Jason, ao contrário do que eu pensara. Criei o hábito de escrever no jardim, na esperança de que a luz do sol dissipasse minha tristeza. Às vezes, funcionava.

Lembro-me bem da noite em que os problemas começaram. Acordei na escuridão ao som de alguém tocando piano na sala de estar. O instrumento era uma das poucas peças deixadas pelo antigo morador, além da grande mesa de carvalho na cozinha e do par de belas estantes de mogno que ocupavam os recessos da sala. Levantei-me, tonto de sono, e com os nervos à flor da pele devido ao martelar das teclas do piano desafinado. Desci as escadas e encontrei David sozinho na sala de estar. Achei que ele pudesse estar sofrendo de sonambulismo, mas estava acordado.

Ele sempre estava acordado quando os incidentes ocorriam.

Eu escutara David conversando consigo mesmo enquanto eu descia a escada, mas ele parou assim que entrei na sala. Antes disso, ouvi trechos da conversa, que consistiam principalmente de "sim" e "não", como se ele estivesse respondendo com relutância a perguntas feitas por outra pessoa. Seu tom era o mesmo de quando falava com quem não tinha intimidade. Ou com quem o deixava tímido ou desconfiado.

Mas aquela conversa unilateral não foi o elemento mais insólito da noite. Estranho mesmo foi a música do piano. Sim, porque David nunca aprendera a tocar o instrumento. Quem tocava era Jason, seu irmão mais novo. David não sabia sequer diferenciar uma nota da outra.

— David. O que está acontecendo aqui?

Ele levou algum tempo para responder. Se não estivéssemos sozinhos, eu poderia jurar que alguém o alertara para não falar nada.

— Ouvi música — disse ele.

— Eu também. Não era você que estava tocando?

— Não.

— Quem era, então?

Ele balançou a cabeça e passou por mim para subir a escada, de testa franzida.

— Não sei — disse ele. — Não tenho nada a ver com isso.

Na manhã seguinte, enquanto tomávamos café, perguntei a David o que tinha visto na sala. À luz do dia, ele parecia mais disposto a falar sobre o ocorrido.

— Um garotinho — respondeu, depois de algum tempo. — Tem cabelos pretos, olhos azuis e é mais velho do que eu, mas só um pouquinho. Ele conversa comigo.

— Você já o tinha visto antes?

David fez que sim com um aceno de cabeça.

— Já, uma vez, nos fundos do quintal. Ele estava escondido nas moitas. Perguntou se eu queria brincar com ele. Disse que conhecia uma brincadeira divertida, mas eu não quis. Aí, ontem à noite, ouvi o piano e desci para ver quem estava tocando. Achei que fosse o Jason. Eu me esqueci...

Sua voz embargou. Fiz um afago em seus cabelos.

— Está tudo bem — falei. — Às vezes, eu também me esqueço.

Mas minha mão estava trêmula quando toquei sua cabeça.

David largou a colher na tigela, cheia de flocos de milho, que permaneciam intactos, e continuou sua história.

— O garoto estava sentado ao piano. Pediu que eu me sentasse ao lado dele. Queria que eu o ajudasse a terminar uma canção. Depois disse que poderíamos ir embora para brincar juntos. Mas eu não aceitei.

— Por que não, David? — perguntei. — Por que não aceitou?

— Porque tenho medo dele. Ele parece um garoto, mas não é.

— Ele se parece com o Jason?

As feições de David congelaram quando ele ergueu os olhos para mim.

— O Jason está morto — respondeu. — Morreu com a mamãe no acidente. Já disse que foi só um esquecimento.

— Mas você sente saudades dele?

David fez que sim.

— Sinto muitas saudades, mas aquele garotinho não é o Jason. Pode ser que às vezes até se pareça com ele, mas não é o Jason. Eu não teria medo do meu irmão.

Levantou-se e deixou a tigela de cereal na pia. Eu não sabia o que dizer, nem o que pensar. David não era desses meninos que vivem inventando histórias. Além disso, não sabia mentir. A única explicação plausível é que se tratasse de uma reação traumática à morte do irmão, o que já seria preocupante, mas nada com que eu não pudesse lidar. Poderíamos conversar a respeito disso com certas pessoas, marcar consultas com especialistas. Tudo acabaria bem.

David ficou parado por alguns instantes diante da pia, depois se virou para mim, como se tivesse acabado de tomar uma decisão.

— Papai, o sr. Harris disse que algo muito ruim aconteceu aqui nesta casa. É verdade?

— Não sei, David — respondi com sinceridade.

Eu tinha visto David batendo papo com Frank Harris enquanto o homem mais velho fazia consertos na casa. De vez em quando, ele deixava que David o ajudasse nas tarefas mais simples. Parecia um bom sujeito, e era ótimo para David aprender trabalhos manuais, mas comecei a desconfiar que não fosse uma boa ideia deixá-lo a sós com meu filho.

— O seu Harris disse que a gente tem que ser cuidadoso com certos lugares — explicou David. — Disse que esses lugares têm lembranças antigas, que a pedra armazena essas lembranças e que, às vezes, sem querer, as pessoas podem ressuscitá-las.

Tentei esconder a raiva que senti.

— O sr. Harris foi contratado como carpinteiro, não para meter medo nos outros. Vou ter uma conversinha com ele.

David assentiu com tristeza, apanhou o casaco e a mochila no vestíbulo e atravessou o jardim para esperar o ônibus. As aulas regulares só começariam no outono, mas a escola organizava eventos de verão para as crianças três vezes por semana, e David estava empolgado com a oportunidade de jogar críquete e tênis ao ar livre.

Eu tinha resolvido ir fazer companhia a David quando vi alguém se ajoelhar ao lado dele. Com expressão séria e preocupada, o homem começou a conversar com o meu filho. Era um senhor idoso, de cabelos brancos, e com manchas de tinta no macacão azul que trajava. Tratava-se de Frank Harris, o carpinteiro. Ele se levantou, deu umas palmadinhas carinhosas na cabeça de David e ficou esperando com ele até o ônibus chegar.

Abordei Harris quando ele abriu a porta com a chave sobressalente. Pareceu um pouco confuso quando comecei a falar.

— Temos um assunto sério para tratar — falei. — É sobre essas histórias a respeito da casa que o senhor anda contando para o David. Ele vem tendo pesadelos, sabia? E a culpa pode muito bem ser sua.

Harris pôs no chão a lata de tinta que carregava e olhou calmamente para mim.

— Desculpe, sr. Markham. Não tive a intenção de causar pesadelos no seu filho.

— Segundo ele, o senhor contou que algo ruim aconteceu aqui.

— Só disse para o seu filho ter cuidado.

— Cuidado com o quê?

— É que toda casa velha tem histórias, algumas boas, outras ruins. Quando novos moradores chegam, trazem vida nova ao lugar e mudam a história da casa. Por isso, as histórias ruins podem, ao longo do tempo, virar histórias boas. É assim que as coisas funcionam. Mas esta casa não passou por esse tipo de mudança. Ainda não teve tempo.

Foi a minha vez de ficar confuso.

— Não entendi.

— Quem achou esse imóvel para o senhor não se deu ao trabalho de averiguar o histórico da casa — disse Harris. — Bastou saber que era bem localizada e o aluguel, barato. Além disso, o corretor ficou tão feliz em alugar o imóvel que achou melhor não abrir a boca e estragar um bom negócio. Não passaria pela cabeça de ninguém que morasse nas redondezas alugar ou vender esta casa, nem mesmo recomendá-la a um forasteiro. Na verdade, eu fui a única pessoa que aceitou trabalhar nela. Não é a casa certa para se criar uma criança, sr. Markham. Não é bom deixar que uma criança more onde outra morreu.

Encostei-me à parede, grato pelo apoio que ela me deu.

— Uma criança morreu nesta casa?

— Uma criança foi *assassinada* nesta casa — corrigiu ele. — Vai fazer trinta anos agora, em novembro. Um sujeito chamado Victor Parks morava aqui e matou uma criança na suíte. A polícia o prendeu quando ele estava tentando enterrar os restos mortais na margem do rio.

— Meu Deus. Eu não sabia. Nunca nem ouvi falar em Victor Parks.

— Ninguém lhe contou, portanto o senhor não tinha como saber. Depois que alugou a casa, já era tarde demais. Quanto ao Parks, ele está morto. Teve um ataque cardíaco em sua cela na mesma noite em que foi sentenciado à prisão perpétua. Morou aqui a vida inteira. A casa pertencia à família dele havia duas gerações. Vai ver ele não suportou a ideia de passar o resto da vida trancafiado em uma cela pequena, longe do lugar onde foi criado. Só me resta torcer para que sofra por mais tempo na próxima encarnação.

Algo mudou no tom de sua voz. Ficou mais duro, como se ele estivesse lutando para não demonstrar emoção.

— Ele era um homem fora do comum, o Victor Parks — prosseguiu Harris. — Trabalhava como sacristão na igreja e ajudava a treinar o time de futebol local. De várias maneiras, era um cidadão exemplar. As pessoas o respeitavam. Deixavam que tomasse conta de seus filhos.

Ele fez uma pausa, e seus velhos olhos exibiram uma dor relembrada. O que disse depois me fez cerrar instintivamente os punhos.

— Ele também dava aulas, sr. Markham. Aulas de piano para crianças.

Perdi a fala. Não queria escutar aquilo. Era pura tolice. Harris contara essa história para David, que assimilara alguns detalhes e criara uma fantasia que misturava seu irmão falecido à vítima de Victor Parks.

Tentei recuperar um pouco de bom senso para nos trazer de volta à realidade.

— Tudo isso pode ser verdade, mas nada altera o fato de que essas histórias estão atormentando o meu filho. Ontem à noite, eu o encontrei na sala de estar. David achava que um garotinho estava tocando piano e que tinha falado com ele.

Harris se abaixou para apanhar a lata de tinta. Eu estava prestes a dizer que ele podia deixá-la onde estava, que não precisava mais de seus serviços, quando ele voltou a falar.

— Sr. Markham. Não contei para o David o que aconteceu nesta casa. Ele não sabe nada sobre Victor Parks ou o que aconteceu aqui. Se alguém lhe falou a respeito, não fui eu. David disse que viu um garotinho, e o senhor acha que se trata da criança assassinada, mas o Parks não matou um garoto. Matou uma garotinha. O que quer que o seu filho esteja vendo, sr. Markham, seja ou não fruto da imaginação, não é a menina que o Parks assassinou.

Afastei-me para deixá-lo entrar. A pergunta seguinte saiu de forma tão inesperada que, por um instante, achei que tivesse sido feita por outra pessoa.

— Qual era o nome dela, sr. Harris? Qual era o nome da garota que morreu aqui?

No momento em que as palavras saíram de meus lábios, entretanto, eu já sabia parte da resposta e finalmente entendi por que ele concordara em trabalhar na casa.

— Lucy — respondeu ele. — O nome dela era Lucy Harris.

Não despedi Frank Harris. Não pude. Não depois de tudo o que ele me contou. Sequer posso imaginar como devia ser difícil para ele trabalhar no lugar em que sua filha perdera a vida. O que o motivava a fazer isso, dia após dia? Por que ele se torturava desse jeito?

Quis fazer essas perguntas, mas não fiz. De certo modo, achei que o entendia. Era o mesmo instinto que me levara a arrumar desculpas para passar pelo local onde Audrey e Jason morreram. Era um modo de manter contato com o que eles haviam sido antes, como se parte deles permanecesse ali e fosse dar um jeito de se manifestar para mim.

Ou talvez eu torcesse para que um dia, ao dirigir pelo local, eu pudesse vê-los pela última vez, por mais rápido que fosse, na fronteira entre a vida e a morte, antes de desaparecerem para sempre.

• • •

Durante algum tempo, David não teve mais pesadelos nem voltou a fazer passeios noturnos. Frank Harris acabou a maior parte de seu trabalho na casa e ficou de voltar depois, mas não antes de me alertar mais uma vez sobre o perigo que David corria. Não dei ouvidos. O problema terminara, e David voltara a ser como antes, graças aos dias quentes que passara brincando com outras crianças nos prados verdejantes, longe da casa onde uma garotinha fora assassinada. Dei aulas e escrevi com afinco. David logo voltaria a frequentar a escola, e nossa vida nova entraria nos eixos.

Na véspera do começo do ano letivo, porém, ele entrou em meu quarto à noite e me acordou para ouvir o piano.

— É ele — sussurrou David.

Mesmo na escuridão, pude ver as lágrimas que escorriam por seu rosto.

— Ele quer que eu o siga para o lugar escuro, mas não quero ir. Vou dizer para ele ir embora. Vou dizer para ir embora de uma vez por todas.

David deu as costas para mim e saiu correndo do quarto. Saltei da cama e o segui, gritando para que me esperasse, mas ele já estava descendo a escada. Antes que meu pé alcançasse o primeiro degrau, ele havia entrado na sala, seguindo o som do piano. Segundos mais tarde, escutei sua voz.

— Vá embora! Me deixe em paz! Não vou com você para lugar nenhum. Esta casa não é sua!

Outra voz retrucou, dizendo:

— Aqui é o meu lugar e você vai fazer o que estou mandando.

Quando cheguei ao pé da escada, vi um garoto sentado na banqueta do piano. David tinha razão: ele se parecia um pouco com Jason, como se, a partir de uma descrição resumida de meu falecido filho, alguém tivesse construído uma cópia imperfeita. Tudo o que havia de bom em Jason, todo o seu brilho interior, estava ausente naquele ser. Restara apenas o invólucro de um garoto que um dia poderia ter sido meu filho, com algo sombrio que se agitava dentro dele. Usava a mesma camiseta amarela e o mesmo calção que Jason vestia no dia em que morrera. Só que as roupas não lhe caíam bem. Estavam apertadas demais e sujas de terra e sangue.

Além disso, a voz não tinha nada de infantil. A criatura se expressava em tom grave e ameaçador. O efeito causado por aquela voz de homem, emitida por aquele vulto pequeno, era repulsivo.

— Venha brincar comigo, David — disse a criatura. — Sente-se aqui ao meu lado. Me ajude a terminar esta música e depois vou lhe mostrar o meu lugar preferido, o meu lugar escuro. Faça o que estou mandando, agora mesmo. Venha passar a eternidade brincando comigo.

Entrei na sala. O garotinho olhou para mim. Ao fazê-lo, mudou de aspecto, como se, ao distraí-lo, eu tivesse tirado sua concentração. Já não era um garoto. Já não tinha nada de humano. Era um velho encurvado e decrépito, careca, pálido e emaciado. Os farrapos de um terno escuro dependuravam-se no que restara de seu corpo e seus olhos eram pretos e lascivos. Levou os dedos aos lábios e lambeu as pontas.

— Aqui é o meu lugar — disse. — Vinde a mim as criancinhas...

Segurei David e o empurrei para trás, de volta ao vestíbulo. Ele estava chorando.

A criatura sorriu para mim e começou a se tocar. Foi quando descobri o que deveria fazer.

Havia uma marreta no vestíbulo. Era uma das ferramentas que Harris deixara para buscar depois. Apanhei a marreta sem tirar os olhos do espectro ao piano. Ele já estava desaparecendo quando dei o primeiro golpe. A marreta passou por ele e atingiu o instrumento. Continuei a quebrar a madeira e o marfim, sem parar, urrando enquanto batia. Martelei o piano até que só restassem pedaços no chão. Levei o que sobrou para o lado de fora e, na escuridão, acendi uma fogueira. David me ajudou. Ficamos parados, lado a lado, observando o fogo consumir a madeira.

Em certo momento, achei ter visto um vulto se debatendo nas chamas, um homem de terno preto que ardia lentamente no sereno até ser disperso pelo vento.

Agora sou eu que tenho pesadelos e fico acordado no silêncio da noite, à escuta. Odeio o silêncio, mas meu ódio é menor do que o medo que sinto da criatura que pode rompê-lo. Em sonhos, vejo um ser de terno esfarrapado atraindo crianças para lugares escuros e ouço as notas de um noturno ao piano. Chamo as crianças. Tento impedi-las. Às vezes, Frank Harris me faz companhia, pois compartilhamos os mesmos sonhos, e tentamos alertar as criancinhas. Geralmente, elas escutam nossos conselhos. Mas, de vez em quando, quando a música toca, um garotinho as convida para brincar.

E elas o seguem pelas trevas.

O abismo de Wakeford

A verdade da natureza jaz
em minas e cavernas profundas.

Demócrito

Os dois homens fitaram o abismo aos seus pés. Por trás deles, o sol se erguia lentamente, em contraponto à jornada que estavam prestes a empreender. Cotovias trinavam, mas o som parecia vir de muito longe. Ali, naqueles morros inóspitos, nenhum pássaro cantava. O único ser vivo que haviam encontrado na subida fora uma cabra, que sem querer se vira sozinha na encosta da colina Bledstone e tentava descobrir um modo de se juntar às colegas em paragens mais hospitaleiras. Quando chegaram ao topo e se voltaram para admirar o nascer do sol, avistaram mais uma vez o animal, movendo-se com cuidado sobre as rochas e as pedras soltas do penhasco. Apesar do passo firme, a cabra demonstrava não confiar no solo sob as patas, e com razão: os dois montanhistas haviam sofrido quedas feias ao subir a colina. Molton, o mais velho e mais vigoroso, perdera sua bússola em um dos tombos mais doloridos.

Já no topo, ele tirou o gorro e, segurando-o com força pela aba, usou-o para se abanar.

— Pelo visto, o dia hoje vai ser um forno — disse.

De onde estavam, podiam ver os campos relvados e os paredões rochosos que emergiam aos poucos da escuridão da noite à medida que a luminosidade aumentava. A agulha da torre da única igreja de Wakeford descortinou-se à distância, cercada pelas casinhas de tijolos vermelhos dos paroquianos. Logo, os moradores acordariam, e o ranger de carroças se faria ouvir pelas ruas estreitas. Naquele instante, porém, a vila estava em silêncio. Molton, nascido e criado em Londres, considerava-se um típico cidadão urbano e se perguntava como alguém poderia viver em um lugarejo daqueles. Era pacífico demais, provinciano demais, e não oferecia nenhuma das distrações às quais estava acostumado.

Escutou o balido da cabra e protegeu os olhos contra o sol para avaliar o progresso do animal. Ela se equilibrava sobre uma pequena rocha, examinando com a pata o solo à sua frente. Cada vez que tentava firmar o casco, pedregulhos deslizavam, erguendo poeira na descida.

— Pobre coitada — disse Molton. — Não vai demorar a sentir fome.

Ele alisou o bigode e, ao descobrir que estava cheio de grãos de areia, começou a limpá-lo com uma escovinha.

O outro homem não tirava os olhos do precipício diante da dupla. Era cerca de quinze centímetros mais baixo que Molton e tinha o rosto escanhoado, mas, assim como o companheiro, seu porte traía um passado militar. Chamava-se Clements, e era em boa parte graças a ele que os dois tinham ido parar ali. Ambos possuíam alguma experiência como montanhistas, principalmente nos Alpes, mas fora Clements quem sugerira que suas habilidades poderiam ser úteis tanto por cima quanto por baixo da terra.

— Que pobre coitada? — perguntou.

— A cabra — respondeu Molton. — Parece que ficou encurralada lá em cima.

— Ela vai dar um jeito de descer. Esses animais sabem se virar.

Molton não se convenceu. Era o mais precavido dos dois e sedentário por natureza, pelo menos em comparação ao modo mais enérgico como Clements levava a vida. Mesmo assim, criaram um vínculo ao descobrir que compartilhavam o fascínio por escaladas, fortalecido pela crença que tinham em comum no valor de cordas resistentes e de boa qualidade.

As habilidades exigidas para os praticantes do alpinismo, e o equipamento que usavam, evoluíram muito pouco nos trezentos anos do esporte. Um bordão robusto continuava indispensável, mas, enquanto os montanhistas do continente europeu usavam grampos de ferro nas botas, os da Grã-Bretanha — Clements e Molton entre eles — preferiam duas fileiras de travas em lugar de grampos. Em ambos os lados do Canal da Mancha, contudo, havia o consenso de que cavalheiros não deveriam se valer de cordas. Seu uso demonstrava pouca virilidade, além de serem potencialmente perigosas.

Clements e Molton convenceram-se dos méritos da corda no encontro que tiveram em Londres, alguns anos antes, com o renomado cientista e alpinista irlandês John Tyndall. Em 1858, Tyndall completara com sucesso sua primeira escalada do Monte Rosa, sem auxílio de guias, carregadores e mantimentos, tendo apenas um sanduíche de presunto e uma garrafa de chá como sustento. Só o crítico mais tresloucado teria a ousadia de contestar a bravura daquele homem. Em 1860, ele gerara polêmica ao atribuir a culpa pela morte de dois ingleses e um guia no pico alpino Passo do Gigante ao uso inadequado das cordas. Clements e Molton haviam lido a carta que Tyndall enviara ao jornal *The Times* tratando do incidente e acompanharam a controvérsia que se seguiu. Na primavera de 1861, quando Tyndall convidara o alpinista e guia Auguste Balmat para dar uma conferência no British Museum, os dois amigos compareceram e, depois, saíram para jantar com o anfitrião. Ao fim da refeição, a dupla mal pôde esperar para procurar o cordoeiro mais próximo e encomendar quilômetros de corda de juta.

Era essa a razão pela qual, naquele momento, no alto da colina, Clements e Molton trajavam-se de modo que, na época, seria considerado mais do que apropriado para explorar uma caverna: botas resistentes, ternos de tweed bem alinhavados e luvas de couro reforçado. Rolos de corda jaziam aos seus pés, ao lado de duas mochilas abastecidas com cantis de água, alguns pedaços de frango assado, duas bisnagas saídas do forno e uma garrafa de vinho de Borgonha. Levavam quatro lampiões e combustível suficiente para abastecê-los por cerca de doze horas, embora não esperassem passar mais que a metade desse tempo embaixo da terra.

O olhar de Molton passeou pela paisagem acidentada até pousar, como um corvo, em uma vara enfiada no chão à sua direita.

— Olha só, o que será isso? — perguntou.

Clements franziu os olhos e depois se encaminhou até o poste. Tinha cerca de um metro de altura, com uma argola de metal pendurada no topo, na qual se encontravam fiapos de corda velha.

— Parece que era usado para segurar animais no pasto — disse Clements.

— Lugar estranho para amarrar animais — retrucou Molton.

Clements deu de ombros.

— O pessoal daqui é estranho mesmo.

Ele esfregou as mãos e voltou para a fissura na colina.

— Certo — disse. — Vamos nos preparar para descer.

Enquanto Clements fixava a corda no lugar, Molton verificou o equipamento e testou os lampiões.

— Qual é mesmo a profundidade da caverna? — perguntou.

— Não sei — respondeu Clements. — Uns sessenta metros, talvez.

— Hum. Parece pouco para ser chamada de abismo.

— É só uma estimativa — disse Clements. — Pode ser mais funda. Ninguém sabe. É um território inexplorado.

O Abismo Wakeford, como era conhecido na região, estendia-se por cerca de quinze metros pela encosta da colina Bledstone, como uma ferida que não cicatrizara direito. Seu trecho mais espaçoso apresentava mais de seis metros de largura, estreitando-se nas pontas até desaparecer na rocha nua. Da beira, era possível ver apenas os primeiros quinze metros de seu interior, até o ponto em que a curvatura do terreno bloqueava a luz do sol.

Não se sabia ao certo o que causara aquela anomalia geológica. Na verdade, poucos habitantes das vizinhanças interessavam-se em descobrir. Na noite anterior, Clements e Molton tinham jantado na única hospedaria de Wakeford e se esforçaram para chegar ao fundo do conhecimento local a respeito da caverna no morro. Em troca, foram brindados com uma miscelânea de lendas, lorotas e superstições. Segundo um dos frequentadores do bar da hospedaria, dizia-se que o abismo fora o covil de um dragão em eras passadas. Outro conviva alegou que, antigamente, a caverna se chamava O Buraco do Diabo, nome que devia mais ao senso de humor grosseiro dos moradores do vilarejo do que a uma suposta origem satânica. Falou-se em sacrifícios druídicos e em lordes há muito tempo falecidos que costumavam amarrar animais à beira da caverna para apaziguar a fome da criatura que lá habitava. À medida que a noite corria, e a cerveja fluía, as histórias se tornaram cada vez mais rocambolescas, a ponto de um crédulo ouvinte que porventura entrasse na hospedaria ser capaz de achar que a colina Bledstone fosse palco todas as formas de diabruras conhecidas pelo homem, e outras mais.

Por fim, quando os ex-soldados terminavam suas cervejas antes de se recolher, um fazendeiro sentou-se perto deles. Era pequeno, com as feições curtidas e calejadas de quem passara a maior parte da vida ao ar livre, enfrentando os climas mais rigorosos. Os homens e as mulheres no bar não o saudaram pelo nome, embora tenham acompanhado com interesse seu trajeto cauteloso pelo recinto até a mesa dos forasteiros.

— Ouvi falar que os senhores planejam fazer uma visita ao abismo, amanhã — disse ele.

Molton assentiu.

— O senhor veio acrescentar mais uma lorota à nossa coleção? — perguntou Clements. — Já acumulamos o bastante.

A impaciência era nítida em sua voz. Mais cedo, ele tivera esperança de receber alguma informação que lhes fosse útil no dia seguinte, mas as duas horas passadas na melhor companhia que Wakeford tinha a oferecer não o deixaram mais sábio, apenas um pouco mais pobre e muito mais irritado.

— Não sou de contar histórias — respondeu o fazendeiro. — Mas a minha granja fica no sopé da colina Bledstone, e os senhores vão passar por lá, sem dúvida.

— Não se preocupe — disse Molton. — Vamos fechar o portão quando passarmos.

O fazendeiro tomou um gole de cerveja.

— Não é com o portão que estou preocupado. Como eu disse, não tenho histórias para contar, mas disto eu sei: antigamente, rebanhos pastavam na fralda da colina. Não pastam mais.

Clements deu de ombros.

— Já vimos a colina, de longe. Não parece ser um bom lugar para o pastoreio.

— Ovelhas, cabras e outros bichos são capazes de achar comida nos lugares mais desolados — disse o fazendeiro. — Nossa terra não é muito fértil. Não podemos dar do bom e do melhor para os nossos animais. Mas já perdi alguns deles em Bledstone. Nunca foram encontrados. Por isso não deixo nem minhas ovelhas chegarem perto da colina. Elas não gostam de ir lá, de qualquer jeito.

Molton e Clements trocaram olhares, e o fazendeiro percebeu o ceticismo da dupla.

— Não espero que os senhores deem ouvido ao que estou dizendo. Vieram da cidade. E serviram no exército, pelo jeito. Acham que já viram de tudo, e pode ser mesmo que tenham visto muita coisa. Mas diversas vezes achei substâncias nas rochas, ainda grudentas pela manhã, como se alguma coisa tivesse passado por lá durante a noite. Encontrei corpos de pássaros pelo caminho. Podem perguntar a outras pessoas aqui, as que passaram a noite de boca fechada, e vão ver se eu não tenho razão.

— Tolice — disse Clements, fazendo pouco do fazendeiro.

Molton, diplomático como sempre, preferiu uma abordagem mais conciliatória.

— Alguém já *viu* alguma coisa? — perguntou. — Quer dizer, falar é fácil, mas Clements está certo: pode haver centenas de explicações para o que o senhor acabou de nos contar, e nenhuma delas fora do comum.

O fazendeiro balançou a cabeça. Parecia não se incomodar com as dúvidas levantadas pela dupla, como se tivesse tanta certeza do que julgava ser verdade que há muito tempo aprendera a esconder sua decepção com quem não o escutasse.

— Não — respondeu. — Não vi nada demais, embora certas precauções tenham sido tomadas para manter o bicho à distância. O que quer que more no abismo sabe que é melhor não aparecer, por medo de ser caçado. Acho que sai apenas quando está desesperado. Está acostumado a viver com pouca comida. Já mora lá há muitos e muitos anos. Deve estar velho, agora, mais velho do que se possa imaginar. Por que é tão difícil acreditar nisso? Pelo que sei, os exploradores descobrem criaturas novas o tempo todo, animais que ninguém nem imaginava que existissem, vivendo sossegados em lugares remotos. Por que não aqui, embaixo da terra?

Contra a vontade, Clements acabou voltando à discussão.

— Aceito que isso possa acontecer — disse ele —, mas por que ninguém nunca encontrou um desses seres por aqui? Alguém já teria visto um animal desses, nem que fosse à distância. Até mesmo as criaturas noturnas mais arredias acabam se mostrando, mais cedo ou mais tarde.

— Porque não faz parte da natureza deles — retrucou o fazendeiro. — São estúpidos como qualquer outro animal. Alguns podem até ser um pouco mais espertos, mas nenhum deles é páreo para o ser humano. Por isso, o bicho que mora na caverna aprendeu a se esconder. Aprendeu a esperar.

Dito isso, ele se foi, deixando Molton e Clements em paz para terminarem suas cervejas. Depois, deixaram uma gorjeta para o estalajadeiro e foram dormir.

No dia seguinte, parados diante do abismo, os dois já tinham quase esquecido as histórias contadas por bêbados licenciosos e fazendeiros medrosos. Quando Clements terminou sua tarefa, os dois trocaram de papéis e um examinou os preparativos do outro. Ao constatar que estava tudo em ordem, Molton apanhou a corda e, depois de alguns segundos de reflexão, desceu no abismo. Passado algum tempo, Clements sentiu um puxão duplo na corda. Foi até a beirada.

— Está tudo bem? — gritou.

— Tudo ótimo. — Ouviu em resposta.

Devido à curvatura na entrada do abismo, Clements não conseguiu avistar Molton, embora julgasse ter discernido um brilho fraco de luz artificial.

— Você precisa ver isto aqui, meu camarada — prosseguiu Molton. — Quando estiver pronto, é claro.

Em poucos minutos, Clements juntou-se ao companheiro em uma larga plataforma que se projetava na lateral do precipício. Os lampiões eram as únicas fontes de luz na escuridão que os cercava. Nenhum dos dois disse nada, deslumbrados com os arredores.

Estavam em uma catedral de pedra. O abismo, estreito na entrada, começava a se alargar no ponto a partir do qual a luz do sol não penetrava. À luz dos lampiões, viram estalactites magníficas, penduradas como cera derretida. Cristais cintilavam em meio a grandes cataratas congeladas de pedra. O ar era deliciosamente frio, com um toque de umidade.

— Cuidado, meu velho — disse Molton, quando o companheiro se aproximou perigosamente da borda da plataforma.

Clements deteve-se, com os calcanhares roçando a beirada. Seus olhos brilhavam à luz trêmula dos lampiões.

— Meu Deus — murmurou. — Veja só isso.

As paredes da caverna estavam cobertas de pinturas que quase alcançavam a fissura pela qual a dupla havia entrado. Clements conseguiu distinguir imagens de homens e mulheres. Alguns tinham sido retratados correndo, outros jaziam com os corpos despedaçados e parcialmente devorados, seus restos mortais sugeridos pela mistura de amarelo-claro e vermelho esmaecido. As figuras eram toscas, quase simbólicas. Triângulos representavam os rostos e manchas de tinta, as vestimentas. Vistas de perto, seriam quase indecifráveis. De longe, entretanto, eram perfeitamente compreensíveis.

Molton se juntou ao homem mais baixo na beira da plataforma. A luz combinada dos lampiões que carregavam revelou outras pinturas, confirmando a gigantesca extensão da obra.

— Quem fez isso? — perguntou Molton.

— Mais importante: como fizeram isso? — retrucou Clements e começou a andar para a esquerda, tentando estabelecer os limites da obra de arte. — Parecem muito antigas. Seria preciso um andaime para pintar esse paredão, quem sabe até...

Ele se interrompeu. Chegara ao extremo da protuberância rochosa, no entanto as pinturas continuavam. Apesar do precipício logo em frente, as imagens se desdobravam tanto na vertical quanto na horizontal.

— Incrível.

— Que descoberta! — disse Molton. — É sensacional, simplesmente sensacional.

Clements não retrucou. Em vez disso, deitou-se de bruços, amarrou uma corda no aro do lampião e foi abaixando-o aos poucos. Ao percorrer quinze metros, o lampião foi parar em uma plataforma bem maior do que aquela na qual se encontravam e que parecia se estender por, pelo menos, metade da circunferência da caverna.

— O que acha, meu velho? — perguntou para Molton. — Quer ir em frente? Por falar nisso, sentiu um cheiro estranho quando estávamos descendo?

— Parecia óleo, só que mais fedorento.

— Tive a impressão de que foi derramado faz pouco tempo pela beira do abismo. Por que alguém faria uma coisa dessas? — disse Clements, erguendo sua picareta.

— Para nos desencorajar, quem sabe.

— Ou para desencorajar alguma coisa. Vai ver era a isso que o fazendeiro se referia quando falou em "precauções".

— Perderíamos muito tempo voltando ao vilarejo — disse Molton. — Além disso, o que diríamos para eles?

— Nada que não soubessem, pode apostar — respondeu Clements.

— Já que chegamos até aqui — sugeriu Molton —, vamos aproveitar para fazer o passeio completo.

Mais uma vez, ele foi na frente, arfando um pouco enquanto descia pela corda. Clements viu a luz do lampião do companheiro diminuir cada vez mais, como a vida se esvaindo. Afastou esse pensamento. Quase lá, pensou. Só mais três metros, só mais um...

De repente, sentiu um puxão na corda que quase o fez despencar no precipício. Clements pressionou a sola da bota contra uma cavidade na beira da plataforma para não ser arrastado e sentiu o cheiro do couro queimado de suas luvas invadir suas narinas. Molton devia ter caído. Talvez tivesse errado a plataforma, ou então os dois tinham julgado mal a quantidade de peso que ela aguentaria.

— Segure firme! — gritou Clements. — Segure firme, Molton! Está tudo bem.

Tão subitamente quanto fora puxada, a corda parou de correr. Quase sem fôlego, Clements amarrou a ponta em uma estalagmite e se arrastou até a beirada. Avistou o lampião de Molton na plataforma inferior. A corda também estava lá, serpenteando até se perder nas sombras, onde a luz do lampião não alcançava.

— Molton? — gritou Clements.

Não houve resposta.

Ele refletiu por alguns instantes. Era óbvio que Molton estava machucado, ou pior, embora Clements não fizesse ideia do que ocasionara o acidente. Teria de descer e ajudar o companheiro da melhor forma possível antes de ir buscar auxílio no mundo lá fora. A maioria dos suprimentos estava na mochila de Molton, mas o kit de primeiros socorros e parte do frango assado estavam na de Clements. Ele deixaria tudo com o amigo antes de escalar de volta, pensou, enquanto inspecionava a corda para a descida.

Prosseguiu com cautela, preocupado com o que encontraria lá embaixo. Parou a um metro da plataforma inferior. O paredão rochoso do abismo era mais irregular naquele trecho, cheio de cavidades e rachaduras. A plataforma em si, entretanto, era bastante uniforme. O gorro de Molton jazia ao lado do lampião, que se quebrara na queda.

Clements deslizou pelo resto da corda e testou a solidez da rocha com o pé. Parecia firme, como ele previra. Afinal, não escutara pedras desabando quando a corda começara a queimar suas luvas. Qualquer que tivesse sido a causa do acidente, não fora um desabamento.

Clements firmou os pés e procurou algum vestígio deixado pelo amigo. Apanhou a corda e começou a segui-la pela plataforma até uma saliência rochosa, por trás da qual desaparecia em uma gruta estreita, acessível apenas por uma rachadura no paredão.

Com o lampião erguido, aproximou-se da entrada.

— Molton? — chamou.

Escutou algo se mexer. Estendeu o braço para iluminar o interior da gruta.

Deu de cara com Molton esparramado no chão. Seu rosto estava voltado para Clements e tinha os olhos arregalados. Sangue escorria pelos cantos de sua boca, mas os lábios estavam colados por uma substância branca e grudenta. Molton estendeu a mão para o companheiro, que estava prestes a entrar na gruta quando o homem mais velho se sacudiu e deslizou para a direita. Clements ergueu ainda mais o lampião. Viu que as pernas do amigo desapareciam em um buraco na base da gruta, puxadas para dentro por uma força fora de seu campo de visão. Havia outras pinturas nas paredes, mas Clements mal as notou ao depositar o lampião na rocha e segurar o companheiro por baixo dos braços. Também não se deu ao trabalho de examinar os ossos espalhados no chão. Pelo estado em que se encontravam, deviam ser muito antigos.

— Está tudo bem agora — disse Clements. — Está tudo bem.

Outro puxão sacudiu o corpo de Molton, arrastando-o até que ele ficasse entalado pelos quadris. O ser que o puxava deteve-se por alguns instantes, talvez por ter ouvido vozes, ou então por estar tendo dificuldade em arrastar o resto da presa para dentro da toca.

Molton agarrou o braço de Clements.

— Não vão levar você para lugar nenhum, meu velho — disse Clements.

— Não se preocupe, não vou soltá-lo.

Ele segurou com mais força o peito de Molton.

— Vou contar até três — disse ele. — Um... Dois...

Molton se retesou quando Clements o puxou.

— Três!

Um jorro de líquido quente atingiu o rosto de Clements, cegando-o por alguns segundos no momento em que conseguiu libertar o companheiro. Os dois caíram para trás. Molton tremia incontrolavelmente enquanto Clements se esforçava para desembaçar a vista. Aos poucos, Clements sentiu que Molton se aquietava. Olhou para baixo e viu a vida abandonar o que restara do amigo.

O ser que arrastara Molton para dentro da toca não desistira de sua presa. A parte de baixo do corpo do montanhista havia sido arrancada, a não ser pelo coto da perna esquerda, já apodrecido e começando a se desmanchar completamente.

Clements recuou aos tropeções, tentando não vomitar o café da manhã.

— Droga! — gritou. — Mas que droga!

À luz do lampião, ele percebeu um movimento na gruta. Vislumbrou o reflexo da luz em olhos negros e, em seguida, viu palpos remexerem-se no ar e o veneno que pingava de presas gigantescas. Um cheiro horroroso emanou da gruta quando a aranha forçou a saída pelo buraco com suas patas finas e cheias de articulações, nenhuma com menos de trinta centímetros de comprimento. Clements avistou mais criaturas por trás dela e ouviu seus corpos roçando uns nos outros. Foi obrigado a usar a melhor arma que tinha à mão. Arremessou o lampião com toda a força contra o bando. O lampião se quebrou no mesmo instante, lançando chamas que iluminaram as paredes da caverna e encharcando as aranhas com óleo escaldante. Clements fugiu, aproveitando a luz do fogaréu para encontrar a corda pendurada atrás de si. Segurou-a e começou a subir, aguçando os ouvidos para qualquer som vindo de baixo, até alcançar a plataforma superior. Ajoelhou-se, tirou do bolso um canivete e cortou a corda pela qual subira antes de acender outro lampião para guiá-lo na escalada de volta ao seu mundo. Levantou-se e segurou a corda pendurada na beira do abismo. Com o mínimo de resistência, a corda se desprendeu e caiu, formando um monte aos seus pés.

Clements olhou para cima e ouviu um balido de cabra.

Pobre coitada. Não vai demorar a sentir fome.

Escutou o ruído de carnes roçando em pedra e se deu conta de que as criaturas tinham começado a escalar o paredão rochoso. Abraçou a picareta no instante em que ouviu algo sendo arrastado no alto do abismo. Ergueu a cabeça e achou ter visto algo se mover nas sombras. Um pedregulho caiu da plataforma, mas não fez barulho ao bater no fundo da caverna. Clements notou movimentos por todos os lados, aproximando-se lentamente da plataforma onde estava. À luz do lampião, ajoelhou-se e escutou a chegada das aranhas, já sentindo o veneno pingar sobre ele de presas escondidas na escuridão.

Clements se levantou. Sentiu que as criaturas haviam parado e entendeu que estavam prestes a atacar. Pensou em Molton e nos bons tempos que passaram juntos.

— Devíamos ter ficado nas montanhas, meu velho — disse, em voz alta.

— Devíamos ter ficado à luz do sol.

Deu um passo para além da plataforma, sem largar o lampião, e a luz finalmente chegou às profundezas do Abismo Wakeford.

A extravagância do sr. Gray

Minha mulher jurava nunca ter visto algo mais feio. Fui obrigado a lhe dar razão, algo que não ocorria com muita frequência em nosso relacionamento. Ao se aproximar do fim da meia-idade (com toda a graça e a desenvoltura de uma procissão funerária adentrando o cemitério, é forçoso acrescentar), Eleanor tornara-se cada vez mais intolerante com opiniões divergentes. Como não podia deixar de ser, as minhas pareciam divergir com mais frequência; portanto, qualquer entendimento entre nós, por menor que fosse, ensejava uma considerável, embora silenciosa, comemoração.

Norton Hall fora uma aquisição formidável, uma mansão senhorial construída no último quarto do século XVIII, com jardins ornamentados e vinte hectares de terras de primeira ordem. Tratava-se de uma preciosidade arquitetônica e nos serviria perfeitamente como lar, pois era, ao mesmo tempo, pequena o suficiente para ser mantida em bom estado e espaçosa o bastante para que evitássemos um ao outro durante boa parte do dia. Infelizmente, como minha mulher fez questão de ressaltar, a estrutura no fundo do quintal destoava do restante. Era uma dessas construções conhecidas na arquitetura como "folly", ou "extravagância", tosca e deselegante, sustentada por pilastras retangulares sem qualquer adorno e encimada por uma cúpula branca e desguarnecida, na qual fora fincada uma cruz. Por não haver uma escada de acesso, o único modo de entrar era escalando sua base. Até mesmo os pássaros evitavam o local, preferindo pousar nos galhos de um carvalho ali perto, onde arrulhavam entre si como solteironas em um baile paroquial.

De acordo com o corretor, fora um dos antigos proprietários de Norton Hall, o sr. Gray, quem erigira aquela extravagância como memorial para sua falecida esposa. Tendo em vista o resultado, ele não devia gostar muito dela, pensei. Eu também não era extremamente chegado à minha mulher, mas não a detestava a ponto de erigir uma monstruosidade daquelas em sua memória. No mínimo, teria suavizado alguns dos ângulos e fincado um dragão no topo como lembrança da saudosa defunta. Parte da base havia sofrido certo estrago nas mãos do sr. Ellis, o último proprietário antes de nós, mas ele parecia ter mudado de ideia, pois a área em questão fora reparada e pintada depois.

Mesmo levando tudo isso em consideração, o edifício era feio de doer.

Meu primeiro impulso foi demolir aquela aberração, mas, durante as semanas que se seguiram, comecei a achar a construção fascinante. Não, "fascinante" não é a palavra certa. Na verdade, passei a sentir que a extravagância tinha um propósito que eu ainda ignorava e que era melhor deixá-la em paz antes de me inteirar sobre ela. Essa curiosidade surgiu devido a um incidente ocorrido cerca de cinco semanas depois de nos mudarmos para Norton Hall.

Eu havia posto uma cadeira no chão de pedra nua da extravagância. Era um belo dia de verão. O lugar oferecia a promessa de sombra e de uma boa visão do terreno. Acabara de me sentar para ler o jornal quando algo estranho aconteceu: o chão se moveu, como se, por um breve instante, houvesse se liquidificado, e uma corrente submersa originou uma onda que se agitou na superfície. Os raios solares perderam o lustre e enfraqueceram, e a paisagem se amortalhou com sombras fugidias. Tive a impressão de que alguém usara o véu do leito de um moribundo para cobrir meus olhos, pois pude sentir um leve cheiro de putrefação no ar. Levantei-me de supetão, ligeiramente tonto, e avistei um homem observando-me por entre as árvores.

— Olá — disse eu. — Posso ajudá-lo?

Era alto e usava terno de tweed. Tinha uma aparência doentia, com seu rosto descarnado e seus olhos escuros e intrigantes. Posso jurar que ouvi sua voz, embora ele não tivesse mexido os lábios. O que disse foi:

— Deixe a extravagância em paz.

Ainda estava meio atordoado, mas mesmo assim me exaltei. Não estou acostumado a ser tratado daquela forma por desconhecidos. Até mesmo Eleanor tem a cortesia de prefaciar suas ordens com frases como "Será que você faria a gentileza de...?", volta e meia seguidas por um "por favor" ou um "obrigado" para suavizar o golpe.

— Ora essa — retruquei. — Esta propriedade me pertence. O senhor não tem o direito de entrar aqui e me dizer o que posso ou não fazer com ela. Quem é o senhor, aliás?

Mas não é que o indivíduo teve o desplante de repetir as mesmas cinco palavras?

— Deixe a extravagância em paz.

Dito isso, ele simplesmente me deu as costas e desapareceu por entre as árvores. Eu estava prestes a segui-lo para escorraçá-lo da propriedade quando escutei um ruído na grama atrás de mim. Girei nos calcanhares, receoso de que ele tivesse se materializado às minhas costas, mas dei de cara com Eleanor. Por um instante, ela fez parte da paisagem transfigurada, um espectro entre espectros, mas logo tudo se normalizou e Eleanor voltou a ser minha outrora amada esposa.

— Com quem você estava falando, querido? — perguntou.

— Tinha um fulano parado bem ali — respondi, apontando com o queixo para as árvores.

Ela olhou para o bosque e depois deu de ombros.

— Bom, não há ninguém lá agora. Tem certeza de que viu alguém? Talvez tenha passado mal com o calor. Ou algo pior. Precisa ir ao médico.

Pronto, estava explicado. Eu era Edward Merriman: marido, proprietário rural, homem de negócios e um lunático em potencial aos olhos de minha mulher. Pelo andar da carruagem, não demoraria muito para que eu tivesse dois brutamontes sentados em meu peito, aguardando a chegada da ambulância do hospício, enquanto Eleanor derramaria uma pequena lágrima de crocodilo ao assinar o formulário de internação involuntária.

Então me dei conta, e não pela primeira vez, de que ela parecia ter perdido peso nas últimas semanas. Mas talvez fosse apenas pelo modo como os raios de sol refletidos na extravagância iluminavam seu rosto. Davam-lhe um aspecto esfomeado, uma impressão reforçada pelo brilho em seus olhos, que eu nunca vira antes e que me fez pensar em uma ave de rapina. Senti um calafrio. Acompanhei-a de volta a casa para o chá, mas não consegui comer nada, em parte pelo modo como Eleanor me olhava ao mastigar os bolinhos, como um abutre impaciente esperando um pobre coitado bater as botas, mas também porque ela não parava de falar na extravagância.

— Quando você pretende mandar demolir aquela monstruosidade, Edgar? Quero que seja o mais cedo possível, antes que comece a temporada de chuvas. Edgar! Está me ouvindo, Edgar?

A força com que Eleanor agarrou meu braço foi tão grande que fiquei pasmo e derrubei a xícara. Os cacos brancos de porcelana se espalharam pelo chão como vestígios de sonhos juvenis. A xícara fazia parte de nossa louça de casamento, mas minha mulher não pareceu se incomodar com a perda, como faria no passado. Na verdade, mal notou os cacos e o chá derramado que escorria lentamente pelo rejunte dos azulejos. Não largou meu braço. Suas mãos eram como garras, compridas e magras, com unhas duras e afiadas. As veias grossas e azuis nas costas das mãos se enrolavam como serpentes, contidas apenas pela fina camada de pele. Um cheiro azedo emanava de seus poros, e tive de me controlar para não fazer uma careta de nojo.

— Eleanor, você está doente? As suas mãos estão magras demais e, a julgar pelo seu aspecto, você parece estar perdendo peso.

Com relutância, ela soltou meu braço e virou o rosto para o lado.

— Não seja tolo, Edgar. Estou vendendo saúde.

Mas a pergunta obviamente a desconcertou, pois no mesmo instante ela se levantou e começou a arrumar o guarda-louça, fazendo mais barulho do que deveria, mal contendo sua raiva. Saí do aposento, esfregando o braço no local que ela havia apertado e especulando sobre a natureza da mulher com quem me casara.

Naquela noite, por falta do que fazer, fui visitar a biblioteca da mansão. Norton Hall havia sido posta à venda por uma das irmãs do falecido sr. Ellis, e os livros e a mobília fizeram parte do negócio. Pelo que soube, ele tivera uma morte violenta. Segundo os rumores, sua mulher o deixara e, em uma crise de depressão, ele cometera suicídio usando uma arma de fogo em um quarto de hotel londrino. Ela nem compareceu ao enterro, pobre coitado. Aliás, corria à boca pequena entre nossos vizinhos mais fantasiosos que o sr. Ellis dera fim à sua digníssima esposa, embora nunca tenha sido formalmente acusado pelo crime. Sempre que uma ossada suspeita era encontrada em um terreno baldio, ou desencavada à margem do rio por um cachorro curioso, o sr. Ellis e sua mulher tornavam a ser mencionados nos jornais locais, mesmo que vinte anos já houvessem se passado desde a morte dele. Alguém mais supersticioso teria hesitado em comprar Norton Hall nessas circunstâncias, mas não foi o meu caso. De qualquer modo, pelo que eu sabia do sr. Ellis, ele fora um homem inteligente, logo, caso tivesse matado a esposa, dificilmente teria deixado seus restos mortais largados na mansão, onde alguém poderia tropeçar neles e pensar: "Hum, isso não está me cheirando bem."

Eu tinha ido à biblioteca apenas uma ou duas vezes — verdade seja dita, não sou muito chegado a livros — e não fizera mais que passar a vista nas lombadas e espanar a poeira e as teias de aranha que se acumulavam nos volumes mais antigos. Fiquei surpreso, portanto, ao me deparar com um livro na mesinha ao lado da poltrona. Primeiro, pensei que Eleanor pudesse tê-lo deixado ali, mas ela era ainda mais avessa à leitura do que eu. Apanhei o livro e o abri ao acaso, deixando à mostra uma página coberta por uma caligrafia elegante e compacta. Voltei até a folha de rosto e li o título: *Uma viagem ao Oriente Médio*, por J.F. Gray. Uma fotografia pequena e amarelada marcava a página. Não consegui evitar um calafrio. O homem na foto, sem dúvida o próprio J.F. Gray, assemelhava-se muito ao sujeito que invadira minha propriedade e tivera a audácia de me dar um conselho a respeito da extravagância. Mas não é possível, pensei: afinal de contas, Gray já estava morto havia quase cinquenta anos e provavelmente tinha outras coisas com que se preocupar, como afinar a voz para cantar em coros celestiais ou tratar suas queimaduras, dependendo da vida que levara. Resolvi não pensar mais nisso e voltei minha atenção para o livro. Logo descobri que era muito mais do que um simples relato da viagem de Gray ao Oriente Médio.

Tratava-se, na verdade, de uma confissão.

Em uma excursão pela Síria, em 1900, John Frederick Gray havia adquirido, de forma ilícita, os ossos de uma mulher que se supunha ser Lilith, a primeira esposa de Adão. Segundo Gray, que tinha algum conhecimento dos apócrifos da Bíblia, Lilith era considerada um demônio, a bruxa primordial, um símbolo do medo atávico masculino em relação ao poder sexual feminino. Gray ficou sabendo da ossada por intermédio de um mercador em Damasco, que lhe vendera parte do que alegava ser a armadura de Alexandre, o Grande, e lhe direcionara a um vilarejo no extremo norte do país, onde os ossos estariam supostamente enterrados em uma cripta.

A jornada foi longa e árdua, embora desafios como esse fossem sopa no mel para indivíduos como Gray, que consideravam uma poltrona confortável e um bom cachimbo vícios tão graves quanto os praticados pelos habitantes de Sodoma. Porém, ao chegar ao vilarejo acompanhado de seus guias, Gray percebeu que não era bem-vindo pelos moradores. De acordo com o diário, os aldeãos lhe informaram que a cripta era vedada aos forasteiros, sobretudo às mulheres. Pediram a Gray que fosse embora, mas ele decidiu acampar a certa distância do vilarejo para pernoitar e ficou cismando sobre o que ouvira.

Passava da meia-noite quando um dos espertalhões locais chegou ao acampamento e disse a Gray que, por uma soma nada insignificante, estava disposto a retirar da cripta o esquife que continha a ossada e levá-lo até ele. Era um homem de palavra. Menos de uma hora depois, voltou trazendo um ataúde ornamentado e evidentemente muito antigo, em que garantia estarem depositados os ossos de Lilith. O caixão tinha cerca de um metro de comprimento, meio metro de largura e trinta centímetros de altura. Estava trancado com um cadeado. O ladrão contou a Gray que o imã do vilarejo nunca emprestava a chave para ninguém, mas o inglês não se importou com isso. A história de Lilith não passava de uma lenda, um mito criado por homens medrosos, mas Gray planejava vender o belo esquife para algum antiquário quando voltasse para casa. Empacotou-o junto a suas outras aquisições e não pensou mais nele até seu retorno a Londres e aos braços de sua jovem mulher, Jane, em Norton Hall.

Gray começou a notar uma mudança no comportamento da esposa logo depois que os ossos chegaram à mansão. Ela se tornou estranhamente magra, quase emaciada, e passou a demonstrar um interesse doentio pelos restos mortais encaixotados. Certa noite, quando ele achava que ela estava dormindo, Gray flagrou-a arrombando o cadeado do esquife com um cinzel. Ele tentou arrancá-lo das mãos da mulher, mas ela o afastou brandindo ferozmente a ferramenta e deu o golpe final no cadeado, que caiu no chão em dois pedaços. Antes que ele pudesse evitar, ela abriu a tampa, deixando à mostra o que tinha dentro: ossos velhos e encardidos, enroscados uns aos outros, ainda com pedaços de pele grudados neles, e uma caveira que dava a impressão de pertencer a um réptil ou a uma ave, estreita e alongada, mas ainda assim mantendo traços de um ser humano semidesenvolvido.

Então, de acordo com Gray, os ossos se mexeram. A princípio, foi um movimento quase imperceptível, como se estivessem voltando ao lugar depois que o ataúde foi aberto, mas logo se tornou mais evidente. Os dedos das mãos se esticaram, como se comandados por músculos e tendões invisíveis, e, em seguida, os dos pés, que começaram a bater de leve nas laterais do esquife. Por fim, a caveira oscilou em suas vértebras expostas, abrindo e fechando as mandíbulas em forma de bico.

A poeira no caixão se ergueu, envolvendo os restos mortais em um vapor avermelhado. Mas o vapor não se originava do esquife, e sim da mulher de Gray, jorrando de sua boca como se o sangue houvesse se pulverizado e estivesse sendo extraído de suas veias. Ela emagrecia rapidamente. A pele do rosto se enrugava e se rasgava como papel enquanto os olhos se arregalavam cada vez mais à medida que o ser no ataúde sugava sua vida. Em meio à névoa, Gray vislumbrou as feições apavorantes que aos poucos se reconstituíam. Os olhos redondos, verdes-escuros e famintos que o devoravam, a pele quebradiça como pergaminho que perdia o tom acinzentado e adquiria uma textura negra e escamosa, as mandíbulas bicudas que se abriam e se fechavam, emitindo o ruído de ossos que se partiam ao saborear o ar. Gray adivinhou o desejo da criatura e o seu apetite sexual revoltante. Seria consumido por ela e se sentiria grato por isso, mesmo enquanto sua pele fosse estraçalhada por aquelas garras, seus olhos cegados por aquele bico e seus membros envoltos em um abraço fatal. Notou o corpo corresponder ao anseio da criatura e já se aproximava dela quando uma membrana fina cobriu os olhos do ser que se formava, como se fosse um lagarto piscando, e o encanto se quebrou por um momento.

Gray aproveitou para se jogar contra o esquife, fechando a tampa com força na cabeça da criatura. Sentiu o ser repelente se agitar e bater diversas vezes na tampa enquanto apanhava o cinzel e o enfiava nas argolas do fecho, selando o caixão. O vapor avermelhado desapareceu no mesmo instante, a criatura parou de se debater, e ele viu sua amada esposa desabar no chão, dando um último suspiro.

Restava apenas uma página do relato, que detalhava a origem da extravagância: a escavação profunda para instalar seus alicerces, a acomodação do ataúde e a construção da extravagância em si, no intuito de manter Lilith presa para sempre. Uma história ridícula, é claro. Só podia ser. Não passava de uma fantasia, de um engodo perpetrado por Gray para assustar seus empregados ou garantir a si mesmo uma menção em folhetins de terror.

Ainda assim, quando me deitei ao lado de Eleanor naquela noite, não consegui dormir e pressenti um estado de vigília por parte dela que me deixou inquieto.

Os dias que se seguiram pouco fizeram para aliviar minha tensão ou melhorar nossa vida conjugal. Não conseguia parar de pensar no relato de Gray, por mais disparatado que fosse à primeira vista. Sonhava com seres invisíveis batendo na vidraça da janela do quarto. Quando me levantava para ver quem era, no sonho, uma cabeça alongada surgia das trevas. Olhos negros e predatórios cintilavam, esfomeados, no momento em que a criatura quebrava a vidraça e tentava me devorar. Durante a luta, eu sentia o formato de seus seios murchos contra o meu peito enquanto suas pernas envolviam as minhas em uma paródia de amor ardente. Então, eu acordava e percebia um pequeno sorriso no rosto de Eleanor, como se ela soubesse com o que eu estivera sonhando e secretamente desfrutasse o efeito que o pesadelo causava em mim.

Quanto mais distantes nos tornávamos um do outro, mais tempo eu passava no jardim ou passeando nos limites das minhas terras, com a tênue esperança de rever o visitante anônimo que tanto se assemelhava ao pobre

J.F. Gray. Foi em uma dessas ocasiões que avistei um vulto que pedalava com dificuldade para subir a colina no caminho que levava ao portão de Norton Hall. Reconheci o ciclista. Era o guarda Morris, que pairava à distância. Pairava quase literalmente, pois se tratava de um homenzarrão, e sua barriga avantajada, somada à miragem causada pelo calor, fazia com que parecesse um enorme navio negro, assomando lentamente no horizonte. Passado algum tempo, ele se deu conta do esforço inútil que fazia em tentar ganhar terreno sobre duas rodas no aclive, lutando em vão contra a gravidade, que fazia de tudo para impedir seu progresso. Desmontou e foi andando com a bicicleta pelo resto do caminho até chegar ao portão.

Morris era um dos dois policiais designados para a pequena delegacia de Ebbingdon, a cidadezinha mais próxima a Norton Hall. Ele e o sargento Ludlow eram responsáveis por manter a ordem não apenas em Ebbingdon, mas em Langton, Bracefield e Harbiston, os vilarejos vizinhos, além de suas cercanias, uma tarefa que conseguiam desempenhar graças a uma viatura caindo aos pedaços, a duas bicicletas e à vigilância dos moradores. Eu não trocara mais de duas palavras com Ludlow, que me deu a impressão de ser um sujeito taciturno, mas Morris sempre passava em frente à minha propriedade e parecia bem mais disposto a perder algum tempo jogando conversa fora (e recuperando o fôlego) do que seu chefe.

— Está fazendo calor, hoje — disse eu.

O guarda Morris, com o rosto vermelho pelo esforço que fizera, enxugou a testa com a manga da camisa e concordou que o dia estava infernal. Ofereci-lhe um copo de limonada caseira, que ele de pronto aceitou. Conversamos sobre assuntos locais durante o curto trajeto até a mansão. Deixei-o perto da extravagância e fui buscar a limonada. Eleanor não estava na cozinha, mas escutei-a andando no sótão, fazendo uma barulheira danada ao remexer nos caixotes espalhados. Achei melhor deixá-la em paz e não a avisei sobre a visita de Morris.

Lá fora, o policial perambulava ao redor da extravagância, com as mãos cruzadas atrás das costas. Entreguei-lhe o copo de limonada. Os cubos de gelo tilintaram quando ele deu uma golada. Tinha grandes manchas de suor nas axilas e nas costas, que faziam o uniforme azul-celeste escurecer nessas partes, como se fosse um mapa em relevo do oceano.

— O que achou? — perguntei.

— Delicioso — respondeu, pensando que eu me referia à limonada. — Veio bem a calhar.

— Não, estou falando da extravagância.

Morris ficou sem jeito e baixou a cabeça.

— Não cabe a mim dizer, sr. Merriman. Não sou especialista no assunto.

— Mesmo não sendo especialista, deve ter uma opinião.

— Bom, para ser franco, não vou muito com a cara desse troço. Nunca fui.

— Quer dizer que já tinha visto a construção antes.

— Faz tempo — disse ele, com cautela. — O sr. Ellis...

Mas não completou a frase. Aguardei. Estava ansioso para fazer outras perguntas, mas não queria dar a impressão de estar interessado em fofocas.

— A mulher dele desapareceu — disse Morris, por fim. — E logo depois o pobre coitado se matou.

Morris tomou outro gole de limonada e me examinou com atenção. Era fácil subestimar um homem como ele, pensei. Sua aparência desengonçada, sua gordura, suas dificuldades com a bicicleta, tudo isso parecia cômico à primeira vista. Mas o guarda era um homem perspicaz. Sua estagnação na carreira não se devia a deficiências em sua personalidade nem em seu trabalho, e sim ao desejo de permanecer em Ebbingdon, zelando por seus vizinhos. Foi minha vez de ficar sem jeito.

— A história é essa — disse Morris. — Só posso acrescentar que o sr. Ellis também não era muito chegado à extravagância. Queria demoli-la, mas o pior aconteceu, e o senhor já sabe do resto.

Mas é claro que não sabia. Conhecia apenas os rumores que circulavam nas cercanias e, por ser um recém-chegado, até mesmo esses boatos eram filtrados antes de chegarem aos meus ouvidos. Expliquei isso a Morris, que abriu um sorriso.

— Fofocas discretas — disse ele. — Nunca tinha ouvido falar nisso.

— Sei como funcionam as coisas nesses vilarejos. Aposto que até meus netos seriam tratados com suspeita.

— O senhor tem filhos?

— Não — respondi, sem conseguir esconder uma pontada de remorso na voz.

Minha esposa não tinha um instinto materno muito desenvolvido, e a natureza parecia concordar com ela nesse departamento.

— É curioso — disse Morris, sem dar qualquer sinal de ter notado a alteração em meu tom de voz. — Faz muitos anos que não se veem crianças em Norton Hall, desde antes da época em que o sr. Gray era proprietário. E o sr. Ellis também não teve filhos.

Aquele tópico me incomodava, por isso aproveitei o fato de Ellis ter sido mencionado e mudei de assunto, direcionando a conversa para um terreno mais fértil. Mas acho que me entusiasmei um pouco.

— Dizem, bem, dizem que o sr. Ellis pode ter matado a esposa.

Fiquei arrependido assim que as palavras saíram de minha boca. Tive medo de parecer rude, mas Morris não demonstrou qualquer constrangimento. Na verdade, deu a impressão de ter apreciado minha franqueza ao tocar em um assunto tão delicado.

— A suspeita existiu, sim — admitiu. — Nós o interrogamos, e dois inspetores vieram de Londres para investigar o caso, mas foi como se ela tivesse desaparecido da face da Terra. Conduzimos buscas aqui na propriedade e nas terras adjacentes, mas não descobrimos nada. Corriam rumores de que ela tinha um amante em Brighton, por isso fomos atrás dele e o interrogamos também. Ele nos contou que fazia semanas que não a via, e não tivemos por que duvidar, embora não seja sábio confiar em quem vai para a cama com a mulher dos outros. Por fim, demos o caso por encerrado. Não havia um corpo e, sem corpo, não havia crime. Logo depois, o sr. Ellis se matou, e as pessoas chegaram às suas próprias conclusões sobre que fim levara sua mulher.

Morris tomou o resto da limonada e me devolveu o copo.

— Obrigado — disse ele. — Foi muito refrescante.

Retruquei que o prazer havia sido meu e fiquei esperando que montasse na bicicleta.
— Morris?
Ele aguardou minha pergunta.
— O que você acha que aconteceu com o sr. Ellis?
O guarda balançou a cabeça.
— Não sei, mas de uma coisa eu tenho certeza. A sra. Ellis não está mais entre nós, mas abaixo de nós, isso sim.
Dito isso, ele foi embora, pedalando.

Na semana seguinte, tive compromissos inadiáveis em Londres. Fui de trem e passei boa parte daquele dia irritante tratando de assuntos financeiros. A irritação era agravada por um sentimento crescente de ansiedade, por isso gastei apenas pouquíssima parte de meu tempo em Londres, dando atenção às minhas finanças, preocupado que estava com a origem do mal que maculara Norton Hall. Embora não seja supersticioso, andava cada vez mais atormentado com o histórico de nosso novo lar. Os pesadelos tornaram-se mais frequentes, acompanhados pelo ruído de garras batendo na vidraça da janela e pelo estalido de mandíbulas. Às vezes, eu me assustava ainda mais ao despertar e dar de cara com Eleanor, debruçada sobre mim, de olhos brilhantes e cientes, com as maçãs do rosto prestes a irromper, como lâminas afiadas, a pele retesada do rosto. Além disso, o relato de viagem de Gray simplesmente desaparecera. Inquiri Eleanor a respeito e senti que ela mentiu ao negar ter mexido no livro. Tanto o sótão quanto o porão haviam se tornado um caos de caixas viradas e papéis espalhados, desmentindo sua alegação de que estava apenas "reorganizando" nosso espaço.

Por fim, ocorreram mudanças preocupantes nos aspectos mais íntimos de nossa vida conjugal. Esse é o tipo de assunto que deve permanecer entre marido e mulher portanto, basta dizer que nossas relações sexuais se tornaram mais frequentes — e, pelo menos da parte dela, adquiriram maior ferocidade — do que nunca. Cheguei ao ponto de recear o momento de apagar a luz. Comecei a demorar para me recolher, entrando no quarto tarde da noite na esperança de que Eleanor já estivesse dormindo quando eu me deitasse ao seu lado.

Mas ela estava quase sempre acordada e seu apetite chegava a ser assustador de tão insaciável.

Já anoitecera quando voltei para casa, mas ainda era possível ver rastros de veículos no gramado e uma cratera no local antes ocupado pela extravagância. Os restos da construção jaziam em uma pilha de concreto e chumbo no pavimento de cascalho ao lado da casa, abandonados pelos operários responsáveis pela demolição. O buraco deixava à mostra a fragilidade dos alicerces, pois a estrutura não passava de um logro, uma forma de esconder a cova que havia por baixo. Avistei uma silhueta parada à beira da cratera, portando uma lamparina. Ela sorriu ao se voltar para mim, um sorriso medonho, repleto tanto de pena quanto de malícia.

— Eleanor! — gritei. — Não!

Mas era tarde demais. Ela me deu as costas e começou a descer uma escada. A luz da lamparina aos poucos desapareceu. Larguei a mala e saí correndo pelo jardim, arfante e sentindo um medo que dava um nó em minhas tripas, até chegar à beira da cratera. Lá dentro, Eleanor escavava a terra com as unhas, lentamente deixando à mostra o corpo esquelético de uma mulher em posição fetal. Os restos mortais continuavam cobertos por um vestido cor-de-rosa esfarrapado. Instivamente, concluí que se tratava da sra. Ellis e que o guarda Morris estava correto em sua suposição. Ela não abandonara o marido. Na verdade, fora enterrada ali por ele, depois de ela mesma ter tentado desenterrar o que havia embaixo da extravagância. Ele a matara e, mais tarde, se suicidara em uma crise de horror e remorso. O crânio da sra. Ellis estava ligeiramente alongado ao redor do nariz e da boca, como se alguma terrível transformação houvesse sido interrompida pela morte brusca.

Àquela altura, o esforço de Eleanor já deixara exposto um pequeno caixão, escuro e ornamentado. Comecei a descer a escada enquanto ela usava um pé-de-cabra para arrombar o cadeado que Gray pusera no ataúde antes de enterrá-lo. Descia os últimos degraus quando ouvi um estalido, seguido pelo grito de triunfo de Eleanor ao abrir a tampa do esquife. Lá dentro, exatamente como Gray descrevera, jazia um esqueleto retorcido, encimado por uma caveira alongada. A poeira no caixão já começara a se erguer e um fino rastro de vapor vermelho saía da boca de Eleanor. Seu corpo entrou em convulsões, como se sacudido por mãos invisíveis. Seus olhos rolaram, arregalados, e suas faces deram a impressão de desmoronar para dentro da boca aberta. Os contornos de seu crânio eram visíveis sob a pele. Assim que ela deixou cair o pé-de-cabra, apanhei-o e a empurrei para o lado. Ergui a ferramenta e fiquei parado em frente ao caixão. Um rosto negro e acinzentado, de olhos verdes-escuros e cavidades no lugar das orelhas, ergueu-se para mim, estalando as mandíbulas. A criatura agarrou as bordas do ataúde, tentando se levantar. Seu corpo era um arremedo de tudo o que há de belo nas formas femininas.

Seu hálito fedia à decomposição.

Fechei os olhos e golpeei. Ouvi um grito e o ruído da caveira se quebrando, um barulho oco e molhado, como o de um melão sendo partido ao meio. A criatura tombou para trás, sibilando, e fechei a tampa com força. Eleanor jazia desmaiada aos meus pés, com os últimos traços de vapor emanando por entre os dentes. Seguindo o exemplo de Gray, usei o pé-de-cabra para selar o esquife. A ferramenta sacudiu ao impacto das batidas furiosas dentro do caixão. A criatura não parava de gritar, um som agudo como o de guinchos de porcos no matadouro.

Carreguei Eleanor sobre o ombro e, com alguma dificuldade, consegui subir a escada, deixando aos poucos de ouvir a algazarra que vinha da cratera. Levei-a para Bridesmouth, onde a deixei aos cuidados dos médicos do hospital do vilarejo. Ela passou três dias desacordada e, ao despertar, não se lembrava de nada a respeito da extravagância, nem de Lilith.

Durante sua permanência no hospital, providenciei nosso retorno permanente para Londres e a interdição de Norton Hall. Certa tarde ensolarada, supervisionei o fechamento da cratera. Primeiro, a terra foi revestida com cimento reforçado com fibras de aço. Depois, mais três contêineres de cimento foram despejados no buraco, enchendo-o quase pela metade. Só então os operários começaram a instalar os alicerces da nova extravagância no local, maior e mais ornamentada que a anterior. Custou metade de minha renda anual, mas, sem dúvida, valeu cada centavo. Por fim, enquanto Eleanor continuava em período de convalescença na casa da irmã, em Bournemouth, testemunhei as últimas pedras da extravagância serem postas no lugar.

— Pelo visto, a madame não gostou muito da extravagância antiga, não é, sr. Merriman? — perguntou o contramestre enquanto os operários removiam seus equipamentos do jardim e nós admirávamos o sol se pondo por trás da nova construção.

— Não combinava com o temperamento dela — respondi.

O contramestre pareceu intrigado.

— Criaturas esquisitas, as mulheres — disse ele, passado algum tempo. — Se conseguissem tudo o que querem, elas dominariam o mundo.

— Sim, se conseguissem — repeti.

Mas não conseguirão, pensei.

Não se depender de mim.

O ciclo

A dor começou quase no mesmo instante em que ela embarcou no trem. Em geral, planejava essas coisas com antecedência. E como poderia ser diferente, depois de tantos anos? Mas aquele tinha sido um dia de cão, desses em que nada dá certo. Sua intenção fora pegar o trem das cinco e chegar tranquilamente em casa, onde teria um fim de semana inteiro de privacidade e calma, a portas fechadas, para enfrentar a maldição. Em vez disso, Dominic, seu chefe, fora obrigado a convocar uma reunião de emergência. Dois dias antes do prazo final, um dos clientes mais importantes da agência decidira que os elementos da nova campanha publicitária eram "inadequados" e precisavam ser reestudados. O que resultara em uma sessão de *brainstorming* que durara até pouco depois das sete da noite. O belo dia de outono já escurecia quando ela saiu do escritório.

Começou a notar os presságios antes mesmo de deixar o prédio, a caminho da estação: uma sensação de mal-estar, de desarranjo, seguida por um aumento de sensibilidade na barriga e nos seios. Seu mau humor habitual ficou ainda pior, a ponto de ela quase arrancar a dentadas a cabeça do folgado atendente na bilheteria. O idiota parecia mais interessado em escolher números para jogar na loteria do que em se assegurar de que ela não perderia o trem. O ruído de portas se fechando já sinalizava a partida da composição. Ela teve de sair em disparada para chegar a tempo, o que não melhorou em nada seu humor. Ser forçada a correr e a lidar com imbecis apenas exacerbavam o problema.

Escolheu um assento no penúltimo vagão. O banheiro ficava no último, mas a iluminação de lá estava com defeito, piscando com um zumbido irritante, como se enxames de abelhas estivessem presos nas lâmpadas fluorescentes, por isso ela foi forçada a sentar-se mais à frente do que gostaria. De qualquer modo, talvez tudo desse certo. A crise ainda não havia começado, embora fosse iminente.

O trem saiu rastejando da estação. Os passageiros ao seu redor liam livros e jornais, mas outros falavam alto no celular, uma falta de educação que a deixou mais aborrecida ainda, embora lhe fornecesse uma distração momentânea, um escoadouro para sua irritação. Ela também tinha celular, é claro, mas o desligava a bordo do trem e do ônibus, a não ser em casos de urgência, porém mesmo assim programava o aparelho para que apenas vibrasse e saía da cabine para atender a ligação. Prezava muito sua privacidade e não conseguia entender como certas pessoas se dispunham a discutir, em voz alta, os detalhes mais íntimos de suas vidas em meio a desconhecidos. Seu pai e sua mãe prefeririam morrer a trocar confidências em locais onde pudessem ser entreouvidos. De fato, seus pais raramente tocavam em questões sérias ao telefone. Faziam questão de ser antiquados nesse ponto. Se o tópico fosse importante, merecia ser tratado cara a cara. Suas ligações, a não ser em casos de falecimento ou doença, raramente duravam mais de um ou dois minutos. Foi com eles que a filha aprendeu a importância de se comportar com discrição em relação a certos assuntos.

O tom de voz elevado dos outros passageiros importunava seus ouvidos. Seus sentidos sempre se aguçavam àquela altura do mês, tornando intoleráveis até os barulhos mais moderados. O mesmo valia para o paladar e o olfato. Tinha curiosidade de saber se outras pessoas passavam pela mesma experiência. Presumia que não fosse a única, embora jamais cogitasse conversar com alguém a respeito, mesmo que não fosse solitária por natureza.

As cidadezinhas passavam como clarões na janela. O trem mantinha uma boa velocidade. Ela deu um suspiro de alívio e respirou fundo. Fez uma careta e mudou de posição no assento. Diabo. O trem diminuiu a marcha, expelindo passageiros em mais uma estação. Poucos tomavam o lugar de quem saía nessas cidadezinhas provincianas. Ela estava acostumada a passar a maior parte do trajeto em vagões vazios, pois seu destino era a última parada. Sua casa ficava a um pulo da estação. Isso permitia que acordasse um pouco mais tarde que seus colegas e tornava a viagem de volta um pouco menos indigesta.

Fechou os olhos. Às vezes, sentia-se muito sozinha por morar em um pequeno vilarejo no qual todos os rostos eram conhecidos, onde cada sobrenome ecoava dezenas de vezes na forma de primos, irmãos, tios e avós. Seus pais sempre se mantiveram ligeiramente afastados da vida comunitária, seguindo o princípio de que boas cercas fazem bons vizinhos, e ela era grata por isso. A série interminável de assembleias, iniciativas de caridade, reuniões sociais e festividades não era do seu agrado, mas sua insistência de manter certa distância fez com que ganhasse má reputação no vilarejo, sobretudo por sempre rejeitar, ainda que graciosamente, as investidas dos habitantes do sexo masculino. Jamais sairia com alguém do vilarejo, jamais compartilharia com eles os segredos de sua vida. Conhecia muito bem aqueles sujeitos e não planejava se tornar mais uma de suas conquistas. Tivera alguns relacionamentos amorosos na cidade, mas nenhum deles duradouro. Gostava de parceiros que estivessem dispostos a respeitar sua privacidade quando ela quisesse, que dessem tanto valor quanto ela à necessidade de manter seu próprio espaço, mas homens assim eram mais difíceis de encontrar do que se pensa. Suas demandas a levavam a atrair pretendentes interessados apenas em sexo sem compromisso ou que alegavam entender sua ânsia por independência, mas com o tempo revelavam-se cada vez mais desconfortáveis com isso e tentavam estabelecer suas próprias regras. Não demorou a aprender que, quando um homem diz respeitar a independência de uma mulher, na verdade está dizendo que respeita mesmo é sua própria liberdade e que tolera a da parceira somente enquanto isso lhe convier.

O trem passou por outra estação, aproximando-a mais alguns quilômetros de casa. A dor que a incomodava tornara-se mais forte. Começou a sentir um gosto amargo na boca. Detestava o ciclo, com sua inconveniência inescapável. Era realmente uma maldição, mas, como dizia sua mãe durante os primeiros e confusos meses de adolescência da filha, "o que não pode ser curado tem de ser suportado". Lembrava-se da perplexidade e do assombro que sentira ao descobrir que seu próprio corpo era capaz de fazer aquilo com ela, de feri-la por dentro e causar-lhe tanto desconforto, dor e constrangimento, mesmo depois de sua mãe ter-lhe ensinado o que fazer e como se preparar para não ser pega de surpresa. É sempre mais fácil enfrentar a crise em casa, em um ambiente familiar, dizia a mãe, mas você não pode deixar que o ciclo determine como viver a sua vida. No entanto, durante os primeiros meses, foi exatamente isso o que aconteceu. Ela ficava aliviada sempre que a crise passava, mas o alívio durava apenas uma ou duas semanas antes que o ciclo recomeçasse. Era diferente com as outras garotas. Elas pareciam lidar bem com as mudanças que ocorriam em seu corpo, e as invejava por causa disso. Estava além de sua capacidade agir da mesma forma.

O trem chegara em Shillingford, a última parada antes da estação final. Logo ela poderia trancar a porta e passar o fim de semana na segurança de sua casa. Na segunda-feira, a crise teria passado e tudo voltaria ao normal.

A porta de ligação com o vagão da frente se abriu quando o trem tornou a andar e dois jovens entraram. Deviam estar no fim da adolescência, embora um deles usasse um fiapo de pelos faciais sobre os lábios que não passava de um patético substituto de bigode e lhe dava uma aparência suspeita. Seu colega, mais alto e mais forte, era cheio de acnes no queixo, ensanguentado de tanto que as espremera. Usavam jaquetas de couro de baixa qualidade e calças jeans folgadas com barras boca de sino.

— E aí, meu bem? — disse um dos rapazes.

Ela não olhou para ele, mas avistou seu reflexo no vidro da janela. Era o de bigodinho. Nenhum dos dois se sentara. Espichavam o pescoço para ver melhor o corpo e o rosto da mulher. Ela apertou o casaco nos ombros.

— Ah, não faça isso — disse o espinhento. — Mostra pra gente.

Ela mordeu o lábio. Algo se contraiu em seu interior e sua pele começou a coçar.

— Vamos lá, dê um sorriso — disse o rapaz de bigode. — A vida não pode estar indo tão mal assim. Eu tenho uma coisa que vai fazer você sorrir.

— Sapatão — disse o outro, achando graça de sua própria esperteza.

— Não. Ela não é lésbica. As sapatonas são feias. Ela até que dá pro gasto. Você não é sapatão, é?

— Não enche — disse ela, sem pensar.

Não queria perder a cabeça e discutir com eles, mas os rapazes haviam escolhido a noite errada para confrontá-la. Só depois de ter falado, deu-se conta do perigo que representava antagonizá-los.

— Nervosinha — disse o Bigodinho para o amigo. — Deve ser aquela época do mês. Todas elas ficam assim. Não é por isso, boneca? Pela época do mês? Por causa da velha maldição?

Seu sorriso foi substituído por uma expressão bem menos agradável.

— Eu não me incomodo com isso — prosseguiu o rapaz, em um tom de voz tão baixo que ela achou ter ouvido mal, até que ele repetiu. — Não me incomodo nem um pouquinho...

De repente, o trem brecou de supetão. Por alguns instantes, o silêncio reinou no vagão, até uma voz brotar dos alto-falantes.

Pedimos desculpas aos passageiros pelo contratempo. Foi causado por uma falha na sinalização na linha à nossa frente, por isso precisamos aguardar a passagem do trem que vai rumo ao sul antes de prosseguirmos. Mais uma vez, reiteramos nossos pedidos de desculpas pela inconveniência e gostaríamos de assegurá-los de que muito em breve seguiremos viagem.

Inacreditável, pensou ela. Encostou o rosto no vidro da janela e julgou ser capaz de avistar, a distância, as luzes da última estação. Poderia ir andando para casa, mas fazia muito tempo que as portas de saída dos trens não podiam ser operadas manualmente, por isso tanto ela quanto os outros passageiros tornaram-se reféns da tecnologia. Estava enjoada, e o gosto amargo em sua boca só fazia piorar. Caíra a noite. Olhou para o céu noturno. Não dava para ver as estrelas, embora sinais de claridade começassem a se insinuar ao norte à medida que as nuvens se dissipavam. Isso era ruim, muito ruim. Escutou os rapazes sussurrando e olhou de soslaio para eles. O que tinha o queixo cheio de acnes fitava-a com desejo.

— Huuum.

O gemido de dor interrompeu a conversa dos dois. Ela fez uma careta. Aquele atraso era simplesmente insuportável. Praga. Ela quase uivou de frustração. Não havia outra escolha. Levantou-se, apanhou a maleta e se encaminhou para o vagão traseiro. Se conseguisse alcançar o banheiro, teria como tomar certas providências antes da chegada do trem. Depois, sairia pela porta traseira, evitando os jovens e o fedor de desejo que exalavam. No espaço entre os vagões, abriu a porta e entrou no compartimento vazio. O zumbido era intolerável e a luz vacilante machucava seus olhos.

Atrás dela, os dois adolescentes se entreolharam e a seguiram.

• • •

Chamavam-se Davey e Billy. Davey era o mais velho, o cabeça da dupla, e se orgulhava dos pelos faciais que cultivava com esmero. Às vezes, o bigode fazia a diferença entre ser ou não atendido em um bar. Billy era mais corpulento que o amigo, porém menos esperto e mais violento. Era comum verem mulheres à noite no trem, algumas delas exaustas e incapazes de se defender, mas, por algum motivo, a oportunidade que aguardavam não havia se apresentado até então. A mulher estava sozinha, o trem, parado. Mesmo que ela gritasse, ninguém a escutaria. Perfeito.

Entraram no vagão. As lâmpadas fluorescentes piscaram, zumbiram e se apagaram de vez. A iluminação artificial deu lugar ao luar quando o grande disco branco irrompeu a cobertura das nuvens e brilhou sobre a mata, os campos e a estrutura prateada e imóvel do trem. O banheiro ficava no fim do compartimento. A tranca devia ser fácil de arrombar. Sempre era, nos trens.

Haviam percorrido metade do vagão quando ouviram um ruído atrás deles. Algo se mexera no espaço entre duas fileiras de assentos, algo que os rapazes não viram ao passar porque estava escondido nas sombras em que o luar ainda não penetrara. Viraram de costas enquanto a criatura se estendeu, erguendo-se lentamente. Era mais alta que ambos e infinitamente mais poderosa. Um cheiro forte e animalesco permeava o vagão. Os dois escutaram um som que se assemelhava ao que um cão faria se alguém tentasse tirar um osso que segurava com as patas. À medida que a vista de Davey se acostumava à penumbra, ele viu pés com garras afiadas, maiores que os de seres humanos e cobertos por uma penugem escura que brilhava à luz da lua, pernas musculosas que se dobravam abruptamente na altura dos joelhos, uma virilha sem genitália aparente, uma barriga firme e seios pequenos e pálidos. Diante de seus olhos, mais pelos negros começaram a crescer, recobrindo os últimos trechos claros da pele. Fragmentos de um vestido esfarrapado penduravam-se nos braços e nas costas do ente monstruoso. Davey achou ter percebido traços de esmaltes nas unhas que cresciam, retorcidas. Os pelos eram mais densos no torso do que nas pernas e na barriga, e os seios começaram a desaparecer por baixo deles. Era como se a criatura usasse uma capa negra, tingida de branco e cinza.

Lentamente, ela emergiu da escuridão e se aproximou deles. O luar iluminou o rosto da mulher. Ainda estava em transformação, com as feições se alterando. Davey a reconheceu, como se visse o semblante da mulher em um espelho mágico — distorcido, porém familiar. As pontas das orelhas se estenderam e se encheram de pelos, o nariz e o queixo se alongaram, virando um focinho de lobo, os dentes se afiaram e ficaram cada vez mais brancos e reluzentes, com baba e sangue escorrendo. Suas mãos, de dedos nodosos e providos de garras, agarraram o encosto dos assentos e seu corpo todo estremeceu. A transformação estava prestes a se completar. Davey escutou as quatro palavras emitidas do fundo da garganta da criatura, quase sem compreendê-las enquanto o animal sobrepujava a mulher.

Quase.

— Aquela época do mês — disse ela.

Ele podia jurar que as palavras foram seguidas por algo que parecia ser uma gargalhada, antes que o riso também se transformasse e virasse um rosnado voraz que trazia a promessa de morte. O luar se refletiu nos olhos já amarelados da criatura. Ela ergueu a cabeça e uivou no mesmo instante em que os rapazes tentaram fugir. Davey empurrou o amigo para o lado e aproveitou o fato de ser menor para se enfiar atrás dele, antes mesmo que Billy compreendesse sua intenção. Um jorro quente banhou os cabelos a as costas de Davey no instante em que a vida de Billy foi ceifada por um golpe cortante, mas o rapaz não parou de correr, sem olhar para trás, com os olhos fixos no retângulo de vidro e na maçaneta prateada à sua frente. Estava prestes a tocá-la quando sentiu um peso enorme arriando em suas costas, derrubando-o no chão. O trem sacolejou e voltou a andar no momento em que ele sentiu um bafo quente no rosto e dentes afiados no pescoço. Em sua agonia, finalmente se deu conta de que sempre sentira medo das mulheres. Agora, por fim, entendia o motivo.

Davey gritou ao tomar seu lugar no grande ciclo de vida e morte à medida que o mundo se avermelhava.

Impresso no Brasil pelo
Sistema Cameron da Divisão Gráfica da
DISTRIBUIDORA RECORD DE SERVIÇOS DE IMPRENSA S.A.
Rua Argentina, 171 – Rio de Janeiro, RJ – 20921-380 – Tel.: (21) 2585-2000